COLLECTION PARCOURS D'UNE ŒUVRE
Sous la direction de Michel Laurin

❦

La Vénus d'Ille et Carmen

DE

PROSPER MÉRIMÉE

Texte intégral

❦

SUIVI D'UNE ÉTUDE DE L'ŒUVRE

PAR

CATHERINE MERCIER
ET VIRGINIE ROMPRÉ

GB
Beauchemin

LA VÉNUS D'ILLE ET *CARMEN* DE PROSPER MÉRIMÉE
TEXTE INTÉGRAL
SUIVI D'UNE ÉTUDE DE L'ŒUVRE PAR CATHERINE MERCIER
ET VIRGINIE ROMPRÉ
COLLECTION «PARCOURS D'UNE ŒUVRE» SOUS LA DIRECTION
DE MICHEL LAURIN

© 2000   **GB** Groupe **Beauchemin**, éditeur ltée
3281, avenue Jean-Béraud
Laval (Québec) H7T 2L2
Téléphone :   (514) 334-5912
       1 800 361-4504
Télécopieur : (450) 688-6269
http://www.beauchemin.qc.ca

Nous reconnaissons l'aide financière du gouvernement du Canada
par l'entremise du Programme d'Aide au Développement de l'Industrie
de l'Édition (PADIÉ) pour nos activités d'édition.

ISBN : 2-7616-1182-9

Dépôt légal : 4ᵉ trimestre 2000
Bibliothèque nationale du Québec   Imprimé au Canada
Bibliothèque nationale du Canada   1 2 3 4 5 04 03 02 01 00

Supervision éditoriale : PIERRE DESAUTELS
Production : CAROLE OUIMET
Révision linguistique : HÉLÈNE LARUE
Charge de projet et correction d'épreuves : ROSELINE DESFORGES
Conception graphique : MARTIN DUFOUR, a.r.c.
Conception et réalisation de la couverture : CHRISTINE DUFOUR
Mise en pages : TREVOR AUBERT JONES
Impression : IMPRIMERIES TRANSCONTINENTAL INC.

Table des matières

Mérimée : aquarelle de Cécile Delesset, B.N.

Souviens-toi de te méfier...

Les contemporains de Prosper Mérimée l'ont souvent décrit comme un homme froid, hautain, que l'humour ironique dont il aimait user rendait difficile d'approche. De même, certains critiques lui ont reproché la sécheresse de son style. Pourtant, ce fonctionnaire érudit, passionné par l'archéologie et les langues, familier de la cour de l'empereur Napoléon III, a écrit quelques-unes des œuvres les plus passionnées et les plus violentes.

L'histoire tragique de Carmen et de José, c'est l'histoire de deux mondes qui s'affrontent, celui des bohémiens, épris de liberté, et celui de José, tout empreint d'honneur et de loyauté. C'est aussi l'histoire du combat que mène José contre une passion à laquelle il ne peut résister et qui réduit à néant toute sa volonté.

Dans *La Vénus d'Ill*e, le côté ironique de Mérimée semble d'abord ressortir. Cependant, à bien y regarder, nous découvrons également son aspect émotif. En plus de la passion amoureuse se profile la peur, qui paralyse les personnages et qui rend fou, et devant laquelle le narrateur même, si rationnel soit-il, passe près de céder.

En adoptant pour devise «Souviens-toi de te méfier», peut-être Mérimée voulait-il se rappeler la nécessité de prendre garde à ces sentiments qui annihilent l'esprit, et qui couvaient malgré tout en lui, sous les apparences d'une froideur qu'il arborait en société.

Lire Mérimée, c'est entrer dans un monde qui, à plusieurs points de vue, ressemble au nôtre. Aussi longtemps que les passions exerceront encore un pouvoir sur nos cœurs, aussi longtemps que raison et sentiments se déchireront, *Carmen* et *La Vénus d'Ill* de Mérimée conserveront leur actualité. À travers elles, c'est de l'éternel combat de l'homme contre lui-même que Mérimée se fait le témoin.

Je descendais le dernier coteau du Canigou [...]

Ligne 1.

LA VÉNUS D'ILLE

Ἵλεως, ἦν δ' ἐγώ, ἔστω ὁ ἀνδριάς
καὶ ἤπιος, οὕτως ἀνδρεῖος ὤν.
ΛΟΥΚΙΑΝΟΥ ΦΙΛΟΨΕΥΔΗΣ[1].

Je descendais le dernier coteau du Canigou[2], et, bien que le soleil fût déjà couché, je distinguais dans la plaine les maisons de la petite ville d'Ille[3], vers laquelle je me dirigeais.

    — Vous savez, dis-je au Catalan[4] qui me servait de guide
5   depuis la veille, vous savez sans doute où demeure M. de Peyrehorade ?

    — Si je le sais ! s'écria-t-il, je connais sa maison comme la mienne ; et s'il ne faisait pas si noir, je vous la montrerais. C'est la plus belle d'Ille. Il a de l'argent, oui, M. de
10 Peyrehorade : et il marie son fils à plus riche que lui encore.

    — Et ce mariage se fera-t-il bientôt ? lui demandai-je.

    — Bientôt ! il se peut que déjà les violons soient commandés pour la noce. Ce soir, peut-être, demain, après-demain, que sais-je ! C'est à Puygarrig que ça se fera ; car
15 c'est Mlle de Puygarrig que monsieur le fils épouse. Ce sera beau, oui !

    J'étais recommandé à M. de Peyrehorade par mon ami M. de P. C'était, m'avait-il dit, un antiquaire[5] fort instruit et d'une complaisance à toute épreuve. Il se ferait un plaisir de

---

1 «Que la statue, dis-je, soit favorable et bienveillante, elle qui ressemble tant à un homme» (Lucien, *L'ami du mensonge ou L'incrédule*, ch. 19, trad. Séverine Clerc-Girard.)

2 *Canigou* : massif montagneux haut de 2756 m, situé dans la région du Roussillon, dans le sud de la France.

3 *Ille* : Ille-sur-Têt, ville du Roussillon.

4 *Catalan* : nom donné aux habitants de la Catalogne, région espagnole située à la frontière sud de la France.

5 *antiquaire* (vieilli) : archéologue, personne qui étudie l'Antiquité.

20   me montrer toutes les ruines à dix lieues[1] à la ronde. Or, je
comptais sur lui pour visiter les environs d'Ille, que je savais
riches en monuments antiques et du Moyen Âge. Ce
mariage, dont on me parlait alors pour la première fois,
dérangeait tous mes plans.

25   «Je vais être un trouble-fête», me dis-je. Mais j'étais
attendu ; annoncé par M. de P., il fallait bien me présenter.

— Gageons, monsieur, me dit mon guide, comme nous
étions déjà dans la plaine, gageons un cigare que je devine
ce que vous allez faire chez M. de Peyrehorade ?

30   — Mais, répondis-je en lui tendant un cigare, cela n'est
pas bien difficile à deviner. À l'heure qu'il est, quand on a
fait six lieues dans le Canigou, la grande affaire, c'est de
souper.

— Oui, mais demain ?… Tenez, je parierais que vous
35   venez à Ille pour voir l'idole ? j'ai deviné cela à vous voir
tirer en portrait les saints de Serrabona[2].

— L'idole ! quelle idole ? Ce mot avait excité ma
curiosité.

— Comment ! on ne vous a pas conté, à Perpignan,
40   comment M. de Peyrehorade avait trouvé une idole en terre ?

— Vous voulez dire une statue en terre cuite, en argile ?

— Non pas. Oui, bien en cuivre, et il y en a de quoi faire
des gros sous. Elle vous pèse autant qu'une cloche d'église.
C'est bien avant dans la terre, au pied d'un olivier, que nous
45   l'avons eue.

— Vous étiez donc présent à la découverte ?

— Oui, monsieur. M. de Peyrehorade nous dit, il y a
quinze jours, à Jean Coll et à moi, de déraciner un vieil olivier qui était gelé de l'année dernière, car elle a été bien
50   mauvaise, comme vous savez. Voilà donc qu'en travaillant,
Jean Coll, qui y allait de tout cœur, il donne un coup de

---

1 *lieues* : unités de mesure de distance, équivalant à environ 4 km.
2 *Serrabona* : prieuré du XIe siècle, situé à quelques kilomètres d'Ille.

pioche, et j'entends bimm… comme s'il avait tapé sur une
cloche. — Qu'est-ce que c'est ? que je dis. Nous piochons
toujours, nous piochons, et voilà qu'il paraît une main
55   noire, qui semblait la main d'un mort qui sortait de terre.
Moi, la peur me prend. Je m'en vais à monsieur et je lui dis :
— Des morts, notre maître, qui sont sous l'olivier ! Faut
appeler le curé. — Quels morts ? qu'il me dit. Il vient, et il
n'a pas plus tôt vu la main qu'il s'écrie : — Un antique ! un
60   antique[1] ! Vous auriez cru qu'il avait trouvé un trésor. Et le
voilà, avec la pioche, avec les mains, qui se démène et qui
faisait quasiment autant d'ouvrage que nous deux.

— Et enfin que trouvâtes-vous ?

— Une grande femme noire plus qu'à moitié nue,
65   révérence parler[2], monsieur, toute en cuivre, et M. de Peyrehorade nous a dit que c'était une idole du temps des
païens… du temps de Charlemagne[3], quoi !

— Je vois ce que c'est… Quelque bonne Vierge en bronze
d'un couvent détruit.

70   — Une bonne Vierge ! ah bien oui !… Je l'aurais bien
reconnue, si ç'avait été une bonne Vierge. C'est une idole,
vous dis-je : on le voit bien à son air. Elle vous fixe avec ses
grands yeux blancs… On dirait qu'elle vous dévisage. On
baisse les yeux, oui, en la regardant.

75   — Des yeux blancs ? Sans doute ils sont incrustés dans le
bronze. Ce sera peut-être quelque statue romaine.

— Romaine ! c'est cela. M. de Peyrehorade dit que c'est
une Romaine. Ah ! je vois bien que vous êtes un savant
comme lui.

---

1   *un antique* : une œuvre d'art (ici, une statue) datant de l'Antiquité.

2   *révérence parler* : expression utilisée pour s'excuser de dire une parole un peu
    choquante.

3   *du temps des païens… du temps de Charlemagne* : d'une époque lointaine. Le temps
    des païens correspond à l'Antiquité gréco-romaine, avant l'expansion du chris-
    tianisme. Quant à Charlemagne, il était empereur d'Occident au IXe siècle.
    Évidemment, la statue, qui date de l'Antiquité, est bien antérieure au temps de
    Charlemagne. Cette remarque dénote ainsi l'ignorance du guide.

80   — Est-elle entière, bien conservée ?

— Oh ! monsieur, il ne lui manque rien. C'est encore plus
beau et mieux fini que le buste de Louis-Philippe[1], qui est à
la mairie, en plâtre peint. Mais avec tout cela, la figure de
cette idole ne me revient pas. Elle a l'air méchante…, et elle
85   l'est aussi.

— Méchante ! Quelle méchanceté vous a-t-elle faite ?

— Pas à moi précisément ; mais vous allez voir. Nous
nous étions mis à quatre pour la dresser debout, et M. de
Peyrehorade, qui lui aussi tirait à la corde, bien qu'il n'ait
90   guère plus de force qu'un poulet, le digne homme ! Avec
bien de la peine nous la mettons droite. J'amassais un
tuileau[2] pour la caler, quand patatras ! la voilà qui tombe à
la renverse tout d'une masse. Je dis : «Gare dessous !» Pas
assez vite pourtant, car Jean Coll n'a pas eu le temps de tirer
95   sa jambe…

— Et il a été blessé ?

— Cassée net comme un échalas, sa pauvre jambe !
Pécaïre[3] ! quand j'ai vu cela, moi, j'étais furieux. Je voulais
défoncer l'idole à coups de pioche, mais M. de Peyrehorade
100 m'a retenu. Il a donné de l'argent à Jean Coll, qui tout de
même est encore au lit depuis quinze jours que cela lui est
arrivé, et le médecin dit qu'il ne marchera jamais de cette
jambe-là comme de l'autre. C'est dommage, lui qui était notre
meilleur coureur et, après monsieur le fils, le plus malin
105 joueur de paume[4]. C'est que M. Alphonse de Peyrehorade
en a été triste, car c'est Coll qui faisait sa partie[5]. Voilà qui
était beau à voir comme ils se renvoyaient les balles. Paf !
paf ! Jamais elles ne touchaient terre.

---

1 Louis-Philippe (1773-1850). Roi de France de 1830 à 1848.

2 *J'amassais un tuileau* : Je ramassais un morceau de tuile.

3 *Pécaïre !* : exclamation provençale qui exprime une compassion affectueuse pour
   quelqu'un.

4 *joueur de paume* : le jeu de paume est l'ancêtre du tennis.

5 *faisait sa partie* : jouait habituellement avec lui.

Devisant de la sorte, nous entrâmes à Ille, et je me trouvai
110   bientôt en présence de M. de Peyrehorade. C'était un petit
vieillard vert encore et dispos, poudré, le nez rouge, l'air jovial
et goguenard. Avant d'avoir ouvert la lettre de M. de P., il
m'avait installé devant une table bien servie, et m'avait
présenté à sa femme et à son fils comme un archéologue
115   illustre, qui devait tirer le Roussillon de l'oubli où le laissait
l'indifférence des savants.

Tout en mangeant de bon appétit, car rien ne dispose
mieux que l'air vif des montagnes, j'examinais mes hôtes.
J'ai dit un mot de M. de Peyrehorade ; je dois ajouter que
120   c'était la vivacité même. Il parlait, mangeait, se levait,
courait à sa bibliothèque, m'apportait des livres, me montrait des estampes, me versait à boire ; il n'était jamais deux
minutes en repos. Sa femme, un peu trop grasse, comme la
plupart des Catalanes lorsqu'elles ont passé quarante ans,
125   me parut une provinciale renforcée, uniquement occupée
des soins de son ménage. Bien que le souper fût suffisant
pour six personnes au moins, elle courut à la cuisine, fit tuer
des pigeons, frire des miliasses[1], ouvrit je ne sais combien
de pots de confitures. En un instant la table fut encombrée
130   de plats et de bouteilles, et je serais certainement mort
d'indigestion si j'avais goûté seulement à tout ce qu'on
m'offrait. Cependant, à chaque plat que je refusais, c'étaient
de nouvelles excuses. On craignait que je ne me trouvasse
bien mal à Ille. Dans la province on a si peu de ressources,
135   et les Parisiens sont si difficiles !

Au milieu des allées et venues de ses parents, M. Alphonse
de Peyrehorade ne bougeait pas plus qu'un Terme[2]. C'était
un grand jeune homme de vingt-six ans, d'une physionomie
belle et régulière, mais manquant d'expression. Sa taille et ses
140   formes athlétiques justifiaient bien la réputation d'infatigable

---

1   *miliasses* : petits gâteaux de farine de riz.
2   *Terme* : statue, dont les jambes sont remplacées par un socle plus large dans le haut que dans
le bas, représentant Terminus, le dieu romain des bornes des champs et des frontières.

joueur de paume qu'on lui faisait dans le pays. Il était ce soir-là habillé avec élégance, exactement d'après la gravure du dernier numéro du Journal des modes. Mais il me sem-blait gêné dans ses vêtements ; il était raide comme un

145 piquet dans un col de velours, et ne se tournait que tout d'une pièce. Ses mains grosses et hâlées, ses ongles courts contrastaient singulièrement avec son costume. C'étaient des mains de laboureur sortant des manches d'un dandy[1]. D'ailleurs, bien qu'il me considérât de la tête aux pieds fort

150 curieusement, en ma qualité de Parisien, il ne m'adressa qu'une seule fois la parole dans toute la soirée, ce fut pour me demander où j'avais acheté la chaîne de ma montre.

— Ah çà ! mon cher hôte, me dit M. de Peyrehorade, le souper tirant à sa fin, vous m'appartenez, vous êtes chez

155 moi. Je ne vous lâche plus, sinon quand vous aurez vu tout ce que nous avons de curieux dans nos montagnes. Il faut que vous appreniez à connaître notre Roussillon, et que vous lui rendiez justice. Vous ne vous doutez pas de tout ce que nous allons vous montrer. Monuments phéniciens[2],

160 celtiques[3], romains, arabes, byzantins[4], vous verrez tout, depuis le cèdre jusqu'à l'hysope[5]. Je vous mènerai partout et ne vous ferai pas grâce d'une brique.

Un accès de toux l'obligea de s'arrêter. J'en profitai pour lui dire que je serais désolé de le déranger dans une circon-

165 stance aussi intéressante pour sa famille. S'il voulait bien me donner ses excellents conseils sur les excursions que j'aurais à faire, je pourrais, sans qu'il prît la peine de m'accompagner...

---

1 *dandy* : homme qui prétend avoir une élégance suprême dans ses manières comme dans son habillement, élégance qu'il considère comme le symbole d'un esprit supérieur.

2 *phéniciens* : des Phéniciens, peuple d'Asie mineure, dont les activités commerciales se sont étendues sur toute la Méditerranée au cours du IIe millénaire avant J.-C.

3 *celtiques* : des Celtes, groupe de peuples indo-européens présents en Gaule et en Espagne au IIe millénaire avant J.-C.

4 *byzantins* : au XIXe siècle, le terme *byzantin* désignait le style architectural carac-téristique du Bas-Empire (voir note 3, page XX).

5 *depuis le cèdre jusqu'à l'hysope* : du plus grand au plus petit.

— Ah ! vous voulez parler du mariage de ce garçon-là, s'écria-t-il en m'interrompant. Bagatelle, ce sera fait après-demain. Vous ferez la noce avec nous, en famille, car la future est en deuil d'une tante dont elle hérite. Ainsi point de fête, point de bal… C'est dommage… vous auriez vu danser nos Catalanes… Elles sont jolies, et peut-être l'envie vous aurait-elle pris d'imiter mon Alphonse. Un mariage, dit-on, en amène d'autres… Samedi, les jeunes gens mariés, je suis libre, et nous nous mettons en course. Je vous demande pardon de vous donner l'ennui d'une noce de province. Pour un Parisien blasé sur les fêtes… et une noce sans bal encore ! Pourtant, vous verrez une mariée…, une mariée… vous m'en direz des nouvelles… Mais vous êtes un homme grave et vous ne regardez plus les femmes. J'ai mieux que cela à vous montrer. Je vous ferai voir quelque chose !… Je vous réserve une fière surprise pour demain.

— Mon Dieu ! lui dis-je, il est difficile d'avoir un trésor dans sa maison sans que le public en soit instruit. Je crois deviner la surprise que vous me préparez. Mais si c'est de votre statue qu'il s'agit, la description que mon guide m'en a faite n'a servi qu'à exciter ma curiosité et à me disposer à l'admiration.

— Ah ! il vous a parlé de l'idole, car c'est ainsi qu'ils appellent ma belle Vénus Tur… mais je ne veux rien vous dire. Demain, au grand jour, vous la verrez, et vous me direz si j'ai raison de la croire un chef-d'œuvre. Parbleu ! vous ne pouviez arriver plus à propos ! Il y a des inscriptions que moi, pauvre ignorant, j'explique à ma manière…, mais un savant de Paris !… Vous vous moquerez peut-être de mon interprétation… car j'ai fait un mémoire…, moi qui vous parle… vieil antiquaire de province, je me suis lancé… Je veux faire gémir la presse… Si vous vouliez bien me lire et me corriger, je pourrais espérer… Par exemple, je suis bien curieux de savoir comment vous traduirez cette inscription sur le socle : *CAVE…* Mais je ne veux rien vous demander encore ! À demain, à demain ! Pas un mot sur la Vénus aujourd'hui !

205   — Tu as raison, Peyrehorade, dit sa femme, de laisser là ton idole. Tu devrais voir que tu empêches monsieur de manger. Va, monsieur a vu à Paris de bien plus belles statues que la tienne. Aux Tuileries[1], il y en a des douzaines, et en bronze aussi.

210   — Voilà bien l'ignorance, la sainte ignorance de la province ! interrompit M. de Peyrehorade. Comparer un antique admirable aux plates figures de Coustou[2] !

> *Comme avec irrévérence*
> *Parle des dieux ma ménagère*[3] *!*

215   Savez-vous que ma femme voulait que je fondisse ma statue pour en faire une cloche à notre église. C'est qu'elle en eût été la marraine. Un chef-d'œuvre de Myron[4], monsieur !

— Chef-d'œuvre ! chef-d'œuvre ! un beau chef-d'œuvre qu'elle a fait ! casser la jambe d'un homme !

220   — Ma femme, vois-tu ? dit M. de Peyrehorade d'un ton résolu, et tendant vers elle sa jambe droite dans un bas de soie chinée, si ma Vénus m'avait cassé cette jambe-là, je ne la regretterais pas.

— Bon Dieu ! Peyrehorade, comment peux-tu dire cela !

225   Heureusement que l'homme va mieux… Et encore je ne peux pas prendre sur moi de regarder la statue qui fait des malheurs comme celui-là. Pauvre Jean Coll !

— Blessé par Vénus, monsieur, dit M. de Peyrehorade riant d'un gros rire, blessé par Vénus, le maraud se plaint :

230   *Veneris nec præmia noris.*

---

1   *Tuileries* : jardin des Tuileries, situé derrière le palais du Louvre à Paris.

2   Coustou, Guillaume (1677-1746). Sculpteur français qui réalisa entre autres *Les chevaux de Marly*, une sculpture exposée à la place de la Concorde, à Paris, tout près du jardin des Tuileries.

3   *Comme avec irrévérence / Parle des dieux ma ménagère* : citation tirée de la pièce *Amphitryon* de Molière.

4   Myron (Ve s. av. J.-C.). Sculpteur grec, auteur du célèbre *Discobole*.

Qui n'a pas été blessé par Vénus ?

M. Alphonse, qui comprenait le français mieux que le latin, cligna de l'œil d'un air d'intelligence, et me regarda comme pour me demander : Et vous, Parisien, comprenez-235 vous ?

Le souper finit. Il y avait une heure que je ne mangeais plus. J'étais fatigué, et je ne pouvais parvenir à cacher les fréquents bâillements qui m'échappaient. Mme de Peyrehorade s'en aperçut la première, et remarqua qu'il était temps 240 d'aller dormir. Alors commencèrent de nouvelles excuses sur le mauvais gîte que j'allais avoir. Je ne serais pas comme à Paris. En province on est si mal ! Il fallait de l'indulgence pour les Roussillonnais. J'avais beau protester qu'après une course dans les montagnes, une botte de paille me serait un 245 coucher délicieux, on me priait toujours de pardonner à de pauvres campagnards s'ils ne me traitaient pas aussi bien qu'ils l'eussent désiré. Je montai enfin à la chambre qui m'était destinée, accompagné de M. de Peyrehorade. L'escalier, dont les marches supérieures étaient en bois, 250 aboutissait au milieu d'un corridor, sur lequel donnaient plusieurs chambres.

— À droite, me dit mon hôte, c'est l'appartement que je destine à la future Mme Alphonse. Votre chambre est au bout du corridor opposé. Vous sentez bien, ajouta-t-il d'un air 255 qu'il voulait rendre fin, vous sentez bien qu'il faut isoler de nouveaux mariés. Vous êtes à un bout de la maison, eux à l'autre.

Nous entrâmes dans une chambre bien meublée, où le premier objet sur lequel je portai la vue fut un lit long de 260 sept pieds[1], large de six, et si haut qu'il fallait un escabeau pour s'y guinder[2]. Mon hôte m'ayant indiqué la position de la sonnette, et s'étant assuré par lui-même que le sucrier

---

1 *pieds* : anciennes unités de mesure de longueur, valant 32,4 cm.
2 *s'y guinder* : y monter.

était plein, les flacons d'eau de Cologne dûment placés sur
la toilette, après m'avoir demandé plusieurs fois si rien ne
265   me manquait, me souhaita une bonne nuit et me laissa seul.

Les fenêtres étaient fermées. Avant de me déshabiller, j'en
ouvris une pour respirer l'air frais de la nuit, délicieux après
un long souper. En face était le Canigou, d'un aspect
admirable en tout temps, mais qui me parut ce soir-là
270   la plus belle montagne du monde, éclairé qu'il était par
une lune resplendissante. Je demeurai quelques minutes à
contempler sa silhouette merveilleuse, et j'allais fermer ma
fenêtre, lorsque, baissant les yeux, j'aperçus la statue sur un
piédestal à une vingtaine de toises[1] de la maison. Elle était
275   placée à l'angle d'une haie vive qui séparait un petit jardin
d'un vaste carré parfaitement uni, qui, je l'appris plus tard,
était le jeu de paume de la ville. Ce terrain, propriété de
M. de Peyrehorade, avait été cédé par lui à la commune, sur
les pressantes sollicitations de son fils.

280   À la distance où j'étais, il m'était difficile de distinguer
l'attitude de la statue ; je ne pouvais juger que de sa hauteur,
qui me parut de six pieds environ. En ce moment, deux
polissons de la ville passaient sur le jeu de paume, assez
près de la haie, sifflant le joli air du Roussillon : *Montagnes*
285   *régalades*. Ils s'arrêtèrent pour regarder la statue ; un d'eux
l'apostropha même à haute voix. Il parlait catalan ; mais j'étais
dans le Roussillon depuis assez longtemps pour pouvoir
comprendre à peu près ce qu'il disait.

— Te voilà donc, coquine ! (Le terme catalan était plus
290   énergique.) Te voilà ! disait-il. C'est donc toi qui as cassé la
jambe à Jean Coll ! Si tu étais à moi, je te casserais le cou.

— Bah ! avec quoi ? dit l'autre. Elle est de cuivre, et si dure
qu'Étienne a cassé sa lime dessus, essayant de l'entamer.
C'est du cuivre du temps des païens ; c'est plus dur que je ne
295   sais quoi.

---

1   *toises* : anciennes unités de mesure de longueur, équivalant à 1,95 m.

— Si j'avais mon ciseau à froid (il paraît que c'était un apprenti serrurier), je lui ferais bientôt sauter ses grands yeux blancs, comme je tirerais une amande de sa coquille. Il y a pour plus de cent sous d'argent.

300   Ils firent quelques pas en s'éloignant.

— Il faut que je souhaite le bonsoir à l'idole, dit le plus grand des apprentis, s'arrêtant tout à coup.

Il se baissa, et probablement ramassa une pierre. Je le vis déployer le bras, lancer quelque chose, et aussitôt un coup
305   sonore retentit sur le bronze. Au même instant l'apprenti porta la main à sa tête en poussant un cri de douleur.

— Elle me l'a rejetée ! s'écria-t-il.

Et mes deux polissons prirent la fuite à toutes jambes. Il était évident que la pierre avait rebondi sur le métal, et avait
310   puni ce drôle de l'outrage qu'il faisait à la déesse.

Je fermai la fenêtre en riant de bon cœur.

— Encore un Vandale[1] puni par Vénus ! Puissent tous les destructeurs de nos vieux monuments avoir ainsi la tête cassée !

315   Sur ce souhait charitable, je m'endormis.

Il était grand jour quand je me réveillai. Auprès de mon lit étaient, d'un côté, M. de Peyrehorade, en robe de chambre ; de l'autre un domestique envoyé par sa femme, une tasse de chocolat à la main.

320   — Allons, debout, Parisien ! Voilà bien mes paresseux de la capitale ! disait mon hôte pendant que je m'habillais à la hâte. Il est huit heures, et encore au lit ! Je suis levé, moi, depuis six heures. Voilà trois fois que je monte ; je me suis approché de votre porte sur la pointe du pied : personne,
325   nul signe de vie. Cela vous fera mal de trop dormir à votre âge. Et ma Vénus que vous n'avez pas encore vue. Allons, prenez-moi vite cette tasse de chocolat de Barcelone[2]...

---

1 *Vandale* : peuple germanique qui envahit et ravagea la Gaule au Ve siècle. Par analogie, on appelle vandale une personne destructrice et brutale.
2 *Barcelone* : capitale de la Catalogne, une région d'Espagne.

Vraie contrebande. Du chocolat comme on n'en a pas à
Paris. Prenez des forces car, lorsque vous serez devant ma
330   Vénus, on ne pourra plus vous en arracher.

En cinq minutes je fus prêt, c'est-à-dire à moitié rasé, mal
boutonné, et brûlé par le chocolat que j'avalai bouillant. Je
descendis dans le jardin, et me trouvai devant une
admirable statue.

335   C'était bien une Vénus, et d'une merveilleuse beauté. Elle
avait le haut du corps nu, comme les anciens représentaient
d'ordinaire les grandes divinités ; la main droite, levée à la
hauteur du sein, était tournée, la paume en dedans, le pouce
et les deux premiers doigts étendus, les deux autres légère-
340   ment ployés. L'autre main, rapprochée de la hanche, soutenait la draperie qui couvrait la partie inférieure du corps.
L'attitude de cette statue rappelait celle du Joueur de
mourre[1] qu'on désigne, je ne sais trop pourquoi, sous le
nom de Germanicus[2]. Peut-être avait-on voulu représenter
345   la déesse jouant au jeu de mourre.

Quoi qu'il en soit, il est impossible de voir quelque chose
de plus parfait que le corps de cette Vénus ; rien de plus
suave, de plus voluptueux que ses contours ; rien de plus élé-
gant et de plus noble que sa draperie. Je m'attendais à
350   quelque ouvrage du Bas-Empire[3] ; je voyais un chef-d'œuvre
du meilleur temps de la statuaire[4]. Ce qui me frappait
surtout, c'était l'exquise vérité des formes, en sorte qu'on
aurait pu les croire moulées sur nature, si la nature produi-
sait d'aussi parfaits modèles.

355   La chevelure, relevée sur le front, paraissait avoir été
dorée autrefois. La tête, petite comme celle de presque
toutes les statues grecques, était légèrement inclinée en avant.

---

1   *Joueur de mourre* : le jeu de mourre est un jeu de hasard où l'un des participants
    montre rapidement un certain nombre de doigts, que son adversaire doit deviner.
2   Germanicus (- 15 av. J.-C. — 19 apr. J.-C.). Général romain.
3   *Bas-Empire* : période de décadence de l'Empire romain (284-565).
4   *statuaire* : sculpture.

C'était bien une Vénus, et d'une merveilleuse beauté. Elle avait le haut du corps nu, comme les anciens représentaient d'ordinaire les grandes divinités [...]

Lignes 335 à 337.

Aphrodite de Capoue,
Musée National.

Quant à la figure, jamais je ne parviendrai à exprimer son caractère étrange, et dont le type ne se rapprochait de celui d'aucune statue antique dont il me souvienne. Ce n'était point cette beauté calme et sévère des sculpteurs grecs, qui, par système[1], donnaient à tous les traits une majestueuse immobilité. Ici, au contraire, j'observais avec surprise l'intention marquée de l'artiste de rendre la malice arrivant jusqu'à la méchanceté. Tous les traits étaient contractés légèrement : les yeux un peu obliques, la bouche relevée des coins, les narines quelque peu gonflées. Dédain, ironie, cruauté, se lisaient sur ce visage d'une incroyable beauté cependant. En vérité, plus on regardait cette admirable statue, et plus on éprouvait le sentiment pénible qu'une si merveilleuse beauté pût s'allier à l'absence de toute sensibilité.

— Si le modèle a jamais existé, dis-je à M. de Peyrehorade, et je doute que le ciel ait jamais produit une telle femme, que je plains ses amants ! Elle a dû se complaire à les faire mourir de désespoir. Il y a dans son expression quelque chose de féroce, et pourtant je n'ai jamais vu rien de si beau.

— *C'est Vénus tout entière à sa proie attachée*[2] ! s'écria M. de Peyrehorade, satisfait de mon enthousiasme.

Cette expression d'ironie infernale était augmentée peut-être par le contraste de ses yeux incrustés d'argent et très brillants avec la patine[3] d'un vert noirâtre que le temps avait donnée à toute la statue. Ces yeux brillants produisaient une certaine illusion qui rappelait la réalité, la vie. Je me souvins de ce que m'avait dit mon guide, qu'elle faisait baisser les yeux à ceux qui la regardaient. Cela était presque vrai, et je ne pus me défendre d'un mouvement de colère contre

---

1 *par système* : avec parti pris.
2 *C'est Vénus tout entière à sa proie attachée !* : citation tirée de la pièce *Phèdre*, de Racine.
3 *patine* : dépôt, habituellement verdâtre, qui se forme avec le temps sur les objets anciens, particulièrement les objets en cuivre ou en bronze.

moi-même en me sentant un peu mal à mon aise devant cette figure de bronze.

390   — Maintenant que vous avez tout admiré en détail, mon cher collègue en antiquaillerie[1], dit mon hôte, ouvrons, s'il vous plaît, une conférence scientifique[2]. Que dites-vous de cette inscription, à laquelle vous n'avez point pris garde encore ?

395   Il me montrait le socle de la statue, et j'y lus ces mots :

CAVE AMANTEM

— *Quid dicis, doctissime*[3] ? me demanda-t-il en se frottant les mains. Voyons si nous nous rencontrerons[4] sur le sens de ce *cave amantem* !

400   — Mais, répondis-je, il y a deux sens. On peut traduire : «Prends garde à celui qui t'aime, défie-toi des amants.» Mais, dans ce sens, je ne sais si *cave amantem* serait d'une bonne latinité[5]. En voyant l'expression diabolique de la dame, je croirais plutôt que l'artiste a voulu mettre en garde

405   le spectateur contre cette terrible beauté. Je traduirais donc : «Prends garde à toi si *elle t'aime.*»

— Humph ! dit M. de Peyrehorade, oui, c'est un sens admissible : mais, ne vous en déplaise, je préfère la première traduction, que je développerai pourtant. Vous connaissez

410   l'amant de Vénus ?

— Il y en a plusieurs.

— Oui ; mais le premier, c'est Vulcain[6]. N'a-t-on pas voulu dire : «Malgré toute ta beauté, ton air dédaigneux, tu auras un forgeron, un vilain boiteux pour amant ?» Leçon

415   profonde, monsieur, pour les coquettes !

---

1   *antiquaillerie* : objet antique de peu de valeur.
2   *ouvrons […] une conférence scientifique* : discutons entre scientifiques.
3   *Quid dicis, doctissime ?* : Qu'en dites-vous, très savant homme ? (Trad. Séverine Clerc-Girard.)
4   *si nous nous rencontrerons* : si nous serons du même avis.
5   *serait d'une bonne latinité* : respecterait la syntaxe du latin classique.
6   *Vulcain* : dieu romain du feu, époux de Vénus et forgeron des dieux. Il était hideux et difforme.

Je ne pus m'empêcher de sourire, tant l'explication me parut tirée par les cheveux.

— C'est une terrible langue que le latin avec sa concision, observai-je pour éviter de contredire formellement mon
420 antiquaire, et je reculai de quelques pas afin de mieux contempler la statue.

— Un instant, collègue ! dit M. de Peyrehorade en m'arrêtant par le bras, vous n'avez pas tout vu. Il y a encore une autre inscription. Montez sur le socle et regardez au bras
425 droit. En parlant ainsi, il m'aidait à monter.

Je m'accrochai sans trop de façon au cou de Vénus, avec laquelle je commençais à me familiariser. Je la regardai même un instant *sous le nez*[1], et la trouvai de près encore plus méchante et encore plus belle. Puis je reconnus qu'il
430 y avait, gravés sur le bras, quelques caractères d'écriture cursive[2] antique, à ce qu'il me sembla. À grand renfort de besicles[3] j'épelai ce qui suit, et cependant M. de Peyrehorade répétait chaque mot à mesure que je le prononçais, approuvant du geste et de la voix. Je lus donc :
435   *VENERI TVRBVL…*
    EVTYCHES MYRO
    IMPERIO FECIT

Après ce mot *TVRBVL* de la première ligne, il me sembla qu'il y avait quelques lettres effacées : mais *TVRBVL* était
440 parfaitement lisible.

— Ce qui veut dire ?…, me demanda mon hôte radieux et souriant avec malice, car il pensait bien que je ne me tirerais pas facilement de ce *TVRBVL*.

---

1 *regardai […] sous le nez* : m'approchai très près d'elle, comme pour la provoquer.

2 *cursive* : tracée à la main courante.

3 *besicles* : anciennes lunettes rondes.

—Il y a un mot que je ne m'explique pas encore, lui
445 dis-je : tout le reste est facile. Eutychès Myron[1] a fait cette
offrande à Vénus par son ordre.

—À merveille. Mais *TVRBVL*, qu'en faites-vous ? Qu'est-
ce que *TVRBVL* ?

—*TVRBVL* m'embarrasse fort. Je cherche en vain
450 quelque épithète connue de Vénus qui puisse m'aider.
Voyons, que diriez-vous de *TVRBVLENTA* ? Vénus qui
trouble, qui agite… Vous vous apercevez que je suis toujours
préoccupé de son expression méchante. *TVRBVLENTA*, ce
n'est point une trop mauvaise épithète pour Vénus, ajoutai-
455 je d'un ton modeste, car je n'étais pas moi-même fort satisfait de mon explication.

—Vénus turbulente ! Vénus la tapageuse ! Ah ! vous
croyez donc que ma Vénus est une Vénus de cabaret ? Point
du tout, monsieur ; c'est une Vénus de bonne compagnie.
460 Mais je vais vous expliquer ce *TVRBVL*… Au moins vous
me promettez de ne point divulguer ma découverte avant
l'impression de mon mémoire. C'est que, voyez-vous, je
m'en fais gloire, de cette trouvaille-là… Il faut bien que vous
nous laissiez quelques épis à glaner, à nous autres pauvres
465 diables de provinciaux. Vous êtes si riches, messieurs les
savants de Paris !

Du haut du piédestal, où j'étais toujours perché, je lui
promis solennellement que je n'aurais jamais l'indignité de
lui voler sa découverte.

470 —*TVRBVL*…, monsieur, dit-il en se rapprochant et baissant la voix de peur qu'un autre que moi ne pût l'entendre,
lisez *TVRBVLNERA*.

—Je ne comprends pas davantage.

—Écoutez bien. À une lieue d'ici, au pied de la mon-
475 tagne, il y a un village qui s'appelle Boulternère. C'est une

---

1 *Eutychès Myron* : ce sculpteur n'a pas existé, bien qu'il porte le nom d'un sculpteur
grec célèbre. Quant à son prénom, Eutychès, il est la traduction grecque de Prosper.

corruption[1] du mot latin *TVRBVLNERA*. Rien de plus commun que ces inversions. Boulternère, monsieur, a été une ville romaine. Je m'en étais toujours douté, mais jamais je n'en avais eu la preuve. La preuve, la voilà. Cette Vénus était
480 la divinité topique[2] de la cité de Boulternère, et ce mot de Boulternère, que je viens de démontrer d'origine antique, prouve une chose bien plus curieuse, c'est que Boulternère, avant d'être une ville romaine, a été une ville phénicienne !

Il s'arrêta un moment pour respirer et jouir de ma
485 surprise. Je parvins à réprimer une forte envie de rire.

— En effet, poursuivit-il, *TVRBVLNERA* est pur phénicien, *TVR*, prononcez *TOUR*… *TOUR* et *SOUR*, même mot, n'est-ce pas ? *SOUR* est le nom phénicien de Tyr[3] ; je n'ai pas besoin de vous en rappeler le sens. *BVL*, c'est Baal[4], Bâl, Bel,
490 Bul, légères différences de prononciation. Quant à *NERA*, cela me donne un peu de peine. Je suis tenté de croire, faute de trouver un mot phénicien, que cela vient du grec νηρος humide, marécageux. Ce serait donc un mot hybride[5]. Pour justifier νηρος, je vous montrerai à Boulternère comment les
495 ruisseaux de la montagne y forment des mares infectes. D'autre part, la terminaison *NERA* aurait pu être ajoutée beaucoup plus tard en l'honneur de Nera Pivesuvia, femme de Tétricus[6], laquelle aurait fait quelque bien à la cité de Turbul. Mais à cause des mares, je préfère l'étymologie de
500 νηρος.

Il prit une prise de tabac d'un air satisfait.

— Mais laissons les Phéniciens, et revenons à l'inscription. Je traduis donc : «À Vénus de Boulternère Myron dédie par son ordre cette statue, son ouvrage.»

---

1 *corruption* : déformation d'un mot.
2 *divinité topique* : divinité protectrice d'un lieu.
3 *Tyr* : ancienne ville phénicienne. Aujourd'hui, Sûr, au Liban.
4 *Baal* : dieu phénicien.
5 *mot hybride* : mot formé d'éléments empruntés à deux langues différentes.
6 Tétricus (IIIe s.). Empereur romain des Gaules.

505 Je me gardai bien de critiquer son étymologie, mais je
voulus à mon tour faire preuve de pénétration, et je lui dis :
— Halte-là, monsieur. Myron a consacré quelque chose,
mais je ne vois nullement que ce soit cette statue.

— Comment ! s'écria-t-il, Myron n'était-il pas un
510 fameux sculpteur grec ? Le talent se sera perpétué dans sa
famille : c'est un de ses descendants qui aura fait cette statue. Il n'y a rien de plus sûr.

— Mais, répliquai-je, je vois sur le bras un petit trou. Je
pense qu'il a servi à fixer quelque chose, un bracelet, par
515 exemple, que ce Myron donna à Vénus en offrande expia-
toire. Myron était un amant malheureux. Vénus était irritée
contre lui : il l'apaisa en lui consacrant un bracelet d'or.
Remarquez que *fecit*[1] se prend fort souvent pour *consecravit*[2]. Ce sont termes synonymes. Je vous en montrerais plus
520 d'un exemple si j'avais sous la main Gruter ou bien Orelli[3].
Il est naturel qu'un amoureux voie Vénus en rêve, qu'il
s'imagine qu'elle lui commande de donner un bracelet
d'or à sa statue. Myron lui consacra un bracelet... Puis les
barbares[4] ou bien quelque voleur sacrilège...

525 — Ah ! qu'on voit bien que vous avez fait des romans !
s'écria mon hôte en me donnant la main pour descendre.
Non, monsieur, c'est un ouvrage de l'école de Myron.
Regardez seulement le travail, et vous en conviendrez.

M'étant fait une loi de ne jamais contredire à outrance les
530 antiquaires entêtés, je baissai la tête d'un air convaincu en
disant :
— C'est un admirable morceau.

— Ah ! mon Dieu, s'écria M. de Peyrehorade, encore un
trait de vandalisme ! On aura jeté une pierre à ma statue !

---

1 *fecit* (mot latin) : fit, consacra.

2 *consecravit* (mot latin) : consacra.

3 *Gruter ou bien Orelli* : les ouvrages de Gruter ou d'Orelli, spécialistes en épigraphie (études des inscriptions).

4 *barbares* : nom que les Grecs et les Romains donnaient aux étrangers.

535   Il venait d'apercevoir une marque blanche un peu au-dessus du sein de la Vénus. Je remarquai une trace semblable sur les doigts de la main droite, qui, je le supposai alors, avaient été touchés dans le trajet de la pierre, ou bien un fragment s'en était détaché par le choc et avait ricoché sur la
540 main. Je contai à mon hôte l'insulte dont j'avais été témoin et la prompte punition qui s'en était suivie. Il en rit beau-coup, et, comparant l'apprenti à Diomède[1], il lui souhaita de voir, comme le héros grec, tous ses compagnons changés en oiseaux blancs.

545   La cloche du déjeuner interrompit cet entretien classique, et, de même que la veille, je fus obligé de manger comme quatre. Puis vinrent des fermiers de M. de Peyrehorade; et, pendant qu'il leur donnait audience, son fils me mena voir une calèche qu'il avait achetée à Toulouse pour sa fiancée, et
550 que j'admirai, cela va sans dire. Ensuite j'entrai avec lui dans l'écurie, où il me tint une demi-heure à me vanter ses chevaux, à me faire leur généalogie, à me conter les prix qu'ils avaient gagnés aux courses du département. Enfin, il en vint à me parler de sa future, par la transition d'une
555 jument grise qu'il lui destinait.

    — Nous la verrons aujourd'hui, dit-il. Je ne sais si vous la trouverez jolie. Vous êtes difficile, à Paris; mais tout le monde, ici et à Perpignan, la trouve charmante. Le bon, c'est qu'elle est fort riche. Sa tante de Prades lui a laissé son bien.
560 Oh! je vais être fort heureux.

    Je fus profondément choqué de voir un jeune homme paraître plus touché de la dot[2] que des beaux yeux de sa future.

    — Vous vous connaissez en bijoux, poursuivit
565 M. Alphonse, comment trouvez-vous ceci? Voici l'anneau que je lui donnerai demain.

---

1 *Diomède* : guerrier grec qui a blessé Vénus pendant la guerre de Troie. La déesse se vengea en changeant ses compagnons en oiseaux blancs.

2 *dot* : somme qu'une femme apporte à son mari lors de son mariage.

En parlant ainsi, il tirait de la première phalange de son petit doigt une grosse bague enrichie de diamants, et formée de deux mains entrelacées; allusion qui me
570 parut infiniment poétique. Le travail en était ancien, mais je jugeai qu'on l'avait retouchée pour enchâsser les diamants. Dans l'intérieur de la bague se lisaient ces mots en lettres gothiques[1] : *Sempr' ab ti*, c'est-à-dire, toujours avec toi.

— C'est une jolie bague, lui dis-je; mais ces diamants
575 ajoutés lui ont fait perdre un peu de son caractère.

— Oh ! elle est bien plus belle comme cela, répondit-il en souriant. Il y a là pour douze cents francs de diamants. C'est ma mère qui me l'a donnée. C'était une bague de famille très ancienne… du temps de la chevalerie. Elle avait servi à
580 ma grand-mère, qui la tenait de la sienne. Dieu sait quand cela a été fait.

— L'usage à Paris, lui dis-je, est de donner un anneau tout simple, ordinairement composé de deux métaux différents, comme de l'or et du platine. Tenez, cette autre
585 bague, que vous avez à ce doigt, serait fort convenable. Celle-ci, avec ses diamants et ses mains en relief, est si grosse, qu'on ne pourrait mettre un gant par-dessus.

— Oh ! Mme Alphonse s'arrangera comme elle voudra. Je crois qu'elle sera toujours bien contente de l'avoir. Douze
590 cents francs au doigt, c'est agréable. Cette petite bague-là, ajouta-t-il en regardant d'un air de satisfaction l'anneau tout uni qu'il portait à la main, celle-là, c'est une femme à Paris qui me l'a donnée un jour de mardi gras[2]. Ah ! comme je m'en suis donné quand j'étais à Paris, il y a deux ans !
595 C'est là qu'on s'amuse !… Et il soupira de regret.

Nous devions dîner ce jour-là à Puygarrig, chez les parents de la future; nous montâmes en calèche, et nous nous rendîmes au château, éloigné d'Ille d'environ une lieue et

---

1 *lettres gothiques* : lettres à caractères droits, ornées d'angles et de crochets.
2 *mardi gras* : jour précédant le mercredi des Cendres, où l'on fête, généralement costumé, avant les privations de la période du carême.

demie. Je fus présenté et accueilli comme l'ami de la famille.
600 Je ne parlerai pas du dîner ni de la conversation qui s'en-
suivit, et à laquelle je pris peu de part. M. Alphonse, placé à
côté de sa future, lui disait un mot à l'oreille tous les quarts
d'heure. Pour elle, elle ne levait guère les yeux, et, chaque
fois que son prétendu lui parlait, elle rougissait avec mo-
605 destie, mais lui répondait sans embarras.

Mlle de Puygarrig avait dix-huit ans, sa taille souple et
délicate contrastait avec les formes osseuses de son robuste
fiancé. Elle était non seulement belle, mais séduisante.
J'admirais le naturel parfait de toutes ses réponses ; et son
610 air de bonté, qui pourtant n'était pas exempt d'une légère
teinte de malice, me rappela, malgré moi, la Vénus de mon
hôte. Dans cette comparaison que je fis en moi-même, je me
demandais si la supériorité de beauté qu'il fallait bien
accorder à la statue ne tenait pas, en grande partie, à son
615 expression de tigresse ; car l'énergie, même dans les mau-
vaises passions, excite toujours en nous un étonnement et
une espèce d'admiration involontaire.

— Quel dommage, me dis-je en quittant Puygarrig,
qu'une si aimable personne soit riche, et que sa dot la fasse
620 rechercher par un homme indigne d'elle !

En revenant à Ille, et ne sachant trop que dire à Mme de
Peyrehorade, à qui je croyais convenable d'adresser
quelquefois la parole :

— Vous êtes bien esprits forts en Roussillon ! m'écriai-je ;
625 comment, madame, vous faites un mariage un vendredi ! À
Paris nous aurions plus de superstition ; personne n'oserait
prendre femme un tel jour.

— Mon Dieu ! ne m'en parlez pas, me dit-elle, si cela
n'avait dépendu que de moi, certes on eût choisi un autre
630 jour. Mais Peyrehorade l'a voulu, et il a fallu lui céder. Cela
me fait de la peine pourtant. S'il arrivait quelque malheur ?
Il faut bien qu'il y ait une raison, car enfin pourquoi tout le
monde a-t-il peur du vendredi ?

— Vendredi ! s'écria son mari, c'est le jour de Vénus[1] !
635 Bon jour pour un mariage ! Vous le voyez, mon cher collègue, je ne pense qu'à ma Vénus. D'honneur ! c'est à cause
d'elle que j'ai choisi le vendredi. Demain, si vous voulez,
avant la noce, nous lui ferons un petit sacrifice, nous
sacrifierons deux palombes[2], et, si je savais où trouver de
640 l'encens…

— Fi donc, Peyrehorade ! interrompit sa femme scanda-
lisée au dernier point. Encenser une idole ! Ce serait une
abomination ! Que dirait-on de nous dans le pays ?

— Au moins, dit M. de Peyrehorade, tu me permettras de
645 lui mettre sur la tête une couronne de roses et de lis :

Manibus date lilia plenis.[3]

Vous le voyez, monsieur, la charte[4] est un vain mot. Nous
n'avons pas la liberté des cultes !

Les arrangements du lendemain furent réglés de la
650 manière suivante. Tout le monde devait être prêt et en toilette à dix heures précises. Le chocolat pris, on se rendrait
en voiture à Puygarrig. Le mariage civil devait se faire à
la mairie du village, et la cérémonie religieuse dans la
chapelle du château. Viendrait ensuite un déjeuner. Après
655 le déjeuner on passerait le temps comme l'on pourrait
jusqu'à sept heures. À sept heures, on retournerait à Ille,
chez M. de Peyrehorade, où devaient souper les deux
familles réunies. Le reste s'ensuit naturellement. Ne pouvant
danser, on avait voulu manger le plus possible.

660 Dès huit heures, j'étais assis devant la Vénus, un crayon à
la main, recommençant pour la vingtième fois la tête de la

---

1   *Vendredi […] c'est le jour de Vénus* : le mot *vendredi* vient en effet du mot *Vénus*.
    Chez les Romains, ce jour lui était consacré.
2   *palombes* : nom donné aux pigeons ramiers dans le sud et le sud-ouest de la
    France.
3   *Manibus date lilia plenis* : Avec les mains pleines de lis (citation de Virgile. Trad.
    Séverine Clerc-Girard).
4   *charte* : Charte constitutionnelle de 1830, qui reconnaissait la liberté des cultes et
    supprimait le caractère de religion d'État du catholicisme.

statue, sans pouvoir parvenir à en saisir l'expression. M. de Peyrehorade allait et venait autour de moi, me donnait des conseils, me répétait ses étymologies phéniciennes ; puis
665 disposait des roses du Bengale sur le piédestal de la statue, et d'un ton tragi-comique lui adressait des vœux pour le couple qui allait vivre sous son toit. Vers neuf heures il rentra pour songer à sa toilette, et en même temps parut M. Alphonse, bien serré dans un habit neuf, en gants blancs,
670 souliers vernis, boutons ciselés, une rose à la boutonnière.

— Vous ferez le portrait de ma femme ? me dit-il en se penchant sur mon dessin. Elle est jolie aussi.

En ce moment commençait, sur le jeu de paume dont j'ai parlé, une partie qui, sur-le-champ, attira l'attention de
675 M. Alphonse. Et moi, fatigué, et désespérant de rendre cette diabolique figure, je quittai bientôt mon dessin pour regarder les joueurs. Il y avait parmi eux quelques muletiers espagnols arrivés de la veille. C'étaient des Aragonais[1] et des Navarrois[2], presque tous d'une adresse merveilleuse. Aussi
680 les Illois, bien qu'encouragés par la présence et les conseils de M. Alphonse, furent-ils assez promptement battus par ces nouveaux champions. Les spectateurs nationaux étaient consternés. M. Alphonse regarda à sa montre. Il n'était encore que neuf heures et demie. Sa mère n'était pas coiffée. Il
685 n'hésita plus : il ôta son habit, demanda une veste, et défia les Espagnols. Je le regardais faire en souriant, et un peu surpris.

— Il faut soutenir l'honneur du pays, dit-il.

Alors je le trouvai vraiment beau. Il était passionné. Sa toilette, qui l'occupait si fort tout à l'heure, n'était plus rien
690 pour lui. Quelques minutes avant, il eût craint de tourner la tête de peur de déranger sa cravate. Maintenant il ne pensait

---

1 *Aragonais* : habitants de l'Aragon, région du nord-est de l'Espagne, frontalière de la France.
2 *Navarrois* : habitants de la Navarre, région des Pyrénées qui s'étend à la fois sur l'Espagne et sur la France.

plus à ses cheveux frisés ni à son jabot[1] si bien plissé. Et sa
fiancée ?... Ma foi, si cela eût été nécessaire, il aurait, je
crois, fait ajourner le mariage. Je le vis chausser à la hâte une
695   paire de sandales, retrousser ses manches, et, d'un air assuré,
se mettre à la tête du parti vaincu, comme César ralliant ses
soldats à Dyrrachium[2]. Je sautai la haie, et me plaçai com-
modément à l'ombre d'un micocoulier[3], de façon à bien
voir les deux camps.

700   Contre l'attente générale, M. Alphonse manqua la première balle ; il est vrai qu'elle vint rasant la terre et lancée
avec une force surprenante par un Aragonais qui paraissait
être le chef des Espagnols.

C'était un homme d'une quarantaine d'années, sec et
705   nerveux, haut de six pieds, et sa peau olivâtre avait une
teinte presque aussi foncée que le bronze de la Vénus.

M. Alphonse jeta sa raquette à terre avec fureur.

— C'est cette maudite bague, s'écria-t-il, qui me serre le
doigt et me fait manquer une balle sûre !

710   Il ôta, non sans peine, sa bague de diamants : je m'ap-
prochais pour la recevoir ; mais il me prévint, courut à la
Vénus, lui passa au doigt annulaire, et reprit son poste à la
tête des Illois.

Il était pâle, mais calme et résolu. Dès lors il ne fit plus
715   une seule faute, et les Espagnols furent battus complètement. Ce fut un beau spectacle que l'enthousiasme des spectateurs : les uns poussaient mille cris de joie en jetant leurs
bonnets en l'air ; d'autres lui serraient les mains, l'appelant
l'honneur du pays. S'il eût repoussé une invasion, je doute
720   qu'il eût reçu des félicitations plus vives et plus sincères. Le
chagrin des vaincus ajoutait encore à l'éclat de sa victoire.

---

1 *jabot* : ornement de dentelles attaché au col d'une chemise et s'étalant sur la
poitrine.
2 *Dyrrachium* : lieu d'une défaite de Jules César devant le consul romain Pompée en
48 av. J.-C.
3 *micocoulier* : variété d'orme des régions chaudes et tempérées.

— Nous ferons d'autres parties, mon brave, dit-il à l'Aragonais d'un ton de supériorité ; mais je vous rendrai des points[1].

725   J'aurais désiré que M. Alphonse fût plus modeste, et je fus presque peiné de l'humiliation de son rival.

Le géant espagnol ressentit profondément cette insulte. Je le vis pâlir sous sa peau basanée. Il regardait d'un air morne sa raquette en serrant les dents ; puis, d'une voix étouffée, il

730   dit tout bas : *Me lo pagarás*[2].

La voix de M. de Peyrehorade troubla le triomphe de son fils : mon hôte, fort étonné de ne point le trouver présidant aux apprêts de la calèche neuve, le fut bien plus encore en le voyant tout en sueur la raquette à la main. M. Alphonse

735   courut à la maison, se lava la figure et les mains, remit son habit neuf et ses souliers vernis, et cinq minutes après nous étions au grand trot sur la route de Puygarrig. Tous les joueurs de paume de la ville et grand nombre de spectateurs nous suivirent avec des cris de joie. À peine les chevaux

740   vigoureux qui nous traînaient pouvaient-ils maintenir leur avance sur ces intrépides Catalans.

Nous étions à Puygarrig, et le cortège allait se mettre en marche pour la mairie, lorsque M. Alphonse, se frappant le front, me dit tout bas :

745   — Quelle brioche[3] ! J'ai oublié la bague ! Elle est au doigt de la Vénus, que le diable puisse emporter ! Ne le dites pas à ma mère au moins. Peut-être qu'elle ne s'apercevra de rien.

— Vous pourriez envoyer quelqu'un, lui dis-je.

— Bah ! mon domestique est resté à Ille, ceux-ci, je ne

750   m'y fie guère. Douze cents francs de diamants ! cela pourrait en tenter plus d'un. D'ailleurs que penserait-on ici de ma distraction ? Ils se moqueraient trop de moi. Ils m'appelleraient le mari de la statue… Pourvu qu'on ne me la vole

---

1   *je vous rendrai des points* : je vous donnerai quelques points d'avance.

2   *Me lo pagarás* : Tu me le paieras (trad. Nicolas Dickner).

3   *Quelle brioche !* : Quelle sottise !

Il était pâle, mais calme et résolu. Dès lors il ne fit plus une seule faute, et les Espagnols furent battus complètement.

Lignes 714 à 716.

JOUEUR DE PAUME.
LITHOGRAPHIE DE THOMAS.

pas ! Heureusement que l'idole fait peur à mes coquins. Ils
755 n'osent l'approcher à longueur de bras[1]. Bah ! ce n'est rien ;
j'ai une autre bague.

Les deux cérémonies civile et religieuse s'accomplirent
avec la pompe[2] convenable ; et Mlle de Puygarrig reçut l'anneau d'une modiste[3] de Paris, sans se douter que son fiancé
760 lui faisait le sacrifice d'un gage amoureux[4]. Puis on se mit à
table, où l'on but, mangea, chanta même, le tout fort
longuement. Je souffrais pour la mariée de la grosse joie qui
éclatait autour d'elle : pourtant elle faisait meilleure conte-
nance que je ne l'aurais espéré, et son embarras n'était ni de
765 la gaucherie ni de l'affectation[5].

Peut-être le courage vient-il avec les situations difficiles.

Le déjeuner terminé quant il plut à Dieu, il était quatre
heures, les hommes allèrent se promener dans le parc, qui
était magnifique, ou regardèrent danser sur la pelouse du
770 château les paysannes de Puygarrig, parées de leurs habits
de fête. De la sorte, nous employâmes quelques heures.
Cependant les femmes étaient fort empressées autour de la
mariée, qui leur faisait admirer sa corbeille[6]. Puis elle
changea de toilette, et je remarquai qu'elle couvrit ses beaux
775 cheveux d'un bonnet et d'un chapeau à plumes, car les
femmes n'ont rien de plus pressé que de prendre, aussitôt
qu'elles le peuvent, les parures que l'usage leur défend de
porter quand elles sont encore demoiselles.

Il était près de huit heures quand on se disposa à partir
780 pour Ille. Mais d'abord eut lieu une scène pathétique. La
tante de Mlle de Puygarrig, qui lui servait de mère, femme

---

1 *à longueur de bras* : de trop près.

2 *pompe* : faste.

3 *modiste* : vendeuse de chapeaux.

4 *gage amoureux* : objet offert en témoignage d'amour.

5 *affectation* : action d'être ou d'agir différemment de ce qu'on est, afin de se faire
remarquer, de bien paraître.

6 *corbeille* : ensemble des cadeaux offerts à la jeune mariée, réunis dans une corbeille.

très âgée et fort dévote, ne devait point aller avec nous à la ville. Au départ, elle fit à sa nièce un sermon touchant sur ses devoirs d'épouse, duquel sermon résulta un torrent de
785 larmes et des embrassements sans fin. M. de Peyrehorade comparait cette séparation à l'enlèvement des Sabines[1]. Nous partîmes pourtant, et, pendant la route, chacun s'évertua pour distraire la mariée et la faire rire ; mais ce fut en vain.

À Ille, le souper nous attendait, et quel souper ! Si la
790 grosse joie du matin m'avait choqué, je le fus bien davantage des équivoques[2] et des plaisanteries dont le marié et la mariée surtout furent l'objet. Le marié, qui avait disparu un instant avant de se mettre à table, était pâle et d'un sérieux de glace. Il buvait à chaque instant du vieux vin de
795 Collioure[3] presque aussi fort que de l'eau-de-vie. J'étais à côté de lui, et me crus obligé de l'avertir :

— Prenez garde ! on dit que le vin…

Je ne sais quelle sottise je lui dis pour me mettre à l'unisson des convives.

800 Il me poussa le genou, et très bas il me dit :

— Quand on se lèvera de table…, que je puisse vous dire deux mots[4].

Son ton solennel me surprit. Je le regardai plus attentivement, et je remarquai l'étrange altération de ses traits.

805 — Vous sentez-vous indisposé ? lui demandai-je.

— Non.

Et il se remit à boire.

Cependant, au milieu des cris et des battements de mains, un enfant de onze ans, qui s'était glissé sous la table,

---

1 *enlèvement des Sabines* : selon la mythologie, Romulus, le fondateur de Rome, fit enlever trente jeunes filles appartenant à la tribu des Sabins afin de pourvoir au peuplement de la nouvelle cité.

2 *équivoques* : mots ou phrases pouvant avoir plusieurs sens, dont certains ne sont pas toujours décents.

3 *vin de Collioure* : vin élaboré à Collioure, dans le Roussillon.

4 *que je puisse vous dire deux mots* : il faudrait que je puisse vous dire deux mots.

810 montrait aux assistants un joli ruban blanc et rose qu'il
venait de détacher de la cheville de la mariée. On appelle
cela sa jarretière. Elle fut aussitôt coupée par morceaux et
distribuée aux jeunes gens, qui en ornèrent leur boutonnière, suivant un antique usage qui se conserve encore dans
815 quelques familles patriarcales[1]. Ce fut pour la mariée une
occasion de rougir jusqu'au blanc des yeux… Mais son trouble fut au comble lorsque M. de Peyrehorade, ayant réclamé
le silence, lui chanta quelques vers catalans, impromptus,
disait-il. En voici le sens, si je l'ai bien compris :

820   — Qu'est-ce donc, mes amis ? le vin que j'ai bu me fait-il
voir double ? Il y a deux Vénus ici…

Le marié tourna brusquement la tête d'un air effaré, qui
fit rire tout le monde.

— Oui, poursuivit M. de Peyrehorade, il y a deux Vénus
825 sous mon toit. L'une, je l'ai trouvée dans la terre comme une
truffe[2] ; l'autre, descendue des cieux, vient de nous partager
sa ceinture.

Il voulait dire sa jarretière.

— Mon fils, choisis de la Vénus romaine ou de la catalane
830 celle que tu préfères. Le maraud prend la catalane, et sa part
est la meilleure. La romaine est noire, la catalane est
blanche. La romaine est froide, la catalane enflamme tout ce
qui l'approche.

Cette chute[3] excita un tel hourra, des applaudissements si
835 bruyants et des rires si sonores, que je crus que le plafond
allait nous tomber sur la tête. Autour de la table il n'y avait
que trois visages sérieux, ceux des mariés et le mien. J'avais
un grand mal de tête ; et puis, je ne sais pourquoi un
mariage m'attriste toujours. Celui-là, en outre, me dégoûtait
840 un peu.

---

1 *familles patriarcales* : familles aux mœurs simples et paisibles, comme au temps des
patriarches bibliques.
2 *truffe* : variété de champignon très recherchée, qui pousse dans la terre.
3 *chute* : fin d'un récit.

Les derniers couplets ayant été chantés par l'adjoint du maire, et ils étaient fort lestes[1], je dois le dire, on passa dans le salon pour jouir du départ de la mariée, qui devait bientôt être conduite à sa chambre, car il était près de minuit.

845   M. Alphonse me tira dans l'embrasure d'une fenêtre, et me dit en détournant les yeux :

— Vous allez vous moquer de moi… Mais je ne sais ce que j'ai… je suis ensorcelé ! le diable m'emporte !

La première pensée qui me vint fut qu'il se croyait

850 menacé de quelque malheur du genre de ceux dont parlent Montaigne et Mme de Sévigné[2] :

« Tout l'empire amoureux est plein d'histoires tragiques », etc.

Je croyais que ces sortes d'accidents n'arrivaient qu'aux

855 gens d'esprit, me dis-je à moi-même.

— Vous avez trop bu de vin de Collioure, mon cher monsieur Alphonse, lui dis-je. Je vous avais prévenu.

— Oui, peut-être. Mais c'est quelque chose de bien plus terrible.

860   Il avait la voix entrecoupée. Je le crus tout à fait ivre.

— Vous savez bien mon anneau ? poursuivit-il après un silence.

— Eh bien ! on l'a pris ?

— Non.

865   — En ce cas, vous l'avez ?

— Non… je… je ne puis l'ôter du doigt de cette diable de Vénus.

— Bon ! vous n'avez pas tiré assez fort.

— Si fait… Mais la Vénus… elle a serré le doigt.

---

1   *lestes* : osés.

2   *Montaigne et Mme de Sévigné* : écrivains français célèbres, le premier pour ses *Essais* (1588), l'autre, pour sa correspondance (1726). La citation est de Montaigne.

870 Il me regardait fixement d'un air hagard, s'appuyant à l'espagnolette[1] pour ne pas tomber.

— Quel conte ! lui dis-je. Vous avez trop enfoncé l'anneau. Demain vous l'aurez avec des tenailles. Mais prenez garde de gâter[2] la statue.

875 — Non, vous dis-je. Le doigt de la Vénus est retiré, reployé[3] ; elle serre la main, m'entendez-vous ?... C'est ma femme, apparemment, puisque je lui ai donné mon anneau... Elle ne veut plus le rendre.

J'éprouvai un frisson subit, et j'eus un instant la chair de
880 poule. Puis un grand soupir qu'il fit m'envoya une bouffée de vin, et toute émotion disparut.

Le misérable, pensai-je, est complètement ivre.

— Vous êtes antiquaire, monsieur, ajouta le marié d'un ton lamentable, vous connaissez ces statues-là... il y a peut-
885 être quelque ressort, quelque diablerie[4], que je ne connais point... Si vous alliez voir ?

— Volontiers, dis-je. Venez avec moi.

— Non, j'aime mieux que vous y alliez seul.

Je sortis du salon.

890 Le temps avait changé pendant le souper, et la pluie commençait à tomber avec force. J'allais demander un parapluie, lorsqu'une réflexion m'arrêta. Je serais un bien grand sot, me dis-je, d'aller vérifier ce que m'a dit un homme ivre ! Peut-être, d'ailleurs, a-t-il voulu me faire
895 quelque méchante plaisanterie pour apprêter à rire[5] à ces honnêtes provinciaux ; et le moins qu'il puisse m'en arriver c'est d'être trempé jusqu'aux os et d'attraper un bon rhume.

---

1 *espagnolette* : système à poignée tournante servant à fermer et à ouvrir les châssis d'une fenêtre.
2 *gâter* : abîmer.
3 *reployé* : replié.
4 *diablerie* : mécanisme secret.
5 *apprêter à rire* : préparer une farce pour faire rire.

De la porte je jetai un coup d'œil sur la statue ruisselante d'eau, et je montai dans ma chambre sans rentrer dans le
900 salon. Je me couchai ; mais le sommeil fut long à venir. Toutes les scènes de la journée se représentaient à mon esprit. Je pensais à cette jeune fille si belle et si pure abandonnée à un ivrogne brutal. Quelle odieuse chose, me disais-je, qu'un mariage de convenance ! Un maire revêt une
905 écharpe tricolore[1], un curé une étole, et voilà la plus honnête fille du monde livrée au Minotaure[2] ! Deux êtres qui ne s'aiment pas, que peuvent-ils se dire dans un pareil moment, que deux amants achèteraient au prix de leur existence ? Une femme peut-elle jamais aimer un homme
910 qu'elle aura vu grossier une fois ? Les premières impressions ne s'effacent pas, et, j'en suis sûr, ce M. Alphonse méritera bien d'être haï…

Durant mon monologue, que j'abrège beaucoup, j'avais entendu force allées et venues dans la maison, les portes
915 s'ouvrir et se fermer, des voitures partir : puis il me semblait avoir entendu sur l'escalier les pas légers de plusieurs femmes se dirigeant vers l'extrémité du corridor opposé à ma chambre. C'était probablement le cortège de la mariée qu'on menait au lit. Ensuite on avait redescendu l'escalier.
920 La porte de Mme de Peyrehorade s'était fermée. Que cette pauvre fille, me dis-je, doit être troublée et mal à son aise ! Je me tournais dans mon lit de mauvaise humeur. Un garçon[3] joue un sot rôle dans une maison où s'accomplit un mariage.

925 Le silence régnait depuis quelque temps lorsqu'il fut troublé par des pas lourds qui montaient l'escalier. Les marches de bois craquèrent fortement.

---

1 *écharpe tricolore* : bande d'étoffe aux couleurs de la France (bleu, blanc, rouge) que revêt un dignitaire lors d'une cérémonie.
2 *Minotaure* : monstre mi-taureau, mi-homme de la mythologie grecque, qui dévorait les humains.
3 *garçon* : homme célibataire.

— Quel butor[1] ! m'écriai-je. Je parie qu'il va tomber dans l'escalier.

930   Tout redevint tranquille. Je pris un livre pour changer le cours de mes idées. C'était une statistique du département, ornée d'un mémoire de M. de Peyrehorade sur les monuments druidiques[2] de l'arrondissement de Prades. Je m'assoupis à la troisième page.

935   Je dormis mal et me réveillai plusieurs fois. Il pouvait être cinq heures du matin, et j'étais éveillé depuis plus de vingt minutes, lorsque le coq chanta. Le jour allait se lever. Alors j'entendis distinctement les mêmes pas lourds, le même craquement de l'escalier que j'avais entendu avant de
940   m'endormir. Cela me parut singulier[3]. J'essayai, en bâillant, de deviner pourquoi M. Alphonse se levait si matin[4]. Je n'imaginais rien de vraisemblable. J'allais refermer les yeux lorsque mon attention fut de nouveau excitée par des trépignements étranges auxquels se mêlèrent bientôt le tinte-
945   ment des sonnettes et le bruit de portes qui s'ouvraient avec fracas, puis je distinguai des cris confus.

«Mon ivrogne aura mis le feu quelque part !» pensais-je en sautant à bas de mon lit.

Je m'habillai rapidement et j'entrai dans le corridor. De
950   l'extrémité opposée partaient des cris et des lamentations, et une voix déchirante dominait toutes les autres : «Mon fils ! mon fils !» Il était évident qu'un malheur était arrivé à M. Alphonse. Je courus à la chambre nuptiale : elle était pleine de monde. Le premier spectacle qui frappa ma vue
955   fut le jeune homme à demi vêtu, étendu en travers sur le lit dont le bois était brisé. Il était livide, sans mouvement. Sa mère pleurait et criait à côté de lui. M. de Peyrehorade s'agitait, lui frottait les tempes avec de l'eau de Cologne, ou lui

---

1 *butor* : personne grossière, qui n'a pas de délicatesse.
2 *druidiques* : relatifs aux druides, anciens prêtres gaulois ou celtes.
3 *singulier* : étrange.
4 *si matin* : si tôt.

mettait des sels sous le nez. Hélas ! depuis longtemps son fils
960 était mort. Sur un canapé, à l'autre bout de la chambre, était
la mariée, en proie à d'horribles convulsions. Elle poussait
des cris inarticulés, et deux robustes servantes avaient toutes
les peines du monde à la contenir.

— Mon Dieu ! m'écriai-je, qu'est-il donc arrivé ?

965 Je m'approchai du lit et soulevai le corps du malheureux
jeune homme : il était déjà raide et froid. Ses dents serrées et
sa figure noircie exprimaient les plus affreuses angoisses. Il
paraissait assez que sa mort avait été violente et son agonie
terrible. Nulle trace de sang cependant sur ses habits.
970 J'écartai sa chemise et vis sur sa poitrine une empreinte
livide qui se prolongeait sur les côtes et le dos. On eût dit
qu'il avait été étreint dans un cercle de fer. Mon pied posa
sur quelque chose de dur qui se trouvait sur le tapis ; je me
baissai et vis la bague de diamants.

975 J'entraînai M. de Peyrehorade et sa femme dans leur
chambre ; puis j'y fis porter la mariée.

— Vous avez encore une fille, leur dis-je, vous lui devez
vos soins. Alors je les laissai seuls.

Il ne me paraissait pas douteux que M. Alphonse n'eût
980 été victime d'un assassinat dont les auteurs avaient trouvé
moyen de s'introduire la nuit dans la chambre de la mariée.
Ces meurtrissures à la poitrine, leur direction circulaire
m'embarrassaient beaucoup pourtant, car un bâton ou une
barre de fer n'aurait pu les produire. Tout d'un coup je me
985 souvins d'avoir entendu dire qu'à Valence[1] des braves[2] se
servaient de longs sacs de cuir remplis de sable fin pour
assommer les gens dont on leur avait payé la mort. Aussitôt,
je me rappelai le muletier aragonais et sa menace ; toutefois,
j'osais à peine penser qu'il eût tiré une si terrible vengeance
990 d'une plaisanterie légère.

---

1 *Valence* : ville d'Espagne orientale.
2 *braves* : tueurs à gages.

J'allais dans la maison, cherchant partout des traces d'effraction, et n'en trouvant nulle part. Je descendis dans le jardin pour voir si les assassins avaient pu s'introduire de ce côté ; mais je ne trouvai aucun indice certain. La pluie de la
995 veille avait d'ailleurs tellement détrempé le sol, qu'il n'aurait pu garder d'empreinte bien nette. J'observai pourtant quelques pas profondément imprimés dans la terre ; il y en avait dans deux directions contraires, mais sur une même ligne, partant de l'angle de la haie contiguë au jeu de paume
1000 et aboutissant à la porte de la maison. Ce pouvaient être les pas de M. Alphonse lorsqu'il était allé chercher son anneau au doigt de la statue. D'un autre côté, la haie, en cet endroit, étant moins fourrée qu'ailleurs, ce devait être sur ce point que les meurtriers l'auraient franchie. Passant et repassant
1005 devant la statue, je m'arrêtai un instant pour la considérer. Cette fois, je l'avouerai, je ne pus contempler sans effroi son expression de méchanceté ironique ; et, la tête toute pleine des scènes horribles dont je venais d'être le témoin, il me sembla voir une divinité infernale applaudissant au malheur
1010 qui frappait cette maison.

Je regagnai ma chambre et j'y restai jusqu'à midi. Alors je sortis et demandai des nouvelles de mes hôtes. Ils étaient un peu plus calmes. Mlle de Puygarrig, je devrais dire la veuve de M. Alphonse, avait repris connaissance. Elle avait même
1015 parlé au procureur du roi[1] de Perpignan, alors en tournée à Ille, et ce magistrat avait reçu sa déposition. Il me demanda la mienne. Je lui dis ce que je savais, et ne lui cachai pas mes soupçons contre le muletier aragonais. Il ordonna qu'il fût arrêté sur-le-champ.

1020 — Avez-vous appris quelque chose de Mme Alphonse ? demandai-je au procureur du roi, lorsque ma déposition fut écrite et signée.

---

1 *procureur du roi* : officier chargé de représenter les intérêts du roi et du public.

— Cette malheureuse jeune personne est devenue folle, me dit-il en souriant tristement. Folle ! tout à fait folle. Voici ce qu'elle conte :

— Elle était couchée, dit-elle, depuis quelques minutes, les rideaux tirés, lorsque la porte de sa chambre s'ouvrit, et quelqu'un entra. Alors Mme Alphonse était dans la ruelle du lit[1], la figure tournée vers la muraille. Elle ne fit pas un mouvement, persuadée que c'était son mari. Au bout d'un instant, le lit cria comme s'il était chargé d'un poids énorme. Elle eut grand-peur, mais n'osa pas tourner la tête. Cinq minutes, dix minutes peut-être… elle ne peut se rendre compte du temps, se passèrent de la sorte. Puis elle fit un mouvement involontaire, ou bien la personne qui était dans le lit en fit un, et elle sentit le contact de quelque chose de froid comme la glace, ce sont ses expressions. Elle s'enfonça dans la ruelle, tremblant de tous ses membres. Peu après, la porte s'ouvrit une seconde fois, et quelqu'un entra, qui dit : «Bonsoir, ma petite femme.» Bientôt après, on tira les rideaux. Elle entendit un cri étouffé. La personne qui était dans le lit, à côté d'elle, se leva sur son séant et parut étendre les bras en avant. Elle tourna la tête alors… et vit, dit-elle, son mari à genoux auprès du lit, la tête à la hauteur de l'oreiller, entre les bras d'une espèce de géant verdâtre qui l'étreignait avec force. Elle dit, et m'a répété vingt fois, pauvre femme !… elle dit qu'elle a reconnu…, devinez-vous ? La Vénus de bronze, la statue de M. de Peyrehorade… Depuis qu'elle est dans le pays, tout le monde en rêve. Mais je reprends le récit de la malheureuse folle. À ce spectacle, elle perdit connaissance, et probablement depuis quelques instants elle avait perdu la raison. Elle ne peut en aucune façon dire combien de temps elle demeura évanouie. Revenue à elle, elle revit le fantôme, ou la statue, comme elle dit toujours, immobile, les jambes et le bas du corps dans le

---

1 *ruelle du lit* : espace séparant le lit du mur.

lit, le buste et les bras étendus en avant, et entre ses bras son mari, sans mouvement. Un coq chanta. Alors la statue sortit du lit, laissa tomber le cadavre et sortit. Mme Alphonse se pendit à la sonnette, et vous savez le reste.

1060   On amena l'Espagnol; il était calme, et se défendit avec beaucoup de sang-froid et de présence d'esprit. Du reste, il ne nia pas le propos que j'avais entendu, mais il l'expliquait, prétendant qu'il n'avait voulu dire autre chose, sinon que le lendemain, reposé qu'il serait, il aurait gagné une partie de
1065 paume à son vainqueur. Je me rappelle qu'il ajouta :

— Un Aragonais, lorsqu'il est outragé, n'attend pas au lendemain pour se venger. Si j'avais cru que monsieur Alphonse eût voulu m'insulter, je lui aurais sur-le-champ donné de mon couteau dans le ventre.

1070   On compara ses souliers avec les empreintes de pas dans le jardin; ses souliers étaient beaucoup plus grands.

Enfin l'hôtelier chez qui cet homme était logé assura qu'il avait passé toute la nuit à frotter et à médicamenter un de ses mulets qui était malade.

1075   D'ailleurs cet Aragonais était un homme bien famé[1], fort connu dans le pays, où il venait tous les ans pour son commerce. On le relâcha donc en lui faisant des excuses.

J'oubliais la déposition d'un domestique qui le dernier avait vu M. Alphonse vivant. C'était au moment qu'il allait
1080 monter chez sa femme, et, appelant cet homme, il lui demanda d'un air d'inquiétude s'il savait où j'étais. Le domestique répondit qu'il ne m'avait point vu. Alors M. Alphonse fit un soupir et resta plus d'une minute sans parler, puis il dit : *Allons ! le diable l'aura emporté aussi !*

1085   Je demandai à cet homme si M. Alphonse avait sa bague de diamants lorsqu'il lui parla. Le domestique hésita pour répondre; enfin, il dit qu'il ne le croyait pas, qu'il n'y avait fait au reste aucune attention.

---

1 *bien famé* : qui a une bonne réputation.

— S'il avait eu cette bague au doigt, ajouta-t-il en se
1090 reprenant, je l'aurais sans doute remarquée, car je croyais
qu'il l'avait donnée à Mme Alphonse.

En questionnant cet homme je ressentais un peu de la
terreur superstitieuse que la déposition de Mme Alphonse
avait répandue dans toute la maison. Le procureur du roi
1095 me regarda en souriant, et je me gardai bien d'insister.

Quelques heures après les funérailles de M. Alphonse, je
me disposai à quitter Ille. La voiture de M. de Peyrehorade
devait me conduire à Perpignan. Malgré son état de faiblesse, le pauvre vieillard voulut m'accompagner jusqu'à la
1100 porte de son jardin. Nous le traversâmes en silence, lui se
traînant à peine, appuyé sur mon bras. Au moment de nous
séparer, je jetai un dernier regard sur la Vénus. Je prévoyais
bien que mon hôte, quoiqu'il ne partageât point les terreurs
et les haines qu'elle inspirait à une partie de sa famille,
1105 voudrait se défaire d'un objet qui lui rappellerait sans cesse
un malheur affreux. Mon intention était de l'engager à la
placer dans un musée. J'hésitais pour entrer en matière,
quand M. de Peyrehorade tourna machinalement la tête du
côté où il me voyait regarder fixement. Il aperçut la statue et
1110 aussitôt fondit en larmes. Je l'embrassai, et, sans oser lui dire
un seul mot, je montai dans la voiture.

Depuis mon départ je n'ai point appris que quelque jour
nouveau[1] soit venu éclairer cette mystérieuse catastrophe.

M. de Peyrehorade mourut quelques mois après son fils.
1115 Par son testament il m'a légué ses manuscrits, que je publierai peut-être un jour. Je n'y ai point trouvé le mémoire
relatif aux inscriptions de la Vénus.

P.-S. Mon ami M. de P. vient de m'écrire de Perpignan
que la statue n'existe plus. Après la mort de son mari, le pre-
1120 mier soin de Mme de Peyrehorade fut de la faire fondre en
cloche, et sous cette nouvelle forme elle sert à l'église d'Ille.

---

1 *quelque jour nouveau* : quelque nouvelle explication.

Mais, ajoute M. de P., il semble qu'un mauvais sort poursuive ceux qui possèdent ce bronze. Depuis que cette cloche sonne à Ille, les vignes ont gelé deux fois.

1125

1837

Elle [...] vit [...] son mari à genoux auprès du lit [...]
entre les bras d' une espèce de géant qui
l'étreignait avec force.

Lignes 1043 à 1046.

CARMEN

PAR

PROSPER MÉRIMÉE.

PARIS
MICHEL LÉVY FRÈRES, LIBRAIRES-ÉDITEURS
Des OEuvres d'Alexandre Dumas, Louis Reybaud, Jules Sandeau,
Madame Charles Reybaud, etc.
RUE VIVIENNE, 1.
—
1846

Carmen de Prosper Mérimée.
Édition de 1846.

CARMEN

I

Πᾶσα γυνή χόλος 'έστιν' 'έχει δ'ἀγαθὰς δὺο ῶράς,
Τὴν μίαν ἐν θαλάμῳ, τὴν μίαν ἐν θανάτῳ[1].
PALLADAS.

J'avais toujours soupçonné les géographes de ne savoir ce qu'ils disent lorsqu'ils placent le champ de bataille de Munda[2] dans le pays des Bastuli-Pœni, près de la moderne Monda, à quelque deux lieues[3] au nord de Marbella. D'après

5 mes propres conjectures sur le texte de l'anonyme auteur du *Belhum Hispaniense*[4], et quelques renseignements recueillis dans l'excellente bibliothèque du duc d'Ossuna, je pensais qu'il fallait chercher aux environs de Montilla le lieu mémorable ou, pour la dernière fois, César joua quitte ou

10 double contre les champions de la république. Me trouvant en Andalousie[5] au commencement de l'automne de 1830, je fis une assez longue excursion pour éclaircir les doutes qui me restaient encore. Un mémoire que je publierai prochainement ne laissera plus, je l'espère, aucune incerti-

15 tude dans l'esprit de tous les archéologues de bonne foi. En attendant que ma dissertation résolve enfin le problème géographique qui tient toute l'Europe savante en suspens, je veux vous raconter une petite histoire ; elle ne préjuge rien sur l'intéressante question de l'emplacement de Munda.

---

1 Toute femme est fiel ; mais elle a deux moments heureux, l'un dans la chambre nuptiale, l'autre dans la mort (trad. Julie Gravel-Richard).
2 *bataille de Munda* : en 45 av. J.-C., cette bataille mit fin à la guerre civile romaine, qui opposait Jules César à Pompée.
3 *lieues* : unités de mesure de distance, équivalant à environ 4 km.
4 *Belhum Hispaniense* : *De la guerre d'Espagne*.
5 *Andalousie* : région du sud de l'Espagne.

20   J'avais loué à Cordoue un guide et deux chevaux, et
m'étais mis en campagne avec les *Commentaires de César*[1] et
quelques chemises pour tout bagage. Certain jour, errant
dans la partie élevée de la plaine de Cachena, harassé de
fatigue, mourant de soif, brûlé par un soleil de plomb, je
25   donnais au diable de bon cœur César et les fils de Pompée[2],
lorsque j'aperçus, assez loin du sentier que je suivais, une
petite pelouse verte parsemée de joncs et de roseaux. Cela
m'annonçait le voisinage d'une source. En effet, en
m'approchant, je vis que la prétendue pelouse était un
30   marécage où se perdait un ruisseau, sortant, comme il semblait, d'une gorge étroite entre deux hauts contreforts de la
sierra[3] de Cabra. Je conclus qu'en remontant je trouverais de
l'eau fraîche, moins de sangsues et de grenouilles, et peut-
être un peu d'ombre au milieu des rochers. À l'entrée de la
35   gorge, mon cheval hennit, et un autre cheval, que je ne
voyais pas, lui répondit aussitôt. À peine eus-je fait une cen-
taine de pas, que la gorge, s'élargissant tout à coup, me
montra une espèce de cirque naturel parfaitement ombragé
par la hauteur des escarpements qui l'entouraient. Il était
40   impossible de rencontrer un lieu qui promît au voyageur
une halte plus agréable. Au pied de rochers à pic, la source
s'élançait en bouillonnant, et tombait dans un petit bassin
tapissé d'un sable blanc comme la neige. Cinq à six beaux
chênes verts, toujours à l'abri du vent et rafraîchis par la
45   source, s'élevaient sur ses bords, et la couvraient de leur
épais ombrage ; enfin, autour du bassin, une herbe fine, lus-
trée, offrait un lit meilleur qu'on n'en eût trouvé dans
aucune auberge à dix lieues à la ronde.

---

1 *Commentaires de César* : mémoires historiques de Jules César relatant la guerre des
   Gaules et la guerre civile.
2 *fils de Pompée* : les fils de Pompée, Caneus et Sextus, affrontaient César lors de la
   bataille de Munda.
3 *sierra* : chaîne de montagnes.

L'Espagne de *Carmen*.

À moi n'appartenait pas l'honneur d'avoir découvert un
50 si beau lieu. Un homme s'y reposait déjà, et sans doute dormait, lorsque j'y pénétrai. Réveillé par les hennissements, il
s'était levé, et s'était rapproché de son cheval, qui avait
profité du sommeil de son maître pour faire un bon repas
de l'herbe aux environs. C'était un jeune gaillard, de taille
55 moyenne, mais d'apparence robuste, au regard sombre et
fier. Son teint, qui avait pu être beau, était devenu, par l'action du soleil, plus foncé que ses cheveux. D'une main il
tenait le licol[1] de sa monture, de l'autre une espingole[2] de
cuivre. J'avouerai que d'abord l'espingole et l'air farouche
60 du porteur me surprirent quelque peu; mais je ne croyais
plus aux voleurs, à force d'en entendre parler et de n'en rencontrer jamais. D'ailleurs, j'avais vu tant d'honnêtes fermiers s'armer jusqu'aux dents pour aller au marché, que la
vue d'une arme à feu ne m'autorisait pas à mettre en doute
65 la moralité de l'inconnu. «Et puis, me disais-je, que ferait-il
de mes chemises et de mes *Commentaires* Elzevir[3] ?» Je saluai
donc l'homme à l'espingole d'un signe de tête familier, et je
lui demandai en souriant si j'avais troublé son sommeil.
Sans me répondre, il me toisa de la tête aux pieds; puis,
70 comme satisfait de son examen, il considéra avec la même
attention mon guide, qui s'avançait. Je vis celui-ci pâlir
et s'arrêter en montrant une terreur évidente. Mauvaise
rencontre ! me dis-je. Mais la prudence me conseilla aussitôt
de ne laisser voir aucune inquiétude. Je mis pied à terre;
75 je dis au guide de débrider, et, m'agenouillant au bord de
la source, j'y plongeai ma tête et mes mains; puis je bus

---

1 *licol* : pièce de harnais composée d'une lanière entourant la tête du cheval et d'un
anneau permettant au dresseur de diriger l'animal lorsqu'il marche à ses côtés.

2 *espingole* : fusil court dont le canon est évasé, que l'on chargeait avec des
chevrotines.

3 *Elzevir* : famille hollandaise de libraires et d'imprimeurs qui fut célèbre pour la
qualité typographique de ses ouvrages ainsi que leur petit format.

une bonne gorgée, couché à plat ventre, comme les mauvais soldats de Gédéon[1].

J'observais cependant mon guide et l'inconnu. Le pre-
80 mier s'approchait bien à contrecœur ; l'autre semblait n'avoir pas de mauvais desseins contre nous, car il avait rendu la liberté à son cheval, et son espingole, qu'il tenait d'abord horizontale, était maintenant dirigée vers la terre.

Ne croyant pas devoir me formaliser du peu de cas qu'on
85 avait paru faire de ma personne, je m'étendis sur l'herbe, et d'un air dégagé je demandai à l'homme à l'espingole s'il n'avait pas un briquet sur lui. En même temps je tirais mon étui à cigares. L'inconnu, toujours sans parler, fouilla dans sa poche, prit son briquet, et s'empressa de me faire du feu.
90 Évidemment il s'humanisait ; car il s'assit en face de moi, toutefois sans quitter son arme. Mon cigare allumé, je choisis le meilleur de ceux qui me restaient, et je lui demandai s'il fumait.

— Oui, monsieur, répondit-il.

95 C'étaient les premiers mots qu'il faisait entendre, et je remarquai qu'il ne prononçait pas l'*S* à la manière andalouse[○], d'où je conclus que c'était un voyageur comme moi, moins archéologue seulement.

—Vous trouverez celui-ci assez bon, lui dis-je en lui
100 présentant un véritable régalia[2] de la Havane.

Les notes rédigées par Mérimée dans son manuscrit original sont indiquées par les symboles ○, □, △, ◼.

○ Les Andalous aspirent l'*S* et la confondent dans la prononciation avec le *C* doux et le *Z* que les Espagnols prononcent comme le *TH* anglais. Sur le seul mot Señor, on peut reconnaître un Andalou.

---

1 *mauvais soldats de Gédéon* : allusion à un passage de l'Ancien Testament. Les mauvais soldats de Gédéon se mettaient à plat ventre pour boire de l'eau, et retardaient ainsi la marche de l'armée, alors que les bons soldats se contentaient de prendre de l'eau dans leurs mains, sans arrêter leur marche.

2 *régalia* : variété de cigares.

Il me fit une légère inclination de tête, alluma son cigare au mien, me remercia d'un autre signe de tête, puis se mit à fumer avec l'apparence d'un très grand plaisir.

— Ah ! s'écria-t-il en laissant échapper lentement sa pre-
105   mière bouffée par la bouche et les narines, comme il y avait longtemps que je n'avais fumé !

En Espagne, un cigare donné et reçu établit des relations d'hospitalité, comme en Orient le partage du pain et du sel. Mon homme se montra plus causant que je ne l'avais
110   espéré. D'ailleurs, bien qu'il se dît habitant du partido[1] de Montilla, il paraissait connaître le pays assez mal. Il ne savait pas le nom de la charmante vallée où nous nous trouvions ; il ne pouvait nommer aucun village des alentours ; enfin, interrogé par moi s'il n'avait pas vu aux environs des murs
115   détruits, de larges tuiles à rebords, des pierres sculptées, il confessa qu'il n'avait jamais fait attention à pareilles choses. En revanche, il se montra expert en matière de chevaux. Il critiqua le mien, ce qui n'était pas difficile ; puis il me fit la généalogie du sien, qui sortait du fameux haras[2] de
120   Cordoue : noble animal, en effet, si dur à la fatigue, à ce que prétendait son maître, qu'il avait fait une fois trente lieues dans un jour, au galop ou au grand trot. Au milieu de sa tirade, l'inconnu s'arrêta brusquement, comme surpris et fâché d'en avoir trop dit. «C'est que j'étais très pressé d'aller à
125   Cordoue, reprit-il avec quelque embarras. J'avais à solliciter les juges pour un procès…» En parlant, il regardait mon guide Antonio, qui baissait les yeux.

L'ombre et la source me charmèrent tellement, que je me souvins de quelques tranches d'excellent jambon que mes
130   amis de Montilla avaient mis dans la besace[3] de mon guide. Je les fis apporter, et j'invitai l'étranger à prendre sa part de

---

1 *partido* : arrondissement, région.

2 *haras* : lieu où on loge les juments et les étalons afin d'élever des poulains.

3 *besace* : long sac composé de deux poches, qui s'ouvre en son milieu.

la collation impromptue. S'il n'avait pas fumé depuis longtemps, il me parut vraisemblable qu'il n'avait pas mangé depuis quarante-huit heures au moins. Il dévorait
135   comme un loup affamé. Je pensai que ma rencontre avait été providentielle pour le pauvre diable. Mon guide, cependant, mangeait peu, buvait encore moins, et ne parlait pas du tout, bien que depuis le commencement de notre voyage il se fût révélé à moi comme un bavard sans pareil. La
140   présence de notre hôte semblait le gêner, et une certaine méfiance les éloignait l'un de l'autre sans que j'en devinasse positivement la cause.

Déjà les dernières miettes du pain et du jambon avaient disparu; nous avions fumé chacun un second cigare;
145   j'ordonnai au guide de brider nos chevaux, et j'allais prendre congé de mon nouvel ami, lorsqu'il me demanda où je comptais passer la nuit.

Avant que j'eusse fait attention à un signe de mon guide, j'avais répondu que j'allais à la venta[1] del Cuervo.
150   — Mauvais gîte pour une personne comme vous, monsieur… J'y vais, et, si vous me permettez de vous accompagner, nous ferons route ensemble.

— Très volontiers, dis-je en montant à cheval.

Mon guide, qui me tenait l'étrier, me fit un nouveau signe
155   des yeux. J'y répondis en haussant les épaules, comme pour l'assurer que j'étais parfaitement tranquille, et nous nous mîmes en chemin.

Les signes mystérieux d'Antonio, son inquiétude, quelques mots échappés à l'inconnu, surtout sa course de
160   trente lieues et l'explication peu plausible qu'il en avait donnée, avaient déjà formé mon opinion sur le compte de mon compagnon de voyage. Je ne doutai pas que je n'eusse affaire à un contrebandier, peut-être un voleur; que m'importait?

---

1 *venta* : petite auberge isolée.

Je connaissais assez le caractère espagnol pour être très sûr
165 de n'avoir rien à craindre d'un homme qui avait mangé et
fumé avec moi. Sa présence même était une protection
assurée contre toute mauvaise rencontre. D'ailleurs, j'étais
bien aise de savoir ce que c'est qu'un brigand. On n'en voit
pas tous les jours, et il y a un certain charme à se trouver
170 auprès d'un être dangereux, surtout lorsqu'on le sent doux
et apprivoisé.

J'espérais amener par degrés l'inconnu à me faire des
confidences, et, malgré les clignements d'yeux de mon
guide, je mis la conversation sur les voleurs de grand
175 chemin. Bien entendu que j'en parlai avec respect. Il y avait
alors en Andalousie un fameux bandit nommé José-Maria,
dont les exploits étaient dans toutes les bouches. « Si j'étais à
côté de José-Maria ? » me disais-je… Je racontai les histoires
que je savais de ce héros, toutes à sa louange d'ailleurs, et
180 j'exprimai hautement mon admiration pour sa bravoure et
sa générosité.

— José-Maria n'est qu'un drôle, dit froidement l'étranger.

« Se rend-il justice, ou bien est-ce excès de modestie de sa
185 part ? » me demandai-je mentalement ; car, à force de considérer mon compagnon, j'étais parvenu à lui appliquer le
signalement de José-Maria, que j'avais lu affiché aux portes
de mainte ville d'Andalousie. « Oui, c'est bien lui…
Cheveux blonds, yeux bleus, grande bouche, belles dents,
190 les mains petites ; une chemise fine, une veste de velours à
boutons d'argent, des guêtres de peau blanche, un cheval
bai… Plus de doute ! Mais respectons son incognito. »

Nous arrivâmes à la venta. Elle était telle qu'il me l'avait
dépeinte, c'est-à-dire une des plus misérables que j'eusse
195 encore rencontrées. Une grande pièce servait de cuisine, de
salle à manger et de chambre à coucher. Sur une pierre plate,
le feu se faisait au milieu de la chambre et la fumée sortait
par un trou pratiqué dans le toit, ou plutôt s'arrêtait, formant

un nuage, à quelques pieds au-dessus du sol. Le long du
200 mur, on voyait étendues par terre cinq ou six vieilles couvertures de mulets ; c'étaient les lits des voyageurs. À vingt pas
de la maison, ou plutôt de l'unique pièce que je viens de
décrire, s'élevait une espèce de hangar servant d'écurie.
Dans ce charmant séjour, il n'y avait d'autres êtres humains,
205 du moins pour le moment, qu'une vieille femme et une
petite fille de dix à douze ans, toutes les deux de couleur de
suie et vêtues d'horribles haillons. « Voilà tout ce qui reste,
me dis-je, de la population de l'antique Munda Bœtica ! Ô
César ! ô Sextus Pompée ! que vous seriez surpris si vous
210 reveniez au monde ! »

En apercevant mon compagnon, la vieille laissa échapper
une exclamation de surprise.

— Ah ! seigneur don José, s'écria-t-elle.

Don José fronça le sourcil, et leva une main d'un geste
215 d'autorité qui arrêta la vieille aussitôt. Je me tournai vers
mon guide, et, d'un signe imperceptible, je lui fis comprend-
dre qu'il n'avait rien à m'apprendre sur le compte de
l'homme avec qui j'allais passer la nuit… Le souper fut
meilleur que je ne m'y attendais. On nous servit, sur une
220 petite table haute d'un pied, un vieux coq fricassé avec du
riz et force piments, puis des piments à l'huile, enfin du *gas-
pacho*, espèce de salade de piments. Trois plats ainsi épicés
nous obligèrent de recourir souvent à une outre de vin de
Montilla qui se trouva délicieux. Après avoir mangé, avisant
225 une mandoline accrochée contre la muraille — il y a partout des mandolines en Espagne — je demandai à la petite
fille qui nous servait si elle savait en jouer.

— Non, répondit-elle ; mais don José en joue si bien !

— Soyez assez bon, lui dis-je, pour me chanter quelque
230 chose ; j'aime à la passion votre musique nationale.

— Je ne puis rien refuser à un monsieur si honnête qui
me donne de si excellents cigares, s'écria don José d'un air
de bonne humeur.

Et, s'étant fait donner la mandoline, il chanta en s'accom-
235   pagnant. Sa voix était rude, mais pourtant agréable, l'air
mélancolique et bizarre ; quant aux paroles, je n'en compris
pas un mot.

— Si je ne me trompe, lui dis-je, ce n'est pas un air espagnol que vous venez de chanter. Cela ressemble aux *zorzicos*[1]
240   que j'ai entendus dans les *Provinces*°, et les paroles doivent
être en langue basque.

— Oui, répondit don José d'un air sombre.

Il posa la mandoline à terre, et, les bras croisés, il se mit à
contempler le feu qui s'éteignait, avec une singulière expres-
245   sion de tristesse. Éclairée par une lampe posée sur la petite
table, sa figure, à la fois noble et farouche, me rappelait le
Satan de Milton[2]. Comme lui peut-être, mon compagnon
songeait au séjour qu'il avait quitté, à l'exil qu'il avait
encouru par une faute. J'essayai de ranimer la conversation,
250   mais il ne répondit pas, absorbé qu'il était dans ses tristes
pensées. Déjà la vieille s'était couchée dans un coin de la
salle, à l'abri d'une couverture trouée tendue sur une corde.
La petite fille l'avait suivie dans cette retraite réservée au
beau sexe. Mon guide alors, se levant, m'invita à le suivre à
255   l'écurie ; mais, à ce mot, don José, comme réveillé en sur-
saut, lui demanda d'un ton brusque où il allait.

— À l'écurie, répondit le guide.

— Pour quoi faire ? les chevaux ont à manger. Couche ici,
monsieur le permettra.

° *Les provinces privilégiées,* jouissant de *fueros* [privilèges] particuliers,
c'est-à-dire l'Alava, la Biscaye, la Guipuzcoa, et une partie de la Navarre.
Le basque est la langue du pays.

---

1   *zorzicos* : danses chantées basques.
2   Milton, John (1608-1674). Écrivain anglais qui mit Satan en scène dans son long
poème *Le paradis perdu*.

260   — Je crains que le cheval de monsieur ne soit malade ; je voudrais que monsieur le vît : peut-être saura-t-il ce qu'il faut lui faire.

Il était évident qu'Antonio voulait me parler en parti-culier ; mais je ne me souciais pas de donner des soupçons à
265 don José, et, au point où nous en étions, il me semblait que le meilleur parti à prendre était de montrer la plus grande confiance. Je répondis donc à Antonio que je n'entendais rien aux chevaux et que j'avais envie de dormir. Don José le suivit à l'écurie, d'où bientôt il revint seul. Il me dit que le
270 cheval n'avait rien, mais que mon guide le trouvait un animal si précieux qu'il le frottait avec sa veste pour le faire transpirer, et qu'il comptait passer la nuit dans cette douce occupation. Cependant je m'étais étendu sur les couvertures de mulets, soigneusement enveloppé dans mon manteau,
275 pour ne pas les toucher. Après m'avoir demandé pardon de la liberté qu'il prenait de se mettre auprès de moi, don José se coucha devant la porte, non sans avoir renouvelé l'amorce de son espingole, qu'il eut soin de placer sous la besace qui lui servait d'oreiller. Cinq minutes après nous
280 être mutuellement souhaité le bonsoir, nous étions l'un et l'autre profondément endormis.

Je me croyais assez fatigué pour pouvoir dormir dans un pareil gîte ; mais, au bout d'une heure, de très désagréables démangeaisons m'arrachèrent à mon premier somme. Dès
285 que j'en eus compris la nature, je me levai, persuadé qu'il valait mieux passer le reste de la nuit à la belle étoile que sous ce toit inhospitalier. Marchant sur la pointe du pied, je gagnai la porte, j'enjambai par-dessus la couche de don José, qui dormait du sommeil du juste, et je fis si bien que
290 je sortis de la maison sans qu'il s'éveillât. Auprès de la porte était un large banc de bois ; je m'étendis dessus, et m'arrangeai de mon mieux pour achever la nuit. J'allais fer-mer les yeux pour la seconde fois, quand il me sembla voir passer devant moi l'ombre d'un homme et l'ombre d'un

295 cheval marchant l'un et l'autre sans faire le moindre bruit. Je me mis sur mon séant et je crus reconnaître Antonio. Surpris de le voir hors de l'écurie à pareille heure, je me levai et marchai à sa rencontre. Il s'était arrêté, m'ayant aperçu d'abord.

300 — Où est-il ? me demanda Antonio à voix basse.

Dans la venta ; il dort, il n'a pas peur des punaises. Pourquoi donc emmenez-vous ce cheval ?

Je remarquai alors que, pour ne pas faire de bruit en sortant du hangar, Antonio avait soigneusement enveloppé

305 les pieds de l'animal avec les débris d'une vieille couverture.

— Parlez plus bas, me dit Antonio, au nom de Dieu ! Vous ne savez donc pas qui est cet homme-là ? C'est José Navarro, le plus insigne bandit de l'Andalousie. Toute la journée je vous ai fait des signes que vous n'avez pas voulu

310 comprendre.

— Bandit ou non, que m'importe ? répondis-je ; il ne nous a pas volés, et je parierais qu'il n'en a pas envie.

— À la bonne heure ; mais il y a deux cents ducats pour qui le livrera. Je sais un poste de lanciers[1] à une lieue et

315 demie d'ici, et avant qu'il soit jour, j'amènerai quelques gaillards solides. J'aurais pris son cheval, mais il est si méchant que nul que le Navarro ne peut en approcher.

— Que le diable vous emporte ! lui dis-je. Quel mal vous a fait ce pauvre homme pour le dénoncer ? D'ailleurs, êtes-

320 vous sûr qu'il soit le brigand que vous dites ?

— Parfaitement sûr ; tout à l'heure il m'a suivi dans l'écurie et m'a dit : « Tu as l'air de me connaître ; si tu dis à ce bon monsieur qui je suis je te fais sauter la cervelle. » Restez, monsieur, restez auprès de lui ; vous n'avez rien à

325 craindre. Tant qu'il vous saura là, il ne se méfiera de rien.

Tout en parlant, nous nous étions déjà assez éloignés de la venta pour qu'on ne pût entendre les fers du cheval.

---

1 *lanciers* : cavaliers armés d'une lance.

Antonio l'avait débarrassé en un clin d'œil des guenilles dont il lui avait enveloppé les pieds ; il se préparait à
330 enfourcher sa monture. J'essayai prières et menaces pour le retenir.

— Je suis un pauvre diable, monsieur, me disait-il ; deux cents ducats ne sont pas à perdre, surtout quand il s'agit de délivrer le pays de pareille vermine. Mais prenez garde ; si le
335 Navarro se réveille, il sautera sur son espingole, et gare à vous ! Moi je suis trop avancé pour reculer ; arrangez-vous comme vous pourrez.

Le drôle était en selle ; il piqua des deux, et dans l'obscurité je l'eus bientôt perdu de vue.

340 J'étais fort irrité contre mon guide et passablement inquiet. Après un instant de réflexion, je me décidai et rentrai dans la venta. Don José dormait encore, réparant sans doute en ce moment les fatigues et les veilles de plusieurs journées aventureuses. Je fus obligé de le secouer
345 rudement pour l'éveiller. Jamais je n'oublierai son regard farouche et le mouvement qu'il fit pour saisir son espingole, que, par mesure de précaution, j'avais mise à quelque distance de sa couche.

— Monsieur, lui dis-je, je vous demande pardon de vous
350 éveiller ; mais j'ai une sotte question à vous faire : seriez-vous bien aise de voir arriver ici une demi-douzaine de lanciers ?

Il sauta en pieds, et d'une voix terrible :

— Qui vous l'a dit ? me demanda-t-il.

355 — Peu importe d'où vient l'avis, pourvu qu'il soit bon.

— Votre guide m'a trahi, mais il me le payera ! Où est-il ?

— Je ne sais… Dans l'écurie, je pense… mais quelqu'un m'a dit…

— Qui vous a dit ?… Ce ne peut être la vieille…

360 — Quelqu'un que je ne connais pas… Sans plus de paroles, avez-vous, oui ou non, des motifs pour ne pas attendre les soldats ? Si vous en avez, ne perdez pas de temps,

sinon bonsoir, et je vous demande pardon d'avoir interrompu votre sommeil.

365   — Ah ! votre guide ! votre guide ! Je m'en étais méfié
d'abord… mais… son compte est bon !… Adieu, monsieur.
Dieu vous rende le service que je vous dois. Je ne suis pas
tout à fait aussi mauvais que vous me croyez… oui ; il y a
encore en moi quelque chose qui mérite la pitié d'un galant
370   homme… Adieu, monsieur… Je n'ai qu'un regret, c'est de
ne pouvoir m'acquitter envers vous.

         — Pour prix du service que je vous ai rendu, promettez-
moi, don José, de ne soupçonner personne, de ne pas songer
à la vengeance. Tenez, voilà des cigares pour votre route ;
375   bon voyage !

         Et je lui tendis la main.

         Il me la serra sans répondre, prit son espingole et sa
besace, et, après avoir dit quelques mots à la vieille dans
un argot que je ne pus comprendre, il courut au hangar.
380   Quelques instants après, je l'entendais galoper dans la
campagne.

         Pour moi, je me recouchai sur mon banc, mais je ne
me rendormis point. Je me demandais si j'avais eu raison
de sauver de la potence un voleur, et peut-être un meurtrier,
385   et cela seulement parce que j'avais mangé du jambon avec
lui et du riz à la valencienne. N'avais-je pas trahi mon guide
qui soutenait la cause des lois ; ne l'avais-je pas exposé à la
vengeance d'un scélérat ? Mais les devoirs de l'hospitalité !… Préjugé de sauvage, me disais-je ; j'aurai à répondre
390   de tous les crimes que le bandit va commettre… Pourtant
est-ce un préjugé que cet instinct de conscience qui résiste à
tous les raisonnements ? Peut-être, dans la situation délicate
où je me trouvais, ne pouvais-je m'en tirer sans remords. Je
flottais encore dans la plus grande incertitude au sujet de la
395   moralité de mon action, lorsque je vis paraître une demi-
douzaine de cavaliers avec Antonio, qui se tenait prudemment
à l'arrière-garde. J'allai au-devant d'eux, et les prévins que le

bandit avait pris la fuite depuis plus de deux heures. La vieille, interrogée par le brigadier, répondit qu'elle connais-
400   sait le Navarro, mais que, vivant seule, elle n'aurait jamais osé risquer sa vie en le dénonçant. Elle ajouta que son habi-tude, lorsqu'il venait chez elle, était de partir toujours au milieu de la nuit. Pour moi, il me fallut aller, à quelques lieues de là, exhiber mon passeport et signer une déclaration
405   devant un alcade[1], après quoi on me permit de reprendre mes recherches archéologiques. Antonio me gardait rancune, soupçonnant que c'était moi qui l'avais empêché de gagner les deux cents ducats. Pourtant nous nous séparâmes bons amis à Cordoue ; là, je lui donnai une gratification aussi
410   forte que l'état de mes finances pouvait me le permettre.

---

1   *alcade* : juge.

II

Je passai quelques jours à Cordoue. On m'avait indiqué
certain manuscrit de la bibliothèque des Dominicains, où je
devais trouver des renseignements intéressants sur l'antique
Munda. Fort bien accueilli par les bons Pères, je passais les
415   journées dans leur couvent, et le soir je me promenais par la
ville. À Cordoue, vers le coucher du soleil, il y a quantité
d'oisifs sur le quai qui borde la rive droite du Guadalquivir[1].
Là, on respire les émanations d'une tannerie qui conserve
encore l'antique renommée du pays pour la préparation des
420   cuirs ; mais, en revanche on y jouit d'un spectacle qui a bien
son mérite. Quelques minutes avant l'*angélus*[2], un grand
nombre de femmes se rassemblent sur le bord du fleuve, au
bas du quai, lequel est assez élevé. Pas un homme n'oserait
se mêler à cette troupe. Aussitôt que l'*angélus* sonne, il est
425   censé qu'il fait nuit. Au dernier coup de cloche, toutes ces
femmes se déshabillent et entrent dans l'eau. Alors ce sont
des cris, des rires, un tapage infernal. Du haut du quai, les
hommes contemplent les baigneuses, écarquillent les yeux,
et ne voient pas grand-chose. Cependant ces formes blan-
430   ches et incertaines qui se dessinent sur le sombre azur du
fleuve, font travailler les esprits poétiques, et, avec un peu
d'imagination, il n'est pas difficile de se représenter Diane et
ses nymphes au bain, sans avoir à craindre le sort d'Actéon[3].
On m'a dit que quelques mauvais garnements se cotisèrent,
435   certain jour, pour graisser la patte au sonneur de la cathé-
drale et lui faire sonner l'*angélus* vingt minutes avant l'heure
légale. Bien qu'il fît encore grand jour, les nymphes du

---

1 *Guadalquivir* : fleuve situé dans le sud de l'Espagne.

2 *angélus* : prière catholique que l'on prononce plusieurs fois par jour en l'honneur
du mystère de l'incarnation de Jésus-Christ.

3 Selon la mythologie romaine, Actéon avait épié Diane alors qu'elle se baignait avec
ses nymphes. Pour le punir, la déesse l'avait transformé en cerf.

Guadalquivir n'hésitèrent pas, et se fiant plus à l'*angélus* qu'au soleil, elles firent en sûreté de conscience leur toilette
440 de bain, qui est toujours des plus simples. Je n'y étais pas. De mon temps, le sonneur était incorruptible, le crépuscule peu clair, et un chat seulement aurait pu distinguer la plus vieille marchande d'oranges de la plus jolie grisette[1] de Cordoue.

Un soir, à l'heure où l'on ne voit plus rien, je fumais,
445 appuyé sur le parapet du quai, lorsqu'une femme, remontant l'escalier qui conduit à la rivière, vint s'asseoir près de moi. Elle avait dans les cheveux un gros bouquet de jasmin, dont les pétales exhalent le soir une odeur enivrante. Elle était simplement, peut-être pauvrement vêtue, tout en noir,
450 comme la plupart des grisettes dans la soirée. Les femmes comme il faut ne portent le noir que le matin ; le soir, elles s'habillent *à la francesa*[2]. En arrivant auprès de moi, ma baigneuse laissa glisser sur ses épaules la mantille[3] qui lui couvrait la tête, et, *à l'obscure clarté qui tombe des étoiles*[4], je
455 vis qu'elle était petite, jeune, bien faite, et qu'elle avait de très grands yeux. Je jetai mon cigare aussitôt. Elle comprit cette attention d'une politesse toute française, et se hâta de me dire qu'elle aimait beaucoup l'odeur du tabac, et que même elle fumait, quand elle trouvait des *papelitos*[5] bien
460 doux. Par bonheur, j'en avais de tels dans mon étui, et je m'empressai de lui en offrir. Elle daigna en prendre un et l'alluma à un bout de corde enflammé qu'un enfant nous apporta moyennant un sou. Mêlant nos fumées, nous causâmes si longtemps, la belle baigneuse et moi, que nous
465 nous trouvâmes presque seuls sur le quai. Je crus n'être point indiscret en lui offrant d'aller prendre des glaces à la

---

1 *grisette* : femme aux mœurs légères.

2 *à la francesa* : à la française.

3 *mantille* : écharpe de soie ou de dentelle, habituellement noire. Les Espagnoles la portent sur la tête ou sur les épaules.

4 *à l'obscure clarté qui tombe des étoiles* : citation de la pièce *Le Cid*, de Corneille.

5 *papelitos* : petits cigares.

neveria°. Après une hésitation modeste, elle accepta ; mais avant de se décider, elle désira savoir quelle heure il était. Je fis sonner ma montre, et cette sonnerie parut l'étonner
470 beaucoup.

— Quelles inventions on a chez vous, messieurs les étrangers ! De quel pays êtes-vous, monsieur ? Anglais sans doute□ ?

— Français et votre grand serviteur. Et vous made-
475 moiselle, ou madame, vous êtes probablement de Cordoue ?

— Non.

— Vous êtes du moins Andalouse. Il me semble le reconnaître à votre doux parler.

— Si vous remarquez si bien l'accent du monde, vous
480 devez bien deviner qui je suis.

— Je crois que vous êtes du pays de Jésus, à deux pas du paradis.

(J'avais appris cette métaphore, qui désigne l'Andalousie, de mon ami Francisco Sevilla, picador[1] bien connu.)
485 — Bah ! le paradis… les gens d'ici disent qu'il n'est pas fait pour nous.

— Alors, vous seriez donc Mauresque, ou… (je m'arrêtai, n'osant dire juive).

— Allons, allons ! vous voyez bien que je suis bohé-
490 mienne ; voulez-vous que je vous dise *la baji*△ ? Avez-vous entendu parler de la Carmencita ? C'est moi.

° Café pourvu d'une glacière, ou plutôt d'un dépôt de neige. En Espagne, il n'y a guère de village qui n'ait sa *neveria*.

□ En Espagne, tout voyageur qui ne porte pas avec lui des échantillons de calicot ou de soieries passe pour un Anglais, *Inglesito*. Il en est de même en Orient. À Chalcis, j'ai eu l'honneur d'être annoncé comme Μίλόρδος φραντσέσος [un milord français].

△ La bonne aventure.

---

1 *picador* : dans les courses de taureaux, cavalier qui fatigue l'animal avec une pique.

Elle avait dans les cheveux un gros bouquet de jasmin,
dont les pétales exhalent le soir une odeur enivrante.

Lignes 447 à 448.

Bohémienne. Dessin de Mérimée.

J'étais alors un tel mécréant[1], il y a de cela quinze ans, que je ne reculai pas d'horreur en me voyant à côté d'une sorcière. «Bon ! me dis-je ; la semaine passée, j'ai soupé avec
495   un voleur de grands chemins, allons aujourd'hui prendre des glaces avec une servante du diable. En voyage il faut tout voir.» J'avais encore un autre motif pour cultiver sa connaissance. Sortant du collège, je l'avouerai à ma honte, j'avais perdu quelque temps à étudier les sciences occultes
500   et même plusieurs fois j'avais tenté de conjurer l'esprit des ténèbres. Guéri depuis longtemps de la passion de semblables recherches, je n'en conservais pas moins un certain attrait de curiosité pour toutes les superstitions, et me faisais une fête d'apprendre jusqu'où s'était élevé l'art de la magie
505   parmi les bohémiens.

Tout en causant, nous étions entrés dans la *neveria*, et nous nous étions assis à une petite table éclairée par une bougie renfermée dans un globe de verre. J'eus alors tout le loisir d'examiner ma *gitana* pendant que quelques honnêtes
510   gens s'ébahissaient, en prenant leurs glaces, de me voir en si bonne compagnie.

Je doute fort que Mlle Carmen fût de race pure, au moins elle était infiniment plus jolie que toutes les femmes de sa nation que j'aie jamais rencontrées. Pour qu'une femme soit
515   belle, disent les Espagnols, il faut qu'elle réunisse trente *si*, ou, si l'on veut, qu'on puisse la définir au moyen de dix adjectifs applicables chacun à trois parties de sa personne. Par exemple, elle doit avoir trois choses noires : les yeux, les paupières et les sourcils ; trois fines : les doigts, les lèvres, les
520   cheveux, etc. Voyez Brantôme[2] pour le reste. Ma bohémienne ne pouvait prétendre à tant de perfections. Sa peau, d'ailleurs parfaitement unie, approchait fort de la teinte du

---

1 *mécréant* : personne qui n'a pas la foi.
2 Brantôme (v. 1540-1614). Homme d'Église et soldat français qui fut surtout connu en tant qu'écrivain, notamment pour ses mémoires dont un volume s'intitule *Les dames galantes*.

cuivre. Ses yeux étaient obliques, mais admirablement
fendus ; ses lèvres un peu fortes mais bien dessinées et lais-
525 sant voir des dents plus blanches que des amandes sans leur
peau. Ses cheveux, peut-être un peu gros, étaient noirs, à
reflets bleus comme l'aile d'un corbeau, longs et luisants.
Pour ne pas vous fatiguer d'une description trop prolixe[1],
je vous dirai en somme qu'à chaque défaut elle réunissait
530 une qualité qui ressortait peut-être plus fortement par le
contraste. C'était une beauté étrange et sauvage, une figure
qui étonnait d'abord, mais qu'on ne pouvait oublier. Ses
yeux surtout avaient une expression à la fois voluptueuse et
farouche que je n'ai trouvée depuis à aucun regard humain.
535 Œil de bohémien, œil de loup, c'est un dicton espagnol qui
dénote une bonne observation. Si vous n'avez pas le temps
d'aller au Jardin des Plantes[2] pour étudier le regard d'un
loup, considérez votre chat quand il guette un moineau.

On sent qu'il eût été ridicule de se faire tirer la bonne
540 aventure dans un café. Aussi je priai la jolie sorcière de me
permettre de l'accompagner à son domicile : elle y consentit
sans difficulté, mais elle voulut connaître encore la marche
du temps et me pria de nouveau de faire sonner ma montre.

— Est-elle vraiment d'or ? dit-elle en la considérant avec
545 une excessive attention.

Quand nous nous remîmes en marche, il était nuit close ;
la plupart des boutiques étaient fermées et les rues presque
désertes. Nous passâmes le pont du Guadalquivir, et à l'extrémité du faubourg nous nous arrêtâmes devant une mai-
550 son qui n'avait nullement l'apparence d'un palais. Un enfant
nous ouvrit. La bohémienne lui dit quelques mots dans une
langue à moi inconnue, que je sus depuis être la *rommani* ou
chipe calli, l'idiome[3] des gitanos. Aussitôt l'enfant disparut,
nous laissant dans une chambre assez vaste, meublée d'une

---

1 *prolixe* : exagérément longue.
2 *Jardin des Plantes* : parc parisien où se trouve entre autres un jardin zoologique.
3 *idiome* : langue, dialecte.

555   petite table, de deux tabourets et d'un coffre. Je ne dois point oublier une jarre d'eau, un tas d'oranges et une botte d'oignons.

Dès que nous fûmes seuls, la bohémienne tira de son coffre des cartes qui paraissaient avoir beaucoup servi, un 560   aimant, un caméléon desséché, et quelques autres objets nécessaires à son art. Puis elle me dit de faire la croix dans ma main gauche avec une pièce de monnaie, et les cérémonies magiques commencèrent. Il est inutile de vous rapporter ses prédictions, et, quant à sa manière d'opérer, il 565   était évident qu'elle n'était pas sorcière à demi.

Malheureusement nous fûmes bientôt dérangés. La porte s'ouvrit tout à coup avec violence, et un homme, enveloppé jusqu'aux yeux dans un manteau brun, entra dans la chambre en apostrophant la bohémienne d'une façon peu gra-570   cieuse. Je n'entendais pas ce qu'il disait, mais le ton de sa voix indiquait qu'il était de fort mauvaise humeur. À sa vue, la gitana ne montra ni surprise ni colère, mais elle accourut à sa rencontre, et, avec une volubilité extraordinaire, lui adressa quelques phrases dans la langue mystérieuse dont 575   elle s'était déjà servie devant moi. Le mot *payllo*, souvent répété, était le seul mot que je comprisse. Je savais que les bohémiens désignent ainsi tout homme étranger à leur race. Supposant qu'il s'agissait de moi, je m'attendais à une explication délicate ; déjà j'avais la main sur le pied des tabourets, 580   et je syllogisais[1] à part moi pour deviner le moment précis où il conviendrait de le jeter à la tête de l'intrus. Celui-ci repoussa rudement la bohémienne et s'avança vers moi ; puis, reculant d'un pas :

— Ah ! monsieur, dit-il, c'est vous !

585   Je le regardai à mon tour, et reconnus mon ami don José. En ce moment, je regrettai un peu de ne pas l'avoir laissé pendre.

---

1   *syllogisais* : raisonnais formellement sans tenir compte du réel.

— Eh ! c'est vous, mon brave ! m'écriai-je en riant le moins jaune que je pus ; vous avez interrompu mademoi-
590 selle au moment où elle m'annonçait des choses bien intéressantes.

— Toujours la même ! Ça finira, dit-il entre ses dents, attachant sur elle un regard farouche.

Cependant la bohémienne continuait à lui parler dans sa
595 langue. Elle s'animait par degrés. Son œil s'injectait de sang et devenait terrible, ses traits se contractaient, elle frappait du pied. Il me sembla qu'elle le pressait vivement de faire quelque chose à quoi il montrait de l'hésitation. Ce que c'était, je croyais ne le comprendre que trop à la voir passer
600 et repasser rapidement sa petite main sous son menton. J'é-tais tenté de croire qu'il s'agissait d'une gorge à couper, et j'avais quelques soupçons que cette gorge ne fût la mienne.

À tout ce torrent d'éloquence, don José ne répondit que par deux ou trois mots prononcés d'un ton bref. Alors la
605 bohémienne lui lança un regard de profond mépris ; puis s'asseyant à la turque[1] dans un coin de la chambre, elle choisit une orange, la pela et se mit à la manger.

Don José me prit le bras, ouvrit la porte et me conduisit dans la rue. Nous fîmes environ deux cents pas dans le plus
610 profond silence. Puis, étendant la main :

— Toujours tout droit, dit-il, et vous trouverez le pont.

Aussitôt il me tourna le dos et s'éloigna rapidement. Je revins à mon auberge un peu penaud et d'assez mauvaise humeur. Le pire fut qu'en me déshabillant, je m'aperçus que
615 ma montre me manquait.

Diverses considérations m'empêchèrent d'aller la réclamer le lendemain, ou de solliciter M. le corrégidor[2] pour qu'il voulût bien la faire chercher. Je terminai mon travail sur le manuscrit des Dominicains et je partis pour

---

1 *s'asseyant à la turque* : s'accroupissant, s'asseyant en tailleur.
2 *corrégidor* : magistrat qui veille à l'administration de la justice royale dans une ville.

620 Séville. Après plusieurs mois de courses errantes en Andalousie, je voulus retourner à Madrid, et il me fallut repasser
par Cordoue. Je n'avais pas l'intention d'y faire un long
séjour, car j'avais pris en grippe cette belle ville et les
baigneuses du Guadalquivir. Cependant quelques amis à
625 revoir, quelques commissions à faire devaient me retenir au
moins trois ou quatre jours dans l'antique capitale des
princes musulmans.

Dès que je reparus au couvent des Dominicains, un des
pères, qui m'avait toujours montré un vif intérêt dans mes
630 recherches sur l'emplacement de Munda, m'accueillit les
bras ouverts en s'écriant :

— Loué soit le nom de Dieu ! Soyez le bienvenu, mon
cher ami. Nous vous croyions tous mort, et moi, qui vous
parle, j'ai récité bien des *pater* et des *ave*[1], que je ne regrette
635 pas, pour le salut de votre âme. Ainsi vous n'êtes pas assassiné, car pour volé nous savons que vous l'êtes.

— Comment cela ? demandai-je un peu surpris.

— Oui, vous savez bien, cette belle montre à répétition[2]
que vous faisiez sonner dans la bibliothèque, quand nous
640 vous disions qu'il était temps d'aller au chœur. Eh bien ! elle
est retrouvée, on vous la rendra.

— C'est-à-dire, interrompis-je un peu décontenancé, que
je l'avais égarée…

— Le coquin est sous les verrous, et, comme on savait
645 qu'il était homme à tirer un coup de fusil à un chrétien pour
lui prendre une piécette, nous mourions de peur qu'il ne
vous eût tué. J'irai avec vous chez le corrégidor, et nous vous
ferons rendre votre belle montre. Et puis, avisez-vous de
dire là-bas que la justice ne sait pas son métier en Espagne !

---

1 *des pater et des ave* : des *Notre Père* et des *Je vous salue Marie.*
2 *montre à répétition* : montre qui sonne l'heure quand on appuie sur un bouton.

650 — Je vous avoue, lui dis-je, que j'aimerais mieux perdre ma montre que de témoigner en justice pour faire pendre un pauvre diable, surtout parce que... parce que...

— Oh ! n'ayez aucune inquiétude : il est bien recom-mandé, et on ne peut le pendre deux fois. Quand je dis
655 pendre, je me trompe. C'est un hidalgo[1] que votre voleur ; il sera donc *garrotté* après-demain sans rémission°. Vous voyez qu'un vol de plus ou de moins ne changera rien à son affaire. Plût à Dieu qu'il n'eût que volé ! mais il a commis plusieurs meurtres, tous plus horribles les uns que
660 les autres.

— Comment se nomme-t-il ?

— On le connaît dans le pays sous le nom de José Navarro, mais il a encore un autre nom basque, que ni vous ni moi ne prononcerons jamais. Tenez, c'est un homme à
665 voir, et vous qui aimez à connaître les singularités du pays, vous ne devez pas négliger d'apprendre comment en Espagne les coquins sortent de ce monde. Il est en chapelle, et le père Martinez vous y conduira.

Mon dominicain insista tellement pour que je visse les
670 apprêts du *petit pendement pien choli*[2], que je ne pus m'en défendre. J'allai voir le prisonnier, muni d'un paquet de cigares qui, je l'espérais, devaient lui faire excuser mon indiscrétion.

On m'introduisit auprès de don José, au moment où il
675 prenait son repas. Il me fit un signe de tête assez froid et me remercia poliment du cadeau que je lui apportais. Après

---

° En 1830, la noblesse jouissait encore de ce privilège. Aujourd'hui, sous le régime constitutionnel, les vilains ont conquis le droit au *garrote*. [Le garrot est un collier de fer qu'on serre avec une vis pour étrangler le supplicié.]

---

1 *hidalgo* : Espagnol noble qui appartient au dernier échelon de la noblesse.
2 *petit pendement pien choli* : petite pendaison bien jolie. Citation de la pièce *Monsieur de Pourceaugnac* de Molière.

avoir compté les cigares du paquet que j'avais mis entre ses mains, il en choisit un certain nombre et me rendit le reste, observant qu'il n'avait pas besoin d'en prendre davantage.

680   Je lui demandai si, avec un peu d'argent, ou par le crédit de mes amis, je pourrais obtenir quelque adoucissement à son sort. D'abord il haussa les épaules en souriant avec tristesse ; bientôt, se ravisant, il me pria de faire dire une messe pour le salut de son âme.

685   — Voudriez-vous, ajouta-t-il timidement, voudriez-vous en faire dire une autre pour une personne qui vous a offensé ?

— Assurément, mon cher, lui dis-je ; mais personne, que je sache, ne m'a offensé en ce pays.

Il me prit la main et la serra d'un air grave. Après un
690   moment de silence, il reprit :

— Oserai-je encore vous demander un service ?... Quand vous reviendrez dans votre pays, peut-être passerez-vous par la Navarre, au moins vous passerez par Vittoria, qui n'en est pas fort éloignée.

695   — Oui, lui dis-je, je passerai certainement par Vittoria ; mais il n'est pas impossible que je me détourne pour aller à Pampelune, et, à cause de vous, je crois que je ferais volontiers ce détour.

— Eh bien ! si vous allez à Pampelune, vous y verrez plus
700   d'une chose qui vous intéressera... C'est une belle ville... Je vous donnerai cette médaille (il me montrait une petite médaille d'argent qu'il portait au cou), vous l'envelopperez dans du papier... (il s'arrêta un instant pour maîtriser son émotion...) et vous la remettrez ou vous la ferez remettre à
705   une bonne femme dont je vous dirai l'adresse. Vous direz que je suis mort, vous ne direz pas comment.

Je promis d'exécuter sa commission. Je le revis le lendemain, et je passai une partie de la journée avec lui. C'est de sa bouche que j'ai appris les tristes aventures qu'on va lire.

III

710   Je suis né, dit-il, à Élizondo, dans la vallée de Batzan. Je
m'appelle don José Lizarrabengoa, et vous connaissez assez
l'Espagne, monsieur, pour que mon nom vous dise aussitôt
que je suis Basque et vieux chrétien. Si je prends le *don*[1],
c'est que j'en ai le droit, et si j'étais à Élizondo, je vous mon-
715   trerais ma généalogie sur un parchemin. On voulait que je
fusse d'Église, et l'on me fit étudier, mais je ne profitais
guère. J'aimais trop à jouer à la paume, c'est ce qui m'a
perdu. Quand nous jouons à la paume[2], nous autres
Navarrais, nous oublions tout. Un jour que j'avais gagné, un
720   gars de l'Alava[3] me chercha querelle ; nous prîmes nos
maquilas°, et j'eus encore l'avantage ; mais cela m'obligea de
quitter le pays. Je rencontrai des dragons[4] et je m'engageai
dans le régiment d'Almanza, cavalerie. Les gens de nos
montagnes apprennent vite le métier militaire. Je devins
725   bientôt brigadier, et on me promettait de me faire maréchal
des logis[5], quand, pour mon malheur, on me mit de garde à
la manufacture de tabacs à Séville. Si vous êtes allé à Séville,
vous aurez vu ce grand bâtiment-là, hors des remparts, près
du Guadalquivir. Il me semble en voir encore la porte et le
730   corps de garde auprès. Quand ils sont de service, les
Espagnols jouent aux cartes, ou dorment ; moi, comme un
franc Navarrais, je tâchais toujours de m'occuper. Je faisais
une chaîne avec du fil de laiton, pour tenir mon épinglette.
Tout d'un coup les camarades disent : « Voilà la cloche qui

° Bâtons ferrés des Basques.

---

1 *don* : titre donné aux nobles espagnols.
2 *à la paume* : au jeu de paume, l'ancêtre du tennis.
3 *Alava* : région administrative d'Espagne.
4 *dragons* : soldats.
5 *maréchal des logis* : sous-officier responsable du logement des soldats.

735 sonne ; les filles vont rentrer à l'ouvrage.» Vous saurez,
monsieur, qu'il y a bien quatre à cinq cents femmes
occupées dans la manufacture. Ce sont elles qui roulent les
cigares dans une grande salle, où les hommes n'entrent pas
sans une permission du *Vingt-quatre*°, parce qu'elles se
740 mettent à leur aise, les jeunes surtout, quand il fait chaud. À
l'heure où les ouvrières rentrent, après leur dîner, bien des
jeunes gens vont les voir passer, et leur en content de toutes
les couleurs. Il y a peu de ces demoiselles qui refusent une
mantille de taffetas[1], et les amateurs, à cette pêche-là, n'ont
745 qu'à se baisser pour prendre le poisson. Pendant que les
autres regardaient, moi, je restais sur mon banc, près de la
porte. J'étais jeune alors ; je pensais toujours au pays, et je ne
croyais pas qu'il y eût de jolies filles sans jupes bleues et sans
nattes tombant sur les épaules□. D'ailleurs, les Andalouses me
750 faisaient peur ; je n'étais pas encore fait à leurs manières :
toujours à railler, jamais un mot de raison. J'étais donc
le nez sur ma chaîne, quand j'entends des bourgeois qui
disaient : «Voilà la gitanilla[2] !» Je levai les yeux, et je la vis.
C'était un vendredi, et je ne l'oublierai jamais. Je vis cette
755 Carmen que vous connaissez, chez qui je vous ai rencontré
il y a quelques mois.

Elle avait un jupon rouge fort court qui laissait voir des
bas de soie blancs avec plus d'un trou, et des souliers
mignons de maroquin rouge attachés avec des rubans
760 couleur de feu. Elle écartait sa mantille afin de montrer ses
épaules et un gros bouquet de cassie qui sortait de sa
chemise. Elle avait encore une fleur de cassie dans le coin de
la bouche, et elle s'avançait en se balançant sur ses hanches

° Magistrat chargé de la police et de l'administration municipale.
□ Costume ordinaire des paysannes de la Navarre et des provinces
basques.

---

1 *mantille de taffetas* : écharpe de taffetas.
2 *gitanilla* : petite bohémienne.

comme une pouliche du haras de Cordoue. Dans mon pays,
765 une femme en ce costume aurait obligé le monde à se signer.
À Séville, chacun lui adressait quelque compliment gaillard
sur sa tournure ; elle répondait à chacun, faisant les yeux en
coulisse[1], le poing sur la hanche, effrontée comme une vraie
bohémienne qu'elle était. D'abord elle ne me plut pas, et je
770 repris mon ouvrage ; mais elle, suivant l'usage des femmes et
des chats qui ne viennent pas quand on les appelle et qui
viennent quand on ne les appelle pas, s'arrêta devant moi et
m'adressa la parole :

— Compère, me dit-elle à la façon andalouse, veux-tu me
775 donner ta chaîne pour tenir les clefs de mon coffre-fort ?

— C'est pour attacher mon épinglette, lui répondis-je.

— Ton épinglette ! s'écria-t-elle en riant. Ah ! monsieur
fait de la dentelle, puisqu'il a besoin d'épingles.

Tout le monde qui était là se mit à rire, et moi je me sen-
780 tais rougir, et je ne pouvais trouver rien à lui répondre.

— Allons, mon cœur, reprit-elle, fais-moi sept aunes[2] de
dentelle noire pour une mantille, épinglier de mon âme !

Et prenant la fleur de cassie qu'elle avait à la bouche, elle
me la lança, d'un mouvement du pouce, juste entre les deux
785 yeux. Monsieur, cela me fit l'effet d'une balle qui m'arrivait… Je ne savais où me fourrer, je demeurais immobile
comme une planche. Quand elle fut entrée dans la manufacture, je vis la fleur de cassie qui était tombée à terre entre
mes pieds ; je ne sais ce qui me prit, mais je la ramassai sans
790 que mes camarades s'en aperçussent et je la mis précieu-
sement dans ma veste. Première sottise !

Deux ou trois heures après, j'y pensais encore, quand
arrive dans le corps de garde[3] un portier tout haletant, la
figure renversée. Il nous dit que dans la grande salle des

---

1 *les yeux en coulisse* : le regard en coin.
2 *aunes* : anciennes unités de mesure de longueur valant 1,20 m.
3 *corps de garde* : lieu où est cantonnée une troupe de gardes.

795 cigares il y avait une femme assassinée, et qu'il fallait y
envoyer la garde. Le maréchal me dit de prendre deux
hommes et d'y aller voir. Je prends mes deux hommes et je
monte. Figurez-vous, monsieur, qu'entré dans la salle je
trouve d'abord trois cents femmes en chemise, ou peu s'en
800 faut, toutes criant, hurlant, gesticulant, faisant un vacarme à
ne pas entendre Dieu tonner. D'un côté, il y en avait une, les
quatre fers en l'air, couverte de sang, avec un X sur la figure
qu'on venait de lui marquer en deux coups de couteau. En
face de la blessée, que secouraient les meilleures de la bande,
805 je vois Carmen tenue par cinq ou six commères[1]. La femme
blessée criait : «Confession ! confession ! je suis morte !»
Carmen ne disait rien ; elle serrait les dents et roulait des
yeux comme un caméléon. «Qu'est-ce que c'est ?» demandai-
je. J'eus grand-peine à savoir ce qui s'était passé, car toutes
810 les ouvrières me parlaient à la fois. Il paraît que la femme
blessée s'était vantée d'avoir assez d'argent en poche pour
acheter un âne au marché de Triana. «Tiens, dit Carmen qui
avait une langue, tu n'as donc pas assez d'un balai ?» L'autre,
blessée du reproche, peut-être parce qu'elle se sentait
815 véreuse[2] sur l'article, lui répond qu'elle ne se connaissait
pas en balai, n'ayant pas l'honneur d'être bohémienne ni
filleule de Satan, mais que Mlle Carmencita ferait bientôt
connaissance avec son âne, quand M. le corrégidor la
mènerait à la promenade avec deux laquais par derrière
820 pour l'émoucher[3]. «Eh bien, moi, dit Carmen, je te ferai
des abreuvoirs à mouches sur la joue, et je veux y peindre
un damier°.» Là-dessus, vli ! vlan ! elle commence, avec le

° *Pintar un javeque*, peindre un chébec. Les chébecs espagnols ont, pour la
plupart, leur bande peinte à carreaux rouges et blancs. [Un chébec est
un trois-mâts de la Méditerranée, à voiles ou à avirons.]

1 *commères* : femmes bavardes.
2 *véreuse* : malhonnête.
3 *émoucher* : chasser les mouches.

[…] mais elle […] s'arrêta devant moi et m'adressa la parole […]

Lignes 770, 772 et 773.

couteau dont elle coupait le bout des cigares, à lui dessiner des croix de Saint-André sur la figure.

825 Le cas était clair ; je pris Carmen par le bras :

— Ma sœur, lui dis-je poliment, il faut me suivre. Elle me lança un regard comme si elle me reconnaissait ; mais elle dit d'un air résigné : «Marchons. Où est ma mantille ?» Elle la mit sur sa tête de façon à ne montrer qu'un seul de ses 830 grands yeux, et suivit mes deux hommes, douce comme un mouton. Arrivés au corps de garde, le maréchal des logis dit que c'était grave et qu'il fallait la mener à la prison. C'était encore moi qui devais la conduire. Je la mis entre deux dragons et je marchais derrière comme un brigadier doit faire 835 en semblable rencontre. Nous nous mîmes en route pour la ville. D'abord la bohémienne avait gardé le silence ; mais dans la rue du Serpent — vous la connaissez, elle mérite bien son nom par les détours qu'elle fait — dans la rue du Serpent, elle commence par laisser tomber sa mantille sur 840 ses épaules, afin de me montrer son minois enjôleur, et, se tournant vers moi autant qu'elle pouvait, elle me dit :

— Mon officier, où me menez-vous ?

— À la prison, ma pauvre enfant, lui répondis-je le plus doucement que je pus, comme un bon soldat doit parler à 845 un prisonnier, surtout à une femme.

— Hélas, que deviendrai-je ? Seigneur officier, ayez pitié de moi. Vous êtes si jeune, si gentil… Puis, d'un ton plus bas : Laissez-moi m'échapper, dit-elle, je vous donnerai un morceau de la *bar lachi*, qui vous fera aimer de toutes les 850 femmes.

La *bar lachi*, monsieur, c'est la pierre d'aimant, avec laquelle les bohémiens prétendent qu'on fait quantité de sortilèges, quand on sait s'en servir. Faites-en boire à une femme une pincée râpée dans un verre de vin blanc, elle ne résiste 855 plus. Moi, je lui répondis le plus sérieusement que je pus :

— Nous ne sommes pas ici pour dire des balivernes ; il faut aller à la prison, c'est la consigne, et il n'y a pas de remède.

Nous autres gens du pays basque, nous avons un accent qui nous fait reconnaître facilement des Espagnols ; en revanche il n'y en a pas un qui puisse seulement apprendre à dire *baï, jaona*°. Carmen donc n'eut pas de peine à deviner que je venais des provinces. Vous saurez, monsieur, que les bohémiens, comme n'étant d'aucun pays, voyageant toujours, parlent toutes les langues, et la plupart sont chez eux en Portugal, en France, dans les provinces, en Catalogne, partout ; même avec les Maures et les Anglais, ils se font entendre. Carmen savait assez bien le basque.

— *Laguna ene bihotsarena*, camarade de mon cœur, me dit-elle tout à coup, êtes-vous du pays ?

Notre langue, monsieur, est si belle, que, lorsque nous l'entendons en pays étranger, cela nous fait tressaillir…
— Je voudrais avoir un confesseur des provinces, ajouta plus bas le bandit.

Il reprit après un silence :

— Je suis d'Élizondo, lui répondis-je en basque, fort ému de l'entendre parler ma langue.

— Moi, je suis d'Etchalar, dit-elle. (C'est un pays à quatre heures de chez nous.) J'ai été emmenée par des bohémiens à Séville. Je travaillais à la manufacture pour gagner de quoi retourner en Navarre, près de ma pauvre mère qui n'a que moi pour soutien, et un petit *barratcea*□ avec vingt pommiers à cidre ! Ah ! si j'étais au pays, devant la montagne blanche ! On m'a insultée parce que je ne suis pas de ce pays de filous, marchands d'oranges pourries ; et ces gueuses se sont mises toutes contre moi, parce que je leur ai dit que tous leurs *jacques*△ de Séville, avec leurs couteaux, ne feraient pas peur à un gars de chez nous avec son béret bleu

---

° Oui, monsieur.
□ Enclos, jardin.
△ Braves, fanfarons.

et son *maquila.* Camarade, mon ami, ne ferez-vous rien
pour une payse[1] ?

890   Elle mentait, monsieur, elle a toujours menti. Je ne sais
pas si dans sa vie cette fille-là a jamais dit un mot de vérité ;
mais quand elle parlait, je la croyais : c'était plus fort que
moi. Elle estropiait le basque, et je la crus Navarraise ; ses
yeux seuls et sa bouche et son teint la disaient bohémienne.
895   J'étais fou, je ne faisais plus attention à rien. Je pensais
que, si des Espagnols s'étaient avisés de mal parler du pays,
je leur aurais coupé la figure, tout comme elle venait de
faire à sa camarade. Bref, j'étais comme un homme ivre ; je
commençais à dire des bêtises, j'étais tout près d'en faire.

900   — Si je vous poussais, et si vous tombiez, mon pays,
reprit-elle en basque, ce ne seraient pas ces deux conscrits
de Castillans[2] qui me retiendraient…

Ma foi, j'oubliai la consigne et tout, et je lui dis :

— Eh bien, m'amie, ma payse, essayez, et que Notre-
905 Dame de la Montagne vous soit en aide !

En ce moment, nous passions devant une de ces ruelles
étroites comme il y en a tant à Séville. Tout à coup Carmen
se retourne et me lance un coup de poing dans la poitrine.
Je me laissai tomber exprès à la renverse. D'un bond, elle
910 saute par-dessus moi et se met à courir en nous montrant
une paire de jambes !… On dit jambes de Basques : les
siennes en valaient bien d'autres…, aussi vites que bien
tournées. Moi, je me relève aussitôt ; mais je mets ma lance°
en travers, de façon à barrer la rue, si bien que de prime
915 abord, les camarades furent arrêtés au moment de la poursuivre. Puis je me mis moi-même à courir, et eux après moi ;
mais l'atteindre ! il n'y avait pas de risque, avec nos éperons,

---

° Toute la cavalerie espagnole est armée de lances.

1 *payse* (populaire) : celle ou celui qui est du même pays ou du même canton que soi.
2 *conscrits de Castillans* : recrues originaires de Castille, une région du centre de l'Espagne.

nos sabres et nos lances ! En moins de temps que je n'en
mets à vous le dire, la prisonnière avait disparu. D'ailleurs,
920 toutes les commères du quartier favorisaient sa fuite et se
moquaient de nous, et nous indiquaient la fausse voie.
Après plusieurs marches et contremarches, il fallut nous en
revenir au corps de garde sans un reçu du gouverneur de la
prison.

925 Mes hommes, pour n'être pas punis, dirent que Carmen
m'avait parlé basque ; et il ne paraissait pas trop naturel,
pour dire la vérité, qu'un coup de poing d'une tant petite
fille eût terrassé si facilement un gaillard de ma force. Tout
cela parut louche ou plutôt trop clair. En descendant la
930 garde, je fus dégradé et envoyé pour un mois à la prison.
C'était ma première punition depuis que j'étais au service.
Adieu les galons de maréchal des logis que je croyais déjà
tenir !

Mes premiers jours de prison se passèrent fort triste-
935 ment. En me faisant soldat, je m'étais figuré que je
deviendrais tout au moins officier. Longa, Mina, mes compatriotes, sont bien capitaines généraux ; Chapalangarra,
qui est un négro comme Mina, et réfugié comme lui dans
votre pays, Chapalangarra était colonel, et j'ai joué à la
940 paume vingt fois avec son frère, qui était un pauvre diable
comme moi. Maintenant je me disais : tout le temps que tu
as servi sans punition, c'est du temps perdu. Te voilà mal
noté ; pour te remettre bien dans l'esprit des chefs, il te
faudra travailler dix fois plus que lorsque tu es venu comme
945 conscrit ! Et pour quoi me suis-je fait punir ? Pour une
coquine de bohémienne qui s'est moquée de moi, et qui,
dans ce moment, est à voler dans quelque coin de la ville.
Pourtant je ne pouvais m'empêcher de penser à elle. Le
croiriez-vous, monsieur ? ses bas de soie troués qu'elle me
950 faisait voir tout en plein en s'enfuyant, je les avais toujours
devant les yeux. Je regardais par les barreaux de la prison
dans la rue, et, parmi toutes les femmes qui passaient, je

n'en voyais pas une seule qui valût cette diable de fille-là. Et
puis, malgré moi, je sentais la fleur de cassie qu'elle m'avait
955 jetée, et qui, sèche, gardait toujours sa bonne odeur… S'il y
a des sorcières, cette fille-là en était une !

Un jour, le geôlier entre et me donne un pain d'Alcalà°.

—Tenez, me dit-il, voilà ce que votre cousine vous
envoie.

960 Je pris le pain, fort étonné, car je n'avais pas de cousine à
Séville. C'est peut-être une erreur, pensai-je en regardant le
pain ; mais il était si appétissant, il sentait si bon, que, sans
m'inquiéter de savoir d'où il venait et à qui il était destiné,
je résolus de le manger. En voulant le couper, mon couteau
965 rencontra quelque chose de dur. Je regarde et je trouve une
petite lime anglaise qu'on avait glissée dans la pâte avant
que le pain fût cuit. Il y avait encore dans le pain une pièce
d'or de deux piastres. Plus de doute alors, c'était un cadeau
de Carmen. Pour les gens de sa race, la liberté est tout, et ils
970 mettraient le feu à une ville pour s'épargner un jour de
prison. D'ailleurs, la commère était fine, et avec ce pain-là
on se moquait des geôliers. En une heure, le plus gros bar-
reau était scié avec la petite lime ; et avec la pièce de deux
piastres, chez le premier fripier, je changeais ma capote[1]
975 d'uniforme pour un habit bourgeois. Vous pensez bien
qu'un homme qui avait déniché maintes fois des aiglons
dans nos rochers ne s'embarrassait guère de descendre dans
la rue, d'une fenêtre haute de moins de trente pieds ; mais je
ne voulais pas m'échapper. J'avais encore mon honneur de
980 soldat, et déserter me semblait un grand crime. Seulement,
je fus touché de cette marque de souvenir. Quand on est en

° Alcalà de los Panaderos, bourg à deux lieues de Séville, où l'on fait
des petits pains délicieux. On prétend que c'est à l'eau d'Alcalà qu'ils
doivent leur qualité et l'on en apporte tous les jours une grande quantité
à Séville.

---

1 *capote* : manteau à capuchon.

prison, on aime à penser qu'on a dehors un ami qui s'intéresse à vous. La pièce d'or m'offusquait un peu, j'aurais
voulu la rendre ; mais où trouver mon créancier ? Cela ne
985   me semblait pas facile.

Après la cérémonie de la dégradation, je croyais n'avoir
plus rien à souffrir ; mais il me restait encore une humiliation à dévorer : ce fut à ma sortie de prison, lorsqu'on me
commanda de service et qu'on me mit en faction[1] comme
990   un simple soldat. Vous ne pouvez vous figurer ce qu'un
homme de cœur éprouve en pareille occasion. Je crois que
j'aurais aimé autant à être fusillé. Au moins on marche seul,
en avant de son peloton ; on se sent quelque chose ; le
monde vous regarde.

995   Je fus mis en faction à la porte du colonel. C'était un
jeune homme riche, bon enfant, qui aimait à s'amuser. Tous
les jeunes officiers étaient chez lui, et force bourgeois, des
femmes aussi, des actrices, à ce qu'on disait. Pour moi, il me
semblait que toute la ville s'était donné rendez-vous à sa
1000 porte pour me regarder. Voilà qu'arrive la voiture du
colonel, avec son valet de chambre sur le siège. Qu'est-ce
que je vois descendre ?… la gitanilla. Elle était parée, cette
fois, comme une châsse[2], pomponnée, attifée, tout or et tout
rubans. Une robe à paillettes, des souliers bleus à paillettes
1005 aussi, des fleurs et des galons partout. Elle avait un tambour
de basque à la main. Avec elle il y avait deux autres bohémiennes, une jeune et une vieille. Il y a toujours une vieille
pour les mener ; puis un vieux avec une guitare, bohémien
aussi, pour jouer et les faire danser. Vous savez qu'on s'amuse
1010 souvent à faire venir les bohémiennes dans les sociétés, afin
de leur faire danser la *romalis*, c'est leur danse, et souvent
bien autre chose.

---

1 *faction* : surveillance prolongée.
2 *châsse* : coffre, souvent ouvragé et décoré de pierres précieuses, où sont gardées
   des reliques.

Carmen me reconnut, et nous échangeâmes un regard. Je ne sais, mais, en ce moment, j'aurais voulu être à cent pieds
1015 sous terre.

— *Agur laguna*°, dit-elle. Mon officier, tu montes la garde comme un conscrit !

Et, avant que j'eusse trouvé un mot à répondre, elle était dans la maison.

1020 Toute la société était dans le patio, et, malgré la foule, je voyais à peu près tout ce qui se passait à travers la grille⊡. J'entendais les castagnettes, le tambour, les rires et les bravos ; parfois j'apercevais sa tête quand elle sautait avec son tambour. Puis j'entendais encore des officiers qui lui
1025 disaient bien des choses qui me faisaient monter le rouge à la figure. Ce qu'elle répondait, je n'en savais rien. C'est de ce jour-là, je pense, que je me mis à l'aimer pour tout de bon ; car l'idée me vint trois ou quatre fois d'entrer dans le patio et de donner de mon sabre dans le ventre à tous ces frelu-
1030 quets qui lui contaient fleurette. Mon supplice dura une bonne heure ; puis les bohémiens sortirent, et la voiture les ramena. Carmen, en passant, me regarda encore avec les yeux que vous savez, et me dit très bas :

— Pays, quand on aime la bonne friture, on en va manger
1035 à Triana, chez Lillas Pastia.

Légère comme un cabri, elle s'élança dans la voiture, le cocher fouetta ses mules, et toute la bande joyeuse s'en alla je ne sais où.

Vous devinez bien qu'en descendant ma garde j'allai à
1040 Triana ; mais d'abord je me fis raser et je me brossai comme pour un jour de parade. Elle était chez Lillas Pastia, un vieux

---

° Bonjour, camarade.
⊡ La plupart des maisons de Séville ont une cour intérieure entourée de portiques. On s'y tient en été. Cette cour est couverte d'une toile qu'on arrose pendant le jour et qu'on retire le soir. La porte de la rue est presque toujours ouverte, et le passage qui conduit à la cour, *zaguan*, est fermé par une grille en fer très élégamment ouvragée.

[…] je voyais à peu près tout ce qui se passait à travers la grille. J'entendais les castagnettes, le tambour, les rires et les bravos […]

Lignes 1020 à 1023.

Gravure d'après G. Villier, pour *Carmen* de Prosper Mérimée, 1911, Bibliothèque Nationale.

marchand de friture, bohémien, noir comme un Maure, chez qui beaucoup de bourgeois venaient manger du poisson frit, surtout, je crois, depuis que Carmen y avait pris ses 1045 quartiers.

— Lillas, dit-elle sitôt qu'elle me vit, je ne fais plus rien de la journée. Demain il fera jour° ! Allons, pays, allons nous promener.

Elle mit sa mantille devant son nez, et nous voilà dans la 1050 rue, sans savoir où j'allais.

— Mademoiselle, lui dis-je, je crois que j'ai à vous remercier d'un présent que vous m'avez envoyé quand j'étais en prison. J'ai mangé le pain ; la lime me servira pour affiler ma lance, et je la garde comme souvenir de vous ; mais l'argent, 1055 le voilà.

— Tiens ! Il a gardé l'argent, s'écria-t-elle en éclatant de rire. Au reste tant mieux, car je ne suis guère en fonds ; mais qu'importe ? chien qui chemine ne meurt pas de famine□. Allons, mangeons tout. Tu me régales.

1060 Nous avions repris le chemin de Séville. À l'entrée de la rue du Serpent, elle acheta une douzaine d'oranges, qu'elle me fit mettre dans mon mouchoir. Un peu plus loin, elle acheta encore un pain, du saucisson, une bouteille de manzanilla ; puis enfin elle entra chez un confiseur. Là, elle jeta 1065 sur le comptoir la pièce d'or que je lui avais rendue, une autre encore qu'elle avait dans sa poche, avec quelque argent blanc ; enfin elle me demanda tout ce que j'avais. Je n'avais qu'une piécette et quelques *cuartos*, que je lui donnai, fort honteux de n'avoir pas davantage. Je crus qu'elle voulait 1070 emporter toute la boutique. Elle prit tout ce qu'il y avait de plus beau et de plus cher, *yemas*△, *turon*◼, fruits confits, tant

° Mañana será otro dia. Proverbe espagnol. [Demain est un autre jour.]

□ *Chuquel sos pirela, Cocal terela.* Chien qui marche, os trouve. — Proverbe bohémien.

△ Jaunes d'œuf sucrés.

◼ Espèce de nougat.

que l'argent dura. Tout cela, il fallut encore que je le portasse dans des sacs de papier. Vous connaissez peut-être la rue du Candilejo, où il y a une tête du roi don Pedro le Justicier°. Elle aurait dû m'inspirer des réflexions. Nous nous arrêtâmes, dans cette rue-là, devant une vieille maison. Elle entra dans l'allée et frappa au rez-de-chaussée. Une bohémienne, vraie servante de Satan, vint nous ouvrir. Carmen lui dit quelques mots en rommani. La vieille grogna d'abord. Pour l'apaiser, Carmen lui donna deux oranges et une poignée de bonbons et lui permit de goûter au vin. Puis elle lui mit sa mante[1] sur le dos et la conduisit à la porte, qu'elle ferma avec la barre

---

° Le roi don Pèdre, que nous nommons *le Cruel,* et que la reine Isabelle la Catholique n'appelait jamais que *le Justicier,* aimait à se promener le soir dans les rues de Séville, cherchant les aventures, comme le calife Haroûn-al-Raschid. Certaine nuit, il se prit de querelle, dans une rue écartée, avec un homme qui donnait une sérénade. On se battit, et le roi tua le cavalier amoureux. Au bruit des épées, une vieille femme mit la tête à la fenêtre, et éclaira la scène avec la petite lampe, *candilejo,* qu'elle tenait à la main. Il faut savoir que le roi don Pèdre, d'ailleurs leste et vigoureux, avait un défaut de conformation singulier. Quand il marchait, ses rotules craquaient fortement. La vieille, à ce craquement, n'eut pas de peine à le reconnaître. Le lendemain, le Vingt-quatre en charge vint faire son rapport au roi. «Sire, on s'est battu en duel, cette nuit, dans telle rue. Un des combattants est mort. — Avez-vous découvert le meurtrier ? — Oui, sire. — Pourquoi n'est-il pas déjà puni ? — Sire, j'attends vos ordres. — Exécutez la loi.» Or le roi venait de publier un décret portant que tout duelliste serait décapité, et que sa tête demeurerait exposée sur le lieu du combat. Le Vingt-quatre se tira d'affaire en homme d'esprit. Il fit scier la tête d'une statue du roi, et l'exposa dans une niche au milieu de la rue, théâtre du meurtre. Le roi et tous les Sévillans le trouvèrent fort bon. La rue prit son nom de la lampe de la vieille, seul témoin de l'aventure. — Voilà la tradition populaire. Zuñiga raconte l'histoire un peu différemment. (Voir *Anales de Sevilla,* t. II, p. 136.) Quoi qu'il en soit, il existe encore à Séville une rue de Candilejo, et dans cette rue un buste de pierre qu'on dit être le portrait de don Pèdre. Malheureusement, ce buste est moderne. L'ancien était fort usé au XVIe siècle, et la municipalité d'alors le fit remplacer par celui qu'on voit aujourd'hui.

1　*mante* : cape de femme, ample, à capuchon.

de bois. Dès que nous fûmes seuls, elle se mit à danser et à rire comme une folle, en chantant :

1085　　— Tu est mon *rom*, je suis ta *romi*°.

Moi, j'étais au milieu de la chambre, chargé de toutes ses emplettes, ne sachant où les poser. Elle jeta tout par terre, et me sauta au cou en me disant :

— Je paye mes dettes, je paye mes dettes ! c'est la loi des
1090　calés□ !

Ah ! monsieur, cette journée-là ! cette journée-là !... quand j'y pense, j'oublie celle de demain.

Le bandit se tut un instant ; puis, après avoir rallumé son cigare, il reprit :

1095　　— Nous passâmes ensemble toute la journée, mangeant, buvant et le reste. Quand elle eut mangé des bonbons comme un enfant de six ans, elle en fourra des poignées dans la jarre d'eau de la vieille. «C'est pour lui faire du sorbet», disait-elle. Elle écrasait des *yemas* en les lançant contre la muraille.
1100　«C'est pour que les mouches nous laissent tranquilles», disait-elle... Il n'y a pas de tour ni de bêtise qu'elle ne fît. Je lui dis que je voudrais la voir danser ; mais où trouver des castagnettes ? Aussitôt elle prend la seule assiette de la vieille, la casse en morceaux, et la voilà qui danse la *romalis* en
1105　faisant claquer les morceaux de faïence aussi bien que si elle avait eu des castagnettes d'ébène ou d'ivoire. On ne s'ennuyait pas auprès de cette fille-là, je vous en réponds. Le soir vint, et j'entendis les tambours qui battaient la retraite[1].

— Il faut que j'aille au quartier pour l'appel, lui dis-je.

° *Rom*, mari ; *romi*, femme.

□ *Calo* ; féminin, *calli* ; pluriel, *calés*. Mot à mot : *noir*, nom que les bohémiens se donnent dans leur langue.

1　*battaient la retraite* : donnaient le signal aux soldats de rentrer à la caserne.

1110 — Au quartier ? dit-elle d'un air de mépris ; tu es donc un nègre, pour te laisser mener à la baguette ? Tu es un vrai canari, d'habit et de caractère°. Va, tu as un cœur de poulet[1].

Je restai, résigné d'avance à la salle de police. Le matin, ce fut elle qui parla la première de nous séparer.

1115 — Écoute, Joseito, dit-elle ; t'ai-je payé ? D'après notre loi, je ne te devais rien, puisque tu es un *payllo ;* mais tu es un joli garçon, et tu m'as plu. Nous sommes quittes. Bonjour.

Je lui demandai quand je la reverrais.

1120 — Quand tu seras moins niais, répondit-elle en riant. Puis, d'un ton plus sérieux : Sais-tu, mon fils, que je crois que je t'aime un peu ? Mais cela ne peut durer. Chien et loup ne font pas longtemps bon ménage. Peut-être que, si tu prenais la loi d'Égypte[2], j'aimerais à devenir ta *romi*. Mais 1125 ce sont des bêtises : cela ne se peut pas. Bah ! mon garçon, crois-moi, tu en es quitte à bon compte. Tu as rencontré le diable, oui, le diable ; il n'est pas toujours noir, et il ne t'a pas tordu le cou. Je suis habillée de laine, mais je ne suis pas mouton□. Va mettre un cierge devant ta *majari*△ ; elle l'a 1130 bien gagné. Allons, adieu encore une fois. Ne pense plus à Carmencita, ou elle te ferait épouser une veuve à jambes de bois◼.

En parlant ainsi, elle défaisait la barre qui fermait la porte, et une fois dans la rue elle s'enveloppa dans sa man- 1135 tille et me tourna les talons.

Elle disait vrai. J'aurais été sage de ne plus penser à elle ; mais, depuis cette journée dans la rue du Candilejo, je ne

---

° Les dragons espagnols sont habillés de jaune.
□ Me dicas vriardâ de jorpoy, bus ne sino braco. — Proverbe bohémien.
△ La sainte. — La Sainte Vierge.
◼ La potence, qui est veuve du dernier pendu.

---

1 *tu as un cœur de poulet* : tu es un poltron.
2 *si tu prenais la loi d'Égypte* : si tu adoptais les manières de vivre des bohémiens.

pouvais plus songer à autre chose. Je me promenais tout
le jour, espérant la rencontrer. J'en demandais des nouvelles
1140   à la vieille et au marchand de friture. L'un et l'autre répon-
daient qu'elle était partie pour Laloro°, c'est ainsi qu'ils
appellent le Portugal. Probablement c'était d'après les
instructions de Carmen qu'ils parlaient de la sorte, mais je
ne tardai pas à savoir qu'ils mentaient. Quelques semaines
1145   après ma journée de la rue du Candilejo, je fus de faction à
une des portes de la ville. À peu de distance de cette porte,
il y avait une brèche qui s'était faite dans le mur d'enceinte ;
on y travaillait pendant le jour, et la nuit on y mettait un
factionnaire pour empêcher les fraudeurs[1]. Pendant le jour,
1150   je vis Lillas Pastia passer et repasser autour du corps de
garde, et causer avec quelques-uns de mes camarades ; tous
le connaissaient ; et ses poissons et ses beignets encore
mieux. Il s'approcha de moi et me demanda si j'avais des
nouvelles de Carmen.

1155   — Non, lui dis-je.

             — Eh bien, vous en aurez, compère.

             Il ne se trompait pas. La nuit, je fus mis de faction à la
brèche. Dès que le brigadier se fut retiré, je vis venir à moi
une femme. Le cœur me disait que c'était Carmen.
1160   Cependant je criai :

             — Au large ! On ne passe pas !

             — Ne faites donc pas le méchant, me dit-elle en se faisant
connaître à moi.

             — Quoi ! vous voilà, Carmen !

1165   — Oui, mon pays. Parlons peu, parlons bien. Veux-tu
gagner un *douro* ? Il va venir des gens avec des paquets ;
laisse-les faire.

             — Non, répondis-je. Je dois les empêcher de passer ; c'est
la consigne.

°   La (terre) rouge.

---

1   *empêcher les fraudeurs* : empêcher les malfaiteurs de passer.

1170   — La consigne ! la consigne ! Tu n'y pensais pas rue du Candilejo.

     — Ah ! répondis-je, tout bouleversé par ce seul souvenir, cela valait bien la peine d'oublier la consigne ; mais je ne veux pas de l'argent des contrebandiers.

1175   — Voyons, si tu ne veux pas d'argent, veux-tu que nous allions encore dîner chez la vieille Dorothée ?

     — Non ! dis-je à moitié étranglé par l'effort que je faisais. Je ne puis pas.

     — Fort bien. Si tu es si difficile, je sais à qui m'adresser.
1180 J'offrirai à ton officier d'aller chez Dorothée. Il a l'air d'un bon enfant, et il fera mettre en sentinelle un gaillard qui ne verra que ce qu'il faudra voir. Adieu, canari. Je rirai bien le jour où la consigne sera de te pendre.

     J'eus la faiblesse de la rappeler, et je promis de laisser
1185 passer toute la bohème[1], s'il le fallait, pourvu que j'obtinsse la seule récompense que je désirais. Elle me jura aussitôt de me tenir parole dès le lendemain et courut prévenir ses amis qui étaient à deux pas. Il y en avait cinq, dont était Pastia, tous bien chargés de marchandises anglaises. Carmen faisait
1190 le guet. Elle devait avertir avec ses castagnettes dès qu'elle apercevrait la ronde, mais elle n'en eut pas besoin. Les fraudeurs firent leur affaire en un instant.

     Le lendemain, j'allai rue du Candilejo. Carmen se fit attendre et vint d'assez mauvaise humeur.

1195   — Je n'aime pas les gens qui se font prier, dit-elle. Tu m'as rendu un plus grand service la première fois, sans savoir si tu y gagnerais quelque chose. Hier, tu as marchandé avec moi. Je ne sais pas pourquoi je suis venue, car je ne t'aime plus. Tiens, va-t'en, voilà un *douro* pour ta peine.

1200   Peu s'en fallut que je ne lui jetasse la pièce à la tête, et je fus obligé de faire un effort violent sur moi-même pour ne pas la battre. Après nous être disputés pendant une heure, je

---

1 *la bohème* : les bohémiens.

sortis furieux. J'errai quelque temps par la ville, marchant deçà et delà comme un fou ; enfin j'entrai dans une église, et
1205 m'étant mis dans le coin le plus obscur, je pleurai à chaudes larmes. Tout d'un coup j'entends une voix :

— Larmes de dragon ! j'en veux faire un philtre.

Je lève les yeux, c'était Carmen en face de moi.

— Eh bien, mon pays, m'en voulez-vous encore ? me dit-
1210 elle. Il faut bien que je vous aime, malgré que j'en aie[1], car, depuis que vous m'avez quittée, je ne sais ce que j'ai. Voyons, maintenant c'est moi qui te demande si tu veux venir rue du Candilejo.

Nous fîmes donc la paix ; mais Carmen avait l'humeur
1215 comme est le temps chez nous. Jamais l'orage n'est si près dans nos montagnes que lorsque le soleil est le plus brillant. Elle m'avait promis de me revoir une autre fois chez Dorothée, et elle ne vint pas. Et Dorothée me dit de plus belle qu'elle était allée à Laloro pour les affaires d'Égypte[2].
1220 Sachant déjà par expérience à quoi m'en tenir là-dessus, je cherchais Carmen partout où je croyais qu'elle pouvait être, et je passais vingt fois par jour dans la rue du Candile-jo. Un soir, j'étais chez Dorothée, que j'avais presque apprivoisée en lui payant de temps à autre quelque verre
1225 d'anisette, lorsque Carmen entra suivie d'un jeune homme, lieutenant dans mon régiment.

— Va-t'en vite, me dit-elle en basque.

Je restai stupéfait, la rage dans le cœur.

— Qu'est-ce que tu fais ici ? me dit le lieutenant.
1230 Décampe, hors d'ici !

Je ne pouvais faire un pas ; j'étais comme perclus. L'officier, en colère, voyant que je ne me retirais pas, et que je n'avais même pas ôté mon bonnet de police, me prit au collet et me secoua rudement. Je ne sais ce que je lui dis. Il

---

1 *malgré que j'en aie* : malgré moi.
2 *les affaires d'Égypte* : expression désignant les activités illégales des bohémiens.

1235   tira son épée, et je dégainai. La vieille me saisit le bras, et le
lieutenant me donna un coup au front, dont je porte encore
la marque. Je reculai, et d'un coup de coude je jetai
Dorothée à la renverse ; puis, comme le lieutenant me pour-
suivait, je lui mis la pointe au corps, et il s'enferra[1]. Carmen
1240   alors éteignit la lampe et dit dans sa langue à Dorothée de
s'enfuir. Moi-même je me sauvai dans la rue et me mis à
courir sans savoir où. Il me semblait que quelqu'un me suivait. Quand je revins à moi, je trouvai que Carmen ne
m'avait pas quitté.

1245   — Grand niais de canari ! me dit-elle, tu ne sais faire que
des bêtises. Aussi bien, je te l'ai dit que je te porterai malheur. Allons, il y a remède à tout, quand on a pour bonne
amie une Flamande de Rome°. Commence à mettre ce
mouchoir sur ta tête, et jette-moi ce ceinturon. Attends-moi
1250   dans cette allée. Je reviens dans deux minutes.

    Elle disparut et me rapporta bientôt une mante rayée
qu'elle était allée chercher je ne sais où. Elle me fit quitter
mon uniforme et mettre la mante par-dessus ma chemise.
Ainsi accoutré, avec le mouchoir dont elle avait bandé la
1255   plaie que j'avais à la tête, je ressemblais assez à un paysan
valencien[2], comme il y en a à Séville, qui viennent vendre
leur orgeat de *chufas*□. Puis elle me mena dans une maison
assez semblable à celle de Dorothée, au fond d'une petite
ruelle. Elle et une autre bohémienne me lavèrent, me pan-
1260   sèrent mieux que n'eût pu le faire un chirurgien major, me

---

° *Flamenca de Roma.* Terme d'argot qui désigne les bohémiennes. *Roma*
  ne veut pas dire ici la ville éternelle, mais la nation des Romi, ou des *gens*
  mariés, nom que se donnent les bohémiens. Les premiers qu'on vit en
  Espagne venaient probablement des Pays-Bas, d'où est venu leur nom de
  Flamands.

□ Racine bulbeuse dont on fait une boisson assez agréable.

---

1 *s'enferra* : tomba sur l'épée de son adversaire.
2 *valencien* : de Valence, ville portuaire située sur la côte est de l'Espagne.

firent boire je ne sais quoi ; enfin, on me mit sur un matelas,
et je m'endormis.

Probablement ces femmes avaient mêlé dans ma boisson
quelques-unes de ces drogues assoupissantes dont elles ont
1265 le secret, car je ne m'éveillai que fort tard le lendemain.
J'avais un grand mal de tête et un peu de fièvre. Il fallut
quelque temps pour que le souvenir me revînt de la terrible
scène où j'avais pris part la veille. Après avoir pansé ma
plaie, Carmen et son amie, accroupies toutes les deux sur les
1270 talons auprès de mon matelas, échangèrent quelques mots
en *chipe calli*, qui paraissaient être une consultation médi-
cale. Puis toutes les deux m'assurèrent que je serais guéri
avant peu, mais qu'il fallait quitter Séville le plus tôt possible ; car, si l'on m'y attrapait, j'y serais fusillé sans rémission.
1275   — Mon garçon, me dit Carmen, il faut que tu fasses
quelque chose ; maintenant que le roi ne te donne plus ni riz
ni merluche°, il faut que tu songes à gagner ta vie. Tu es trop
bête pour voler *à pastesas*□, mais tu es leste et fort ; si tu as
du cœur, va-t'en à la côte et fais-toi contrebandier. Ne t'ai-
1280 je pas promis de te faire pendre ? Cela vaut mieux que d'être
fusillé. D'ailleurs, si tu sais t'y prendre, tu vivras comme un
prince, aussi longtemps que les miñons△ et les gardes-côtes
ne te mettront pas la main sur le collet.

Ce fut de cette façon engageante que cette diable de fille
1285 me montra la nouvelle carrière qu'elle me destinait, la seule,
à vrai dire, qui me restât, maintenant que j'avais encouru la
peine de mort. Vous le dirai-je, monsieur ? Elle me détermi-
na sans beaucoup de peine. Il me semblait que je m'unissais
à elle plus intimement par cette vie de hasards et de rébellion.
1290 Désormais, je crus m'assurer son amour. J'avais entendu
souvent parler de quelques contrebandiers qui parcouraient

° Nourriture ordinaire du soldat espagnol. [On appelle *merluche* un pois-
   son séché et non salé, le plus souvent de la morue.]
□ *Ustilar à pastesas*, voler avec adresse, dérober sans violence.
△ Espèce de corps franc.

l'Andalousie, montés sur un bon cheval, l'espingole au poing, leur maîtresse en croupe. Je me voyais déjà trottant par monts et par vaux avec la gentille bohémienne derrière
1295 moi. Quand je lui parlais de cela, elle riait à se tenir les côtes, et me disait qu'il n'y a rien de si beau qu'une nuit passée au bivouac, lorsque chaque *rom* se retire avec sa *romi* sous sa petite tente formée de trois cerceaux, avec une couverture par-dessus.

1300   — Si je te tiens dans la montagne, lui disais-je, je serai sûr de toi ! Là, il n'y a pas de lieutenant pour partager avec moi.
    — Ah ! tu es jaloux, répondait-elle. Tant pis pour toi. Comment es-tu assez bête pour cela ? Ne vois-tu pas que je t'aime, puisque je ne t'ai jamais demandé d'argent ?
1305   Lorsqu'elle parlait ainsi, j'avais envie de l'étrangler.

    Pour le faire court, monsieur, Carmen me procura un habit bourgeois, avec lequel je sortis de Séville sans être reconnu. J'allai à Jerez avec une lettre de Pastia pour un marchand d'anisette chez qui se réunissaient des contre-
1310 bandiers. On me présenta à ces gens-là, dont le chef, surnommé le Dancaïre, me reçut dans sa troupe. Nous partîmes pour Gaucin, où je retrouvai Carmen, qui m'y avait donné rendez-vous. Dans les expéditions, elle servait d'espion à nos gens, et de meilleur il n'y en eut jamais. Elle
1315 revenait de Gibraltar[1], et déjà elle avait arrangé avec un patron de navire l'embarquement de marchandises anglai-ses que nous devions recevoir sur la côte. Nous allâmes les attendre près d'Estepona, puis nous en cachâmes une partie dans la montagne ; chargés du reste, nous nous rendîmes à
1320 Ronda. Carmen nous y avait précédés. Ce fut elle encore qui nous indiqua le moment où nous entrerions en ville. Ce premier voyage et quelques autres après furent heureux. La vie de contrebandier me plaisait mieux que la vie de soldat ; je faisais des cadeaux à Carmen. J'avais de l'argent et une

---

1 *Gibraltar* : colonie britannique située à l'extrémité sud de la péninsule ibérique.

1325 maîtresse. Je n'avais guère de remords, car, comme disent
les bohémiens : Gale avec plaisir ne démange pas°. Partout
nous étions bien reçus ; mes compagnons me traitaient bien,
et même me témoignaient de la considération. La raison,
c'était que j'avais tué un homme, et parmi eux il y en avait
1330 qui n'avaient pas un pareil exploit sur la conscience. Mais ce
qui me touchait davantage dans ma nouvelle vie, c'est que je
voyais souvent Carmen. Elle me montrait plus d'amitié que
jamais ; cependant, devant les camarades, elle ne convenait
pas qu'elle était ma maîtresse ; et même, elle m'avait fait
1335 jurer par toutes sortes de serments de ne rien leur dire sur
son compte. J'étais si faible devant cette créature que
j'obéissais à tous ses caprices. D'ailleurs, c'était la première
fois qu'elle se montrait à moi avec la réserve d'une honnête
femme, et j'étais assez simple pour croire qu'elle s'était véri-
1340 tablement corrigée de ses façons d'autrefois.

  Notre troupe, qui se composait de huit ou dix hommes,
ne se réunissait guère que dans les moments décisifs, et
d'ordinaire nous étions dispersés deux à deux, trois à trois,
dans les villes et les villages. Chacun de nous prétendait
1345 avoir un métier : celui-ci était chaudronnier, celui-là
maquignon[1] ; moi, j'étais marchand de mercerie[2], mais je ne
me montrais guère dans les gros endroits, à cause de ma
mauvaise affaire de Séville. Un jour, ou plutôt une nuit,
notre rendez-vous était au bas de Véger. Le Dancaïre et moi
1350 nous nous y trouvâmes avant les autres. Il paraissait fort gai.

  — Nous allons avoir un camarade de plus, me dit-il. Carmen vient de faire un de ses meilleurs tours. Elle vient de
faire échapper son *rom* qui était au *presidio*[3] à Tarifa.

° Sarapia sat pesquital ne punzava.

---

1 *maquignon* : marchand de chevaux.
2 *mercerie* : accessoires pour la couture.
3 *presidio* : prison.

Je commençais déjà à comprendre le bohémien, que par-
1355 laient presque tous mes camarades, et ce mot de *rom* me
causa un saisissement.

— Comment ! son mari ! elle est donc mariée ? demandai-
je au capitaine.

— Oui, répondit-il, à Garcia le Borgne, un bohémien
1360 aussi fûté qu'elle. Le pauvre garçon était aux galères. Carmen a si bien embobeliné[1] le chirurgien du *presidio*, qu'elle
en a obtenu la liberté de son *rom*. Ah ! cette fille-là vaut son
pesant d'or. Il y a deux ans qu'elle cherche à le faire évader.
Rien n'a réussi, jusqu'au moment où l'on s'est avisé de
1365 changer le major. Avec celui-ci, il paraît qu'elle a trouvé bien
vite le moyen de s'entendre.

Vous vous imaginez le plaisir que me fit cette nouvelle. Je
vis bientôt Garcia le Borgne ; c'était bien le plus vilain
monstre que la Bohême ait nourri : noir de peau et plus noir
1370 d'âme, c'était le plus franc scélérat que j'aie rencontré dans
ma vie. Carmen vint avec lui ; et, lorsqu'elle l'appelait son
rom devant moi, il fallait voir les yeux qu'elle me faisait, et
ses grimaces quand Garcia tournait la tête. J'étais indigné et
je ne lui parlais pas de la nuit. Le matin, nous avions fait nos
1375 ballots, et nous étions déjà en route, quand nous nous
aperçûmes qu'une douzaine de cavaliers étaient à nos
trousses. Les fanfarons andalous, qui ne parlaient que de
tout massacrer, firent aussitôt piteuse mine. Ce fut un
sauve-qui-peut général. Le Dancaïre, Garcia, un joli garçon
1380 d'Écija, qui s'appelait le Remendado, et Carmen ne
perdirent pas la tête. Le reste avait abandonné les mulets et
s'était jeté dans les ravins, où les chevaux ne pouvaient les
suivre. Nous ne pouvions conserver nos bêtes, et nous
nous hâtâmes de défaire le meilleur de notre butin, et de le
1385 charger sur nos épaules, puis nous essayâmes de nous sauver
au travers des rochers par les pentes les plus raides. Nous

---

1 *embobeliné* : enjôlé, séduit avec des paroles flatteuses.

jetions nos ballots devant nous, et nous les suivions de notre
mieux en glissant sur les talons. Pendant ce temps-là, l'en-
nemi nous canardait ; c'était la première fois que j'entendais
1390 siffler les balles, et cela ne me fit pas grand-chose. Quand on
est en vue d'une femme, il n'y a pas de mérite à se moquer
de la mort. Nous nous échappâmes, excepté le pauvre
Remendado, qui reçut un coup de feu dans les reins. Je jetai
mon paquet et j'essayai de le prendre.

1395   — Imbécile ! me cria Garcia, qu'avons-nous à faire d'une
charogne ? Achève-le et ne perds pas les bas de coton.

— Jette-le ! me criait Carmen.

La fatigue m'obligea de le déposer un moment à l'abri
d'un rocher. Garcia s'avança et lui lâcha son espingole dans
1400 la tête[1].

— Bien habile qui le reconnaîtrait maintenant, dit-il en
regardant sa figure que douze balles avaient mise en
morceaux.

Voilà, monsieur, la belle vie que j'ai menée. Le soir, nous
1405 nous trouvâmes dans un hallier[2], épuisés de fatigue, n'ayant
rien à manger et ruinés par la perte de nos mulets. Que fit
cet infernal Garcia ? Il tira un paquet de cartes de sa poche,
et se mit à jouer avec le Dancaïre à la lueur d'un feu qu'ils
allumèrent. Pendant ce temps-là, moi, j'étais couché, regar-
1410 dant les étoiles, pensant au Remendado, et me disant que
j'aimerais autant être à sa place. Carmen était accroupie
près de moi, et de temps en temps elle faisait un roulement
de castagnettes en chantonnant. Puis, s'approchant comme
pour me parler à l'oreille, elle m'embrassa, presque malgré
1415 moi, deux ou trois fois.

— Tu es le diable, lui dis-je.

— Oui, me répondait-elle.

---

1 *lui lâcha son espingole dans la tête* : lui tira un coup de feu dans la tête.

2 *hallier* : groupe de buissons touffus.

Après quelques heures de repos, elle s'en fut à Gaucin, et, le lendemain matin, un petit chevrier vint nous porter du
1420 pain. Nous demeurâmes là tout le jour, et la nuit nous nous rapprochâmes de Gaucin. Nous attendions des nouvelles de Carmen. Rien ne venait. Au jour, nous voyons un muletier qui menait une femme bien habillée, avec un parasol, et une petite fille qui paraissait sa domestique. Garcia nous dit :

1425 — Voilà deux mules et deux femmes que saint Nicolas nous envoie ; j'aimerais mieux quatre mules ; n'importe, j'en fais mon affaire !

Il prit son espingole et descendit vers le sentier en se cachant dans les broussailles. Nous le suivions, le Dancaïre
1430 et moi, à peu de distance. Quand nous fûmes à portée, nous nous montrâmes et nous criâmes au muletier de s'arrêter. La femme, en nous voyant, au lieu de s'effrayer, et notre toilette aurait suffi pour cela, fait un grand éclat de rire.

— Ah ! les *lillipendi* qui me prennent pour une *erani*° !

1435 C'était Carmen, mais si bien déguisée, que je ne l'aurais pas reconnue parlant une autre langue. Elle sauta en bas de sa mule et causa quelque temps à voix basse avec le Dancaïre et Garcia, puis elle me dit :

— Canari, nous nous reverrons avant que tu sois pendu.
1440 Je vais à Gibraltar pour les affaires d'Égypte. Vous entendrez bientôt parler de moi.

Nous nous séparâmes après qu'elle nous eut indiqué un lieu où nous pourrions trouver un abri pour quelques jours. Cette fille était la providence de notre troupe. Nous reçûmes
1445 bientôt quelque argent qu'elle nous envoya, et un avis qui valait mieux pour nous : c'était que tel jour partiraient deux milords anglais, allant de Gibraltar à Grenade par tel chemin. À bon entendeur, salut. Ils avaient de belles guinées. Garcia voulait les tuer, mais le Dancaïre et moi nous nous y

---

° Les imbéciles qui me prennent pour une femme comme il faut.

1450 opposâmes. Nous ne leur prîmes que l'argent et les montres,
outre les chemises, dont nous avions grand besoin.

Monsieur, on devient coquin sans y penser. Une jolie fille
vous fait perdre la tête, on se bat pour elle, un malheur
arrive, il faut vivre à la montagne, et de contrebandier on
1455 devient voleur avant d'avoir réfléchi. Nous jugeâmes qu'il
ne faisait pas bon pour nous dans les environs de Gibraltar
après l'affaire des milords, et nous nous enfonçâmes dans la
Sierra de Ronda. Vous m'avez parlé de José-Maria ; tenez,
c'est là que j'ai fait connaissance avec lui. Il menait sa
1460 maîtresse dans ses expéditions. C'était une jolie fille, sage,
modeste, de bonnes manières ; jamais un mot malhonnête,
et un dévouement !... En revanche, il la rendait bien malheureuse. Il était toujours à courir après toutes les filles, il la
malmenait, puis quelquefois il s'avisait de faire le jaloux.
1465 Une fois, il lui donna un coup de couteau. Eh bien, elle ne
l'en aimait que davantage. Les femmes sont ainsi faites, les
Andalouses surtout. Celle-là était fière de la cicatrice qu'elle
avait au bras, et la montrait comme la plus belle chose du
monde. Et puis José-Maria, par-dessus le marché, était le
1470 plus mauvais camarade !... Dans une expédition que nous
fîmes, il s'arrangea si bien que tout le profit lui en demeura,
à nous les coups et l'embarras de l'affaire. Mais je reprends
mon histoire. Nous n'entendions plus parler de Carmen. Le
Dancaïre dit :

1475   — Il faut qu'un de nous aille à Gibraltar pour en avoir
des nouvelles ; elle doit avoir préparé quelque affaire. J'irais
bien, mais je suis trop connu à Gibraltar.

Le Borgne dit :

— Moi aussi, on m'y connaît, j'y ai fait tant de farces aux
1480 Écrevisses° ! et, comme je n'ai qu'un œil, je suis difficile à
déguiser.

° Nom que le peuple en Espagne donne aux Anglais à cause de la couleur
de leur uniforme.

— Il faut donc que j'y aille ? dis-je à mon tour, enchanté à la seule idée de revoir Carmen ; voyons, que faut-il faire ?

Les autres me dirent :

1485 — Fais tant que de[1] t'embarquer ou de passer par Saint-Roc, comme tu aimeras le mieux, et, lorsque tu seras à Gibraltar, demande sur le port où demeure une marchande de chocolat qui s'appelle la Rollona ; quand tu l'auras trouvée, tu sauras d'elle ce qui se passe là-bas.

1490 Il fut convenu que nous partirions tous les trois pour la sierra de Gaucin, que j'y laisserais mes deux compagnons, et que je me rendrais à Gibraltar comme un marchand de fruits. À Ronda, un homme qui était à nous m'avait procuré un passeport ; à Gaucin, on me donna un âne : je le chargeai

1495 d'oranges et de melons, et je me mis en route. Arrivé à Gibraltar, je trouvai qu'on y connaissait bien la Rollona, mais elle était morte ou elle était allée à *finibus terrœ*°, et sa disparition expliquait, à mon avis, comment nous avions perdu notre moyen de correspondre avec Carmen. Je mis

1500 mon âne dans une écurie, et, prenant mes oranges, j'allais par la ville, comme pour les vendre, mais, en fait, pour voir si je ne rencontrerais pas quelque figure de connaissance. Il y a là force canaille de tous les pays, et c'est la tour de Babel[2], car on ne saurait faire dix pas dans une rue sans entendre

1505 parler autant de langues. Je voyais bien des gens d'Égypte[3], mais je n'osais guère m'y fier ; je les tâtais, et ils me tâtaient. Nous devinions bien que nous étions des coquins ; l'important était de savoir si nous étions de la même bande. Après deux jours passés en courses inutiles, je n'avais rien

---

° Aux galères, ou bien à tous les diables.

---

1 *fait tant que de* : fait en sorte de.
2 *tour de Babel* : selon l'Ancien Testament, les humains voulurent, par orgueil, construire une tour immense, mais Dieu les empêcha de se comprendre en leur faisant parler des langues différentes. Ainsi, la tour ne fut jamais terminée.
3 *gens d'Égypte* : bohémiens.

1510 appris touchant la Rollona ni Carmen, et je pensais à
retourner auprès de mes camarades après avoir fait
quelques emplettes, lorsqu'en me promenant dans une rue,
au coucher du soleil, j'entends une voix de femme d'une
fenêtre qui me dit : «Marchand d'oranges !...» Je lève la
1515 tête, et je vois à un balcon Carmen, accoudée avec un
officier en rouge, épaulettes d'or, cheveux frisés, tournure
d'un gros milord. Pour elle, elle était habillée superbement :
un châle sur ses épaules, un peigne d'or, tout en soie ; et la
bonne pièce[1], toujours la même ! riait à se tenir les côtes.
1520 L'Anglais, en baragouinant l'espagnol, me cria de monter,
que madame voulait des oranges ; et Carmen me dit en
basque :

— Monte, et ne t'étonne de rien.

Rien, en effet, ne devait m'étonner de sa part. Je ne sais si
1525 j'eus plus de joie que de chagrin en la retrouvant. Il y avait
à la porte un grand domestique anglais, poudré, qui me
conduisit dans un salon magnifique. Carmen me dit aussitôt
en basque :

— Tu ne sais pas un mot d'espagnol, tu ne me connais
1530 pas.

Puis, se tournant vers l'Anglais :

— Je vous le disais bien, je l'ai tout de suite reconnu pour
un Basque ; vous allez entendre quelle drôle de langue.
Comme il a l'air bête, n'est-ce pas ? On dirait un chat sur-
1535 pris dans un garde-manger.

— Et toi, lui dis-je dans ma langue, tu as l'air d'une
effrontée coquine, et j'ai bien envie de te balafrer la figure
devant ton galant.

— Mon galant ! dit-elle, tiens, tu as deviné cela tout seul ?
1540 Et tu es jaloux de cet imbécile-là ? Tu es encore plus niais
qu'avant nos soirées de la rue du Candilejo. Ne vois-tu pas,
sot que tu es, que je fais en ce moment les affaires d'Égypte,

---

1 *la bonne pièce* : la bonne personne.

et de la façon la plus brillante ? Cette maison est à moi ; les guinées de l'écrevisse seront à moi ; je le mène par le bout du nez ; je le mènerai d'où il ne sortira jamais.

— Et moi, lui dis-je, si tu fais encore les affaires d'Égypte de cette manière-là, je ferai si bien que tu ne recommenceras plus.

— Ah ! oui-da ! Es-tu mon *rom*, pour me commander ? Le Borgne le trouve bon, qu'as-tu à y voir ? Ne devrais-tu pas être bien content d'être le seul qui se puisse dire mon *minchorro*°.

— Qu'est-ce qu'il dit ? demanda l'Anglais.

— Il dit qu'il a soif et qu'il boirait bien un coup, répondit Carmen.

Et elle se renversa sur un canapé en éclatant de rire à sa traduction.

Monsieur, quand cette fille-là riait, il n'y avait pas moyen de parler raison. Tout le monde riait avec elle. Ce grand Anglais se mit à rire aussi, comme un imbécile qu'il était, et ordonna qu'on m'apportât à boire.

Pendant que je buvais :

— Vois-tu cette bague qu'il a au doigt ? dit-elle ; si tu veux, je te la donnerai.

Moi je répondis :

— Je donnerais un doigt pour tenir ton milord dans la montagne, chacun un maquila au poing.

— Maquila, qu'est-ce que cela veut dire ? demanda l'Anglais.

— Maquila, dit Carmen riant toujours, c'est une orange. N'est-ce pas un bien drôle de mot pour une orange ? Il dit qu'il voudrait vous faire manger du maquila.

— Oui ? dit l'Anglais. Eh bien, apporte encore demain du maquila.

° Mon amant, ou plutôt mon caprice.

1575 Pendant que nous parlions, le domestique entra et dit que le dîner était prêt. Alors l'Anglais se leva, me donna une piastre, et offrit son bras à Carmen, comme si elle ne pouvait pas marcher seule. Carmen, riant toujours, me dit :

— Mon garçon, je ne puis t'inviter à dîner ; mais demain,
1580 dès que tu entendras le tambour pour la parade, viens ici avec des oranges. Tu trouveras une chambre mieux meublée que celle de la rue du Candilejo, et tu verras si je suis toujours ta Carmencita. Et puis nous parlerons des affaires d'Égypte.

Je ne répondis rien, et j'étais dans la rue que l'Anglais me
1585 criait :

— Apportez demain du maquila ! et j'entendais les éclats de rire de Carmen.

Je sortis ne sachant ce que je ferais, je ne dormis guère, et le matin je me trouvais si en colère contre cette traîtresse
1590 que j'avais résolu de partir de Gibraltar sans la revoir ; mais, au premier roulement de tambour, tout mon courage m'abandonna : je pris ma natte[1] d'oranges et je courus chez Carmen. Sa jalousie[2] était entrouverte, et je vis son grand œil noir qui me guettait. Le domestique poudré m'intro-
1595 duisit aussitôt ; Carmen lui donna une commission, et dès que nous fûmes seuls, elle partit d'un de ses éclats de rire de crocodile et se jeta à mon cou. Je ne l'avais jamais vue si belle. Parée comme une madone, parfumée... des meubles de soie, des rideaux brodés... ah !... et moi fait comme un
1600 voleur que j'étais.

— *Minchorro !* disait Carmen, j'ai envie de tout casser ici, de mettre le feu à la maison et de m'enfuir à la sierra.

Et c'étaient des tendresses !... et puis des rires !... et elle dansait, et elle déchirait des falbalas : jamais singe ne fit plus
1605 de gambades, de grimaces, de diableries. Quand elle eut repris son sérieux :

---

1 *natte* : panier ou tapis fait de brins végétaux entrelacés.
2 *jalousie* : volet de bois en trellis permettant de voir sans être vu.

— Écoute, me dit-elle, il s'agit de l'Égypte. Je veux qu'il me mène à Ronda, où j'ai une sœur religieuse... (Ici nouveaux éclats de rire.) Nous passons par un endroit que
1610 je te ferai dire. Vous tombez sur lui : pillé rasibus[1] ! Le mieux serait de l'escoffier[2], mais, ajouta-t-elle avec un sourire diabolique qu'elle avait dans de certains moments — et ce sourire-là, personne n'avait alors envie de l'imiter — sais-tu ce qu'il faudrait faire ? Que le Borgne paraisse le premier.
1615 Tenez-vous un peu en arrière ; l'écrevisse est brave et adroit : il a de bons pistolets... Comprends-tu ?...

Elle s'interrompit par un nouvel éclat de rire qui me fit frissonner.

— Non, lui dis-je : je hais Garcia, mais c'est mon cama-
1620 rade. Un jour peut-être je t'en débarrasserai, mais nous réglerons nos comptes à la façon de mon pays. Je ne suis Égyptien que par hasard ; et pour certaines choses, je serai toujours franc Navarrais°, comme dit le proverbe.

Elle reprit :

1625 — Tu es une bête, un niais, un vrai *payllo.* Tu es comme le nain qui se croit grand quand il a pu cracher loin□. Tu ne m'aimes pas, va-t'en.

Quand elle me disait : Va-t'en, je ne pouvais m'en aller. Je promis de partir, de retourner auprès de mes camarades et
1630 d'attendre l'Anglais ; de son côté, elle me promit d'être malade jusqu'au moment de quitter Gibraltar pour Ronda. Je demeurai encore deux jours à Gibraltar. Elle eut l'audace de me venir voir déguisée dans mon auberge. Je partis ; moi aussi j'avais mon projet. Je retournai à notre rendez-vous,
1635 sachant le lieu et l'heure où l'Anglais et Carmen devaient

---

° *Navarro fino.*
□ Or esorjié de or narsichislé, sin chismar lachinguel. — Proverbe bohémien. La prouesse d'un nain, c'est de cracher loin.

---

1 *rasibus* : à ras, complètement.
2 *escoffier* (argotique) : tuer.

passer. Je trouvai le Dancaïre et Garcia qui m'attendaient.
Nous passâmes la nuit dans un bois auprès d'un feu de
pommes de pin qui flambait à merveille. Je proposai à Garcia de jouer aux cartes. Il accepta. À la seconde partie je lui
1640 dis qu'il trichait ; il se mit à rire. Je lui jetai les cartes à la
figure. Il voulut prendre son espingole ; je mis le pied dessus
et je lui dis : «On dit que tu sais jouer du couteau comme le
meilleur jacques de Malaga, veux-tu t'essayer avec moi ?» Le
Dancaïre voulut nous séparer. J'avais donné deux ou trois
1645 coups de poing à Garcia. La colère l'avait rendu brave ; il
avait tiré son couteau, moi le mien. Nous dîmes tous deux
au Dancaïre de nous laisser place libre et franc jeu. Il vit
qu'il n'y avait pas moyen de nous arrêter, et il s'écarta. Garcia était déjà ployé[1] en deux comme un chat prêt à s'élancer
1650 contre une souris. Il tenait son chapeau de la main gauche
pour parer, son couteau en avant. C'est leur garde[2]
andalouse. Moi, je me mis à la navarraise, droit en face de
lui, le bras gauche levé, la jambe gauche en avant, le couteau
le long de la cuisse droite. Je me sentais plus fort qu'un
1655 géant. Il se lança sur moi comme un trait ; je tournai sur le
pied gauche et il ne trouva plus rien devant lui ; mais je l'at-
teignis à la gorge, et le couteau entra si avant, que ma main
était sous son menton. Je retournai la lame si fort qu'elle se
cassa. C'était fini. La lame sortit de la plaie lancée par un
1660 bouillon de sang gros comme le bras. Il tomba sur le nez
raide comme un pieu.
     — Qu'as-tu fait ? me dit le Dancaïre.
     — Écoute, lui dis-je : nous ne pouvions vivre ensemble.
J'aime Carmen, et je veux être seul. D'ailleurs, Garcia était
1665 un coquin, et je me rappelle ce qu'il a fait au pauvre
Remendado. Nous ne sommes plus que deux, mais nous

---

1 *ployé* : plié.
2 *garde* : façon de tenir une arme afin d'éviter les coups ou d'attaquer.

sommes de bons garçons. Voyons, veux-tu de moi pour ami,
à la vie à la mort ?

Le Dancaïre me tendit la main. C'était un homme de
1670 cinquante ans.

— Au diable les amourettes ! s'écria-t-il. Si tu lui avais
demandé Carmen, il te l'aurait vendue pour une piastre.
Nous ne sommes plus que deux ; comment ferons-nous
demain ?

1675 — Laisse-moi faire tout seul, lui répondis-je. Maintenant
je me moque du monde entier.

Nous enterrâmes Garcia et nous allâmes placer notre
camp deux cents pas plus loin. Le lendemain, Carmen et son
Anglais passèrent avec deux muletiers et un domestique. Je
1680 dis au Dancaïre :

— Je me charge de l'Anglais. Fais peur aux autres, ils ne
sont pas armés.

L'Anglais avait du cœur. Si Carmen ne lui eût poussé le
bras, il me tuait. Bref, je reconquis Carmen en ce jour-là, et
1685 mon premier mot fut de lui dire qu'elle était veuve. Quand
elle sut comment cela s'était passé :

— Tu seras toujours un *lillipendi* ! me dit-elle. Garcia
devait te tuer. Ta garde navarraise n'est qu'une bêtise, et il en
a mis à l'ombre de plus habiles que toi. C'est que son temps
1690 était venu. Le tien viendra.

— Et le tien, répondis-je, si tu n'es pas pour moi une
vraie *romi*.

— À la bonne heure, dit-elle ; j'ai vu plus d'une fois dans
du marc de café que nous devions finir ensemble. Bah !
1695 arrive qui plante[1] !

Et elle fit claquer ses castagnettes, ce qu'elle faisait toujours quand elle voulait chasser quelque idée importune.

On s'oublie quand on parle de soi. Tous ces détails-là
vous ennuient sans doute, mais j'ai bientôt fini. La vie que

---

1 *arrive qui plante* : ce qui doit arriver arrivera.

1700 nous menions dura assez longtemps. Le Dancaïre et moi
nous nous étions associés quelques camarades plus sûrs que
les premiers, et nous nous occupions de contrebande, et
aussi parfois, il faut bien l'avouer, nous arrêtions sur la
grande route[1], mais à la dernière extrémité, et lorsque nous
1705 ne pouvions faire autrement. D'ailleurs, nous ne mal-
traitions pas les voyageurs, et nous nous bornions à leur
prendre leur argent. Pendant quelques mois je fus content
de Carmen ; elle continuait à nous être utile pour nos opérations, en nous avertissant des bons coups que nous pour-
1710 rions faire. Elle se tenait, soit à Malaga, soit à Cordoue, soit
à Grenade ; mais, sur un mot de moi, elle quittait tout, et
venait me retrouver dans une venta isolée, ou même au
bivouac. Une fois seulement, c'était à Malaga, elle me donna
quelque inquiétude. Je sus qu'elle avait jeté son dévolu sur
1715 un négociant fort riche, avec lequel probablement elle se
proposait de recommencer la plaisanterie de Gibraltar.
Malgré tout ce que le Dancaïre put me dire pour m'arrêter,
je partis et j'entrai dans Malaga en plein jour, je cherchai
Carmen et je l'emmenai aussitôt. Nous eûmes une verte
1720 explication.

— Sais-tu, me dit-elle, que, depuis que tu es mon *rom*
pour tout de bon, je t'aime moins que lorsque tu étais mon
minchorro ? Je ne veux pas être tourmentée ni surtout com-
mandée. Ce que je veux, c'est être libre et faire ce qui me
1725 plaît. Prends garde de me pousser à bout. Si tu m'ennuies, je
trouverai quelque bon garçon qui te fera comme tu as fait
au Borgne.

Le Dancaïre nous raccommoda ; mais nous nous étions
dit des choses qui nous restaient sur le cœur et nous n'étions
1730 plus comme auparavant. Peu après, un malheur nous arriva.
La troupe nous surprit. Le Dancaïre fut tué, ainsi que deux

---

1   *nous arrêtions sur la grande route* : nous arrêtions des voyageurs sur la grande route
    pour les voler.
2   *la troupe* : l'armée.

de mes camarades; deux autres furent pris. Moi, je fus grièvement blessé, et, sans mon bon cheval, je demeurais entre les mains des soldats. Exténué de fatigue, ayant une 1735 balle dans le corps, j'allai me cacher dans un bois avec le seul compagnon qui me restât. Je m'évanouis en descendant de cheval, et je crus que j'allais crever dans les broussailles comme un lièvre qui a reçu du plomb. Mon camarade me porta dans une grotte que nous connaissions, puis il alla 1740 chercher Carmen. Elle était à Grenade, et aussitôt elle accourut. Pendant quinze jours, elle ne me quitta pas d'un instant. Elle ne ferma pas l'œil; elle me soigna avec une adresse et des attentions que jamais femme n'a eues pour l'homme le plus aimé. Dès que je pus me tenir sur mes 1745 jambes, elle me mena à Grenade dans le plus grand secret. Les bohémiennes trouvent partout des asiles sûrs, et je passai plus de six semaines dans une maison, à deux portes du corrégidor qui me cherchait. Plus d'une fois, regardant derrière un volet, je le vis passer. Enfin je me rétablis; mais 1750 j'avais fait bien des réflexions sur mon lit de douleur, et je projetais de changer de vie. Je parlai à Carmen de quitter l'Espagne et de chercher à vivre honnêtement dans le Nouveau-Monde. Elle se moqua de moi.

— Nous ne sommes pas faits pour planter des choux, dit-1755 elle; notre destin, à nous, c'est de vivre aux dépens des *payllos*. Tiens, j'ai arrangé une affaire avec Nathan ben-Joseph de Gibraltar. Il a des cotonnades qui n'attendent que toi pour passer. Il sait que tu es vivant. Il compte sur toi. Que diraient nos correspondants de Gibraltar si tu leur manquais 1760 de parole ?

Je me laissai entraîner, et je repris mon vilain commerce.

Pendant que j'étais caché à Grenade, il y eut des courses de taureaux, où Carmen alla. En revenant, elle parla beaucoup d'un picador très adroit nommé Lucas. Elle savait le 1765 nom de son cheval, et combien lui coûtait sa veste brodée. Je n'y fis pas attention. Juanito, le camarade qui m'était resté, me dit, quelques jours après, qu'il avait vu Carmen avec Lucas chez un marchand du Zacatin[1]. Cela commença à m'alarmer. Je demandai à Carmen comment et pourquoi 1770 elle avait fait connaissance avec le picador.

— C'est un garçon, me dit-elle, avec qui on peut faire une affaire. Rivière qui fait du bruit a de l'eau ou des cailloux[°]. Il a gagné douze cents réaux aux courses. De deux choses l'une : ou bien il faut avoir cet argent ; ou bien, comme c'est 1775 un bon cavalier et un gaillard de cœur, on peut l'enrôler dans notre bande. Un tel et un tel sont morts, tu as besoin de les remplacer. Prends-le avec toi.

—Je ne veux, répondis-je, ni de son argent, ni de sa personne, et je te défends de lui parler.

1780 — Prends garde, me dit-elle ; lorsqu'on me défie de faire une chose, elle est bientôt faite !

Heureusement le picador partit pour Malaga, et moi, je me mis en devoir de faire entrer les cotonnades du juif. J'eus fort à faire dans cette expédition-là. Carmen aussi, et j'ou- 1785 bliai Lucas ; peut-être aussi l'oublia-t-elle, pour le moment du moins. C'est vers ce temps, monsieur, que je vous ren- contrai d'abord près de Montilla, puis après à Cordoue. Je ne vous parlerai pas de notre dernière entrevue. Vous en savez peut-être plus long que moi. Carmen vous vola votre 1790 montre ; elle voulait encore votre argent, et surtout cette bague que je vois à votre doigt, et qui, dit-elle, est un anneau magique qu'il lui importait beaucoup de posséder. Nous eûmes une violente dispute, et je la frappai. Elle pâlit et pleura. C'était la première fois que je la voyais pleurer, et 1795 cela me fit un effet terrible. Je lui demandai pardon, mais elle me bouda pendant tout un jour, et quand je repartis pour Montilla, elle ne voulut pas m'embrasser. J'avais le cœur gros, lorsque, trois jours après, elle vint me trouver

---

[°] *Len sos sonsi abela ; Pani o reblendani terela.* — (Proverbe bohémien.)

---

1 *Zacatin* : ancien quartier commerçant de Grenade.

l'air riant et gaie comme un pinson. Tout était oublié, et
1800 nous avions l'air d'amoureux de deux jours. Au moment de
nous séparer, elle me dit :

— Il y a une fête à Cordoue, je vais la voir, puis je saurai
les gens qui s'en vont avec de l'argent, et je te le dirai.

Je la laissai partir. Seul, je pensai à cette fête et à ce
1805 changement d'humeur de Carmen. «Il faut qu'elle se soit
vengée déjà, me dis-je, puisqu'elle est revenue la première.»
Un paysan me dit qu'il y avait des taureaux à Cordoue. Voilà
mon sang qui bouillonne, et, comme un fou, je pars et je
vais à la place. On me montra Lucas, et, sur le banc contre
1810 la barrière, je reconnus Carmen. Il me suffit de la voir une
minute pour être sûr de mon fait. Lucas, au premier taureau, fit le joli cœur, comme je l'avais prévu. Il arracha la
cocarde° du taureau et la porta à Carmen, qui s'en coiffa
sur-le-champ. Le taureau se chargea de me venger. Lucas fut
1815 culbuté avec son cheval sur la poitrine, et le taureau par-
dessus tous les deux. Je regardai Carmen, elle n'était déjà
plus à sa place. Il m'était impossible de sortir de celle où
j'étais, et je fus obligé d'attendre la fin des courses. Alors
j'allai à la maison que vous connaissez, et je m'y tins coi
1820 toute la soirée et une partie de la nuit. Vers deux heures du
matin, Carmen revint et fut un peu surprise de me voir.

— Viens avec moi, lui dis-je.

— Eh bien ! dit-elle, partons !

J'allai prendre mon cheval, je la mis en croupe, et nous
1825 marchâmes tout le reste de la nuit sans nous dire un seul
mot. Nous nous arrêtâmes au jour dans une venta isolée,
assez près d'un petit ermitage[1]. Là je dis à Carmen :

° *La divisa,* nœud de rubans dont la couleur indique les pâturages d'où
viennent les taureaux. Ce nœud est fixé dans la peau du taureau au
moyen d'un crochet, et c'est le comble de la galanterie que de l'arracher
à l'animal vivant, pour l'offrir à une femme.

---

1 *ermitage* : endroit isolé où vit un ermite.

— Écoute, j'oublie tout. Je ne te parlerai de rien; mais jure-moi une chose : c'est que tu vas me suivre en
1830 Amérique, et que tu t'y tiendras tranquille.

— Non, dit-elle d'un ton boudeur, je ne veux pas aller en Amérique. Je me trouve bien ici.

— C'est parce que tu es près de Lucas; mais songes-y bien, s'il guérit, ce ne sera pas pour faire de vieux os. Au
1835 reste, pourquoi m'en prendre à lui ? Je suis las de tuer tous tes amants; c'est toi que je tuerai.

Elle me regarda fixement de son regard sauvage, et me dit :

— J'ai toujours pensé que tu me tuerais. La première fois
1840 que je t'ai vu, je venais de rencontrer un prêtre[1] à la porte de ma maison. Et cette nuit, en sortant de Cordoue, n'as-tu rien vu ? Un lièvre a traversé le chemin[2] entre les pieds de ton cheval. C'est écrit.

— Carmencita, lui demandai-je, est-ce que tu ne m'aimes
1845 plus ?

Elle ne répondit rien. Elle était assise les jambes croisées sur une natte et faisait des traits par terre avec son doigt.

— Changeons de vie, Carmen, lui dis-je d'un ton suppliant. Allons vivre quelque part où nous ne serons jamais
1850 séparés. Tu sais que nous avons, pas loin d'ici, sous un chêne, cent vingt onces enterrées… Puis, nous avons des fonds encore chez le juif ben-Joseph.

Elle se mit à sourire et me dit :

— Moi d'abord, toi ensuite. Je sais que cela doit arriver
1855 ainsi.

---

1 *rencontrer un prêtre* : présage de malheur. Le prêtre, parce qu'il donne les derniers sacrements, est associé à la mort.

2 *Un lièvre a traversé le chemin* : dans beaucoup de pays d'Europe, voir un lièvre traverser la route est de mauvais augure.

*[…] je la mis en croupe, et nous marchâmes tout le reste
de la nuit sans nous dire un seul mot.*

Lignes 1825 à 1827.

Gravure d'après G. Villier, pour *Carmen* de Prosper Mérimée,
1911, Bibliothèque Nationale.

— Réfléchis, repris-je ; je suis au bout de ma patience et de mon courage ; prends ton parti ou je prendrai le mien.

Je la quittai et j'allai me promener du côté de l'ermitage. Je trouvai l'ermite qui priait. J'attendis que sa prière fût 1860 finie ; j'aurais bien voulu prier, mais je ne pouvais pas. Quand il se releva, j'allai à lui.

— Mon père, lui dis-je, voulez-vous prier pour quelqu'un qui est en grand péril ?

— Je prie pour tous les affligés, dit-il.

1865 — Pouvez-vous dire une messe pour une âme qui va peut-être paraître devant son Créateur ?

— Oui, répondit-il en me regardant fixement.

Et, comme il y avait dans mon air quelque chose d'étrange, il voulut me faire parler :

1870 — Il me semble que je vous ai vu, dit-il.

Je mis une piastre sur son banc.

— Quand direz-vous la messe ? lui demandai-je.

— Dans une demi-heure. Le fils de l'aubergiste de là-bas va venir la servir. Dites-moi, jeune homme, n'avez-vous pas 1875 quelque chose sur la conscience qui vous tourmente ? Voulez-vous écouter les conseils d'un chrétien ?

Je me sentais près de pleurer. Je lui dis que je reviendrais, et je me sauvai. J'allai me coucher sur l'herbe jusqu'à ce que j'entendisse la cloche. Alors je m'approchai, mais je restai en 1880 dehors de la chapelle. Quand la messe fut dite, je retournai à la venta. J'espérais que Carmen se serait enfuie ; elle aurait pu prendre mon cheval et se sauver… mais je la retrouvai. Elle ne voulait pas qu'on pût dire que je lui avais fait peur. Pendant mon absence, elle avait défait l'ourlet de sa robe 1885 pour en retirer le plomb. Maintenant, elle était devant une table, regardant dans une terrine pleine d'eau le plomb qu'elle avait fait fondre, et qu'elle venait d'y jeter. Elle était si occupée de sa magie qu'elle ne s'aperçut pas d'abord de mon retour. Tantôt elle prenait un morceau de plomb et le 1890 tournait de tous les côtés d'un air triste, tantôt elle chantait quelqu'une de ces chansons magiques où elles invoquent Marie Padilla°, la maîtresse de don Pedro, qui fut, dit-on, la *Bari Crallisa*, ou la grande reine des bohémiens :

— Carmen, lui dis-je, voulez-vous venir avec moi ?

1895 Elle se leva, jeta sa sébile[1] et mit sa mantille sur sa tête comme prête à partir. On m'amena mon cheval, elle monta en croupe et nous nous éloignâmes.

— Ainsi, lui dis-je, ma Carmen, après un bout de chemin, tu veux bien me suivre, n'est-ce pas ?

1900 — Je te suis à la mort, oui, mais je ne vivrai plus avec toi.

Nous étions dans une gorge solitaire ; j'arrêtai mon cheval.

— Est-ce ici ? dit-elle.

Et d'un bond elle fut à terre. Elle ôta sa mantille, la jeta à
1905 ses pieds, et se tint immobile un poing sur la hanche, me regardant fixement.

— Tu veux me tuer, je le vois bien, dit-elle ; c'est écrit, mais tu ne me feras pas céder.

— Je t'en prie, lui dis-je, sois raisonnable. Écoute-moi !
1910 tout le passé est oublié. Pourtant, tu le sais, c'est toi qui m'as perdu ; c'est pour toi que je suis devenu un voleur et un meurtrier. Carmen ! ma Carmen ! laisse-moi te sauver et me sauver avec toi.

— José, répondit-elle, tu me demandes l'impossible. Je ne
1915 t'aime plus ; toi, tu m'aimes encore, et c'est pour cela que tu veux me tuer. Je pourrai bien encore te faire quelque mensonge ; mais je ne veux pas m'en donner la peine. Tout est fini entre nous. Comme mon *rom*, tu as le droit de tuer ta

---

° On a accusé Marie Padilla d'avoir ensorcelé le roi don Pèdre. Une tradition populaire rapporte qu'elle avait fait présent à la reine Blanche de Bourbon d'une ceinture d'or, qui parut aux yeux fascinés du roi comme un serpent vivant. De là la répugnance qu'il montra toujours pour la malheureuse princesse.

---

1 *sébile* : coupe en bois.

romi; mais Carmen sera toujours libre. *Calli* elle est née,
1920 *calli* elle mourra.

— Tu aimes donc Lucas ? lui demandai-je.

— Oui, je l'ai aimé, comme toi, un instant, moins que toi
peut-être. À présent, je n'aime plus rien, et je me hais pour
t'avoir aimé.

1925 Je me jetai à ses pieds, je lui pris les mains, je les arrosai
de mes larmes. Je lui rappelai tous les moments de bonheur
que nous avions passés ensemble. Je lui offris de rester brigand pour lui plaire. Tout, monsieur, tout; je lui offris tout,
pourvu qu'elle voulût m'aimer encore !

1930 Elle me dit :

— T'aimer encore, c'est impossible. Vivre avec toi, je ne
le veux pas.

La fureur me possédait. Je tirai mon couteau. J'aurais
voulu qu'elle eût peur et me demandât grâce, mais cette
1935 femme était un démon.

— Pour la dernière fois, m'écriai-je, veux-tu rester avec
moi ?

— Non ! non ! non ! dit-elle en frappant du pied.

Et elle tira de son doigt une bague que je lui avais donnée,
1940 et la jeta dans les broussailles.

Je la frappai deux fois. C'était le couteau du Borgne
que j'avais pris, ayant cassé le mien. Elle tomba au second
coup sans crier. Je crois encore voir son grand œil noir me
regarder fixement; puis il devint trouble et se ferma. Je
1945 restai anéanti une bonne heure devant ce cadavre. Puis, je
me rappelai que Carmen m'avait dit souvent qu'elle
aimerait à être enterrée dans un bois. Je lui creusai une fosse
avec mon couteau, et je l'y déposai. Je cherchai longtemps sa
bague et je la trouvai à la fin. Je la mis dans la fosse auprès
1950 d'elle avec une petite croix. Peut-être ai-je eu tort. Ensuite je
montai sur mon cheval, je galopai jusqu'à Cordoue, et au
premier corps de garde je me fis connaître. J'ai dit que
j'avais tué Carmen; mais je n'ai pas voulu dire où était son

Je lui creusai une fosse avec mon couteau, et je l'y déposai.

Lignes 1947 et 1948.

corps. L'ermite était un saint homme. Il a prié pour elle ! Il a dit une messe pour son âme… Pauvre enfant ! Ce sont les *calés* qui sont coupables pour l'avoir élevée ainsi.

IV

L'Espagne est un des pays où se trouvent aujourd'hui, en plus grand nombre encore, ces nomades dispersés dans toute l'Europe, et connus sous les noms de *bohémiens,*
1960 *gitanos, gypsies, zigeuner,* etc. La plupart demeurent, ou plutôt mènent une vie errante dans les provinces du Sud et de l'Est, en Andalousie, en Estramadure, dans le royaume de Murcie ; il y en a beaucoup en Catalogne[1]. Ces derniers passent souvent en France. On en rencontre dans toutes nos
1965 foires du Midi. D'ordinaire, les hommes exercent les métiers de maquignon, de vétérinaire et de tondeur de mulets ; ils y joignent l'industrie de raccommoder les poêlons et les instruments de cuivre, sans parler de la contrebande et autres pratiques illicites. Les femmes disent la bonne aventure,
1970 mendient et vendent toutes sortes de drogues innocentes ou non.

Les caractères physiques des bohémiens sont plus faciles à distinguer qu'à décrire, et lorsqu'on en a vu un seul, on reconnaîtrait entre mille un individu de cette race. La
1975 physionomie, l'expression, voilà surtout ce qui les sépare des peuples qui habitent le même pays. Leur teint est très basané, toujours plus foncé que celui des populations parmi lesquelles ils vivent. De là le nom de *calés*°, les noirs, par lequel ils se désignent souvent. Leurs yeux sensiblement
1980 obliques, bien fendus, très noirs, sont ombragés par des cils longs et épais. On ne peut comparer leur regard qu'à celui d'une bête fauve. L'audace et la timidité s'y peignent tout à la fois, et sous ce rapport leurs yeux révèlent assez bien le

° Il m'a semblé que les bohémiens allemands, bien qu'ils comprennent parfaitement le mot *calés,* n'aimaient point à être appelés de la sorte. Ils s'appellent entre eux *romané tchavé.*

1 *Andalousie,* […] *Estramadure,* […] *Murcie ;* […] *Catalogne :* régions espagnoles.

caractère de la nation, rusée, hardie, mais craignant *naturel-*
1985 *lement les coups* comme Panurge[1]. Pour la plupart les
hommes sont bien découplés[2], sveltes, agiles ; je ne crois pas
en avoir jamais vu un seul chargé d'embonpoint. En Allemagne, les bohémiennes sont souvent très jolies ; la beauté
est fort rare parmi les gitanas d'Espagne. Très jeunes elles
1990 peuvent passer pour des laiderons agréables ; mais une fois
qu'elles sont mères, elles deviennent repoussantes. La saleté
des deux sexes est incroyable, et qui n'a pas vu les cheveux
d'une matrone[3] bohémienne s'en fera difficilement une
idée, même en se représentant les crins les plus rudes, les
1995 plus gras, les plus poudreux. Dans quelques grandes villes
d'Andalousie, certaines jeunes filles un peu plus agréables
que les autres prennent plus de soin de leur personne.
Celles-là vont danser pour de l'argent, des danses qui
ressemblent fort à celles que l'on interdit dans nos bals
2000 publics du carnaval. M. Borrow[4], missionnaire anglais,
auteur de deux ouvrages fort intéressants sur les bohémiens
d'Espagne, qu'il avait entrepris de convertir, aux frais de la
Société biblique, assure qu'il est sans exemple qu'une gitana
ait jamais eu quelque faiblesse pour un homme étranger à
2005 sa race. Il me semble qu'il y a beaucoup d'exagération dans
les éloges qu'il accorde à leur chasteté. D'abord, le plus
grand nombre est dans le cas de la laide d'Ovide : *Casta*
quam nemo rogavit[5]. Quant aux jolies, elles sont comme
toutes les Espagnoles, difficiles dans le choix de leurs
2010 amants. Il faut leur plaire, il faut les mériter. M. Borrow
cite comme preuve de leur vertu un trait qui fait honneur à

---

1 *Panurge* : compagnon de Pantagruel, célèbre personnage créé par François
   Rabelais au XVIe s.

2 *bien découplés* : pourvus d'un corps de belle taille, d'une belle carrure.

3 *matrone* : femme d'un certain âge.

4 Borrow, George Henry (1803-1881). Les «deux ouvrages intéressants» dont parle
   Mérimée sont *The Zincali* (1841) et *The Bible in Spain* (1843).

5 *Casta quam nemo rogavit* : une femme chaste que personne n'a demandée (trad.
   Séverine Clerc-Girard).

la sienne, surtout à sa naïveté. Un homme immoral de sa connaissance offrit, dit-il, inutilement plusieurs onces à une jolie gitana. Un Andalou, à qui je racontai cette anecdote,
2015 prétendit que cet homme immoral aurait eu plus de succès en montrant deux ou trois piastres, et qu'offrir des onces d'or à une bohémienne était un aussi mauvais moyen de persuader, que de promettre un million ou deux à une fille d'auberge. Quoi qu'il en soit, il est certain que les gitanas
2020 montrent à leurs maris un dévouement extraordinaire. Il n'y a pas de danger ni de misères qu'elles ne bravent pour les secourir en leurs nécessités. Un des noms que se donnent les bohémiens, *romé* ou les *époux*, me paraît attester le respect de la race pour l'état de mariage. En général on peut dire
2025 que leur principale vertu est le patriotisme, si l'on peut ainsi appeler la fidélité qu'ils observent dans leurs relations avec les individus de même origine qu'eux, leur empressement à s'entraider, le secret inviolable qu'ils se gardent dans les affaires compromettantes. Au reste, dans toutes les associa-
2030 tions mystérieuses et en dehors des lois, on observe quelque chose de semblable.

J'ai visité, il y a quelques mois, une horde[1] de bohémiens établis dans les Vosges[2]. Dans la hutte d'une vieille femme, l'ancienne de sa tribu, il y avait un bohémien étranger à sa
2035 famille, attaqué d'une maladie mortelle. Cet homme avait quitté un hôpital où il était bien soigné, pour aller mourir au milieu de ses compatriotes. Depuis treize semaines il était alité chez ses hôtes, et beaucoup mieux traité que les fils et gendres qui vivaient dans la même maison. Il avait un
2040 bon lit de paille et de mousse avec des draps assez blancs, tandis que le reste de la famille, au nombre de onze personnes, couchait sur des planches longues de trois pieds. Voilà pour leur hospitalité. La même femme, si humaine pour son hôte, me disait devant le malade : *Singo, singo, homte hi*

---

1 *horde* : peuplade errante.
2 *Vosges* : massif montagneux de l'est de la France, à la frontière allemande.

2045 *mulo*. Dans peu, dans peu, il faut qu'il meure. Après tout, la
vie de ces gens est si misérable, que l'annonce de la mort n'a
rien d'effrayant pour eux.

Un trait remarquable du caractère des bohémiens, c'est
leur indifférence en matière de religion ; non qu'ils soient
2050 esprits forts ou sceptiques. Jamais ils n'ont fait profession
d'athéisme. Loin de là, la religion du pays qu'ils habitent est
la leur ; mais ils en changent en changeant de patrie. Les
superstitions qui, chez les peuples grossiers, remplacent les
sentiments religieux, leur sont également étrangères. Le
2055 moyen, en effet, que des superstitions existent chez des gens
qui vivent le plus souvent de la crédulité des autres. Cependant, j'ai remarqué chez les bohémiens espagnols une horreur singulière pour le contact d'un cadavre. Il y en a peu
qui consentiraient pour de l'argent à porter un mort au
2060 cimetière.

J'ai dit que la plupart des bohémiennes se mêlaient de
dire la bonne aventure. Elles s'en acquittent fort bien. Mais
ce qui est pour elles une source de grands profits, c'est la
vente des charmes[1] et des philtres amoureux. Non seule-
2065 ment elles tiennent des pattes de crapauds pour fixer les
cœurs volages, ou de la poudre de pierre d'aimant pour se
faire aimer des insensibles ; mais elles font au besoin des
conjurations puissantes qui obligent le diable à leur prêter
son secours. L'année dernière, une Espagnole me racontait
2070 l'histoire suivante : Elle passait un jour dans la rue d'Alcala,
fort triste et préoccupée ; une bohémienne accroupie sur le
trottoir lui cria : «Ma belle dame, votre amant vous a
trahie.» C'était la vérité. «Voulez-vous que je vous le fasse
revenir ?» On comprend avec quelle joie la proposition fut
2075 acceptée, et quelle devait être la confiance inspirée par une
personne qui devinait ainsi d'un coup d'œil, les secrets
intimes du cœur. Comme il eût été impossible de procéder

---

1 *charmes* : objets magiques.

à des opérations magiques dans la rue la plus fréquentée de Madrid, on convint d'un rendez-vous pour le lendemain.

2080 «Rien de plus facile que de ramener l'infidèle à vos pieds, dit la gitana. Auriez-vous un mouchoir, une écharpe, une mantille qu'il vous ait donné ?» On lui remit un fichu de soie. «Maintenant cousez avec de la soie cramoisie une piastre dans un coin du fichu. Dans un autre coin, cousez une

2085 demi-piastre ; ici, une piécette ; là, une pièce de deux réaux. Puis il faut coudre au milieu une pièce d'or. Un doublon serait le mieux.» On coud le doublon et le reste. «À présent, donnez-moi le fichu, je vais le porter au Campo-Santo[1], à minuit sonnant. Venez avec moi, si vous voulez voir une

2090 belle diablerie[2]. Je vous promets que dès demain vous reverrez celui que vous aimez.» La bohémienne partit seule pour le Campo-Santo, car on avait trop peur des diables pour l'accompagner. Je vous laisse à penser si la pauvre amante délaissée a revu son fichu et son infidèle.

2095 Malgré leur misère et l'espèce d'aversion qu'ils inspirent, les bohémiens jouissent cependant d'une certaine considération parmi les gens peu éclairés, et ils en sont très vains. Ils se sentent une race supérieure pour l'intelligence et méprisent cordialement le peuple qui leur donne l'hospita-

2100 lité. «Les gentils[3] sont si bêtes, me disait une bohémienne des Vosges, qu'il n'y a aucun mérite à les attraper. L'autre jour, une paysanne m'appelle dans la rue, j'entre chez elle. Son poêle fumait, et elle me demande un sort pour le faire aller. Moi, je me fais d'abord donner un bon morceau de

2105 lard. Puis, je me mets à marmotter quelques mots en rommani. "Tu es bête, je disais, tu es née bête, bête tu mourras…" Quand je fus près de la porte, je lui dis en bon allemand : "Le moyen infaillible d'empêcher ton poêle de

---

1 *Campo-Santo* : cimetière.

2 *diablerie* : magie dans laquelle le diable intervient.

3 *gentils* : gens qui n'appartiennent pas au peuple gitan.

fumer, c'est de n'y pas faire de feu." Et je pris mes jambes à
2110 mon cou. »

L'histoire des bohémiens est encore un problème. On sait
à la vérité que leurs premières bandes, fort peu nombreuses,
se montrèrent dans l'est de l'Europe, vers le commencement
du XVe siècle ; mais on ne peut dire ni d'où ils viennent, ni
2115 pourquoi ils sont venus en Europe, et, ce qui est plus extraordinaire, on ignore comment ils se sont multipliés en peu
de temps d'une façon si prodigieuse dans plusieurs contrées
fort éloignées les unes des autres. Les bohémiens eux-mêmes
n'ont conservé aucune tradition sur leur origine, et si la
2120 plupart d'entre eux parlent de l'Égypte comme de leur
patrie primitive, c'est qu'ils ont adopté une fable très
anciennement répandue sur leur compte.

La plupart des orientalistes qui ont étudié la langue des
bohémiens croient qu'ils sont originaires de l'Inde. En effet,
2125 il paraît qu'un grand nombre de racines et beaucoup de
formes grammaticales du rommani se retrouvent dans des
idiomes dérivés du sanscrit[1]. On conçoit que dans leurs
longues pérégrinations, les bohémiens ont adopté beaucoup
de mots étrangers. Dans tous les dialectes du rommani, on
2130 trouve quantité de mots grecs. Par exemple : *cocal*, os, de
κοκκαλον ; *petalli*, fer de cheval, de πέταλον ; *cafi*, clou, de
καρφι, etc. Aujourd'hui, les bohémiens ont presque autant
de dialectes différents qu'il existe de hordes de leur race
séparées les unes des autres. Partout ils parlent la langue du
2135 pays qu'ils habitent plus facilement que leur propre idiome,
dont ils ne font guère usage que pour pouvoir s'entretenir
librement devant des étrangers. Si l'on compare le dialecte
des bohémiens de l'Allemagne avec celui des Espagnols,
sans communication avec les premiers depuis des siècles, on
2140 reconnaît une très grande quantité de mots communs ; mais
la langue originale, partout, quoique à différents degrés,

---

1 *sanscrit* : langue indo-européenne.

s'est notablement altérée par le contact des langues plus cul-
tivées, dont ces nomades ont été contraints de faire usage.
L'allemand, d'un côté, l'espagnol, de l'autre, ont tellement
2145 modifié le fond du rommani, qu'il serait impossible à un
bohémien de la Forêt-Noire[1] de converser avec un de ses
frères andalous, bien qu'il leur suffise d'échanger quelques
phrases pour reconnaître qu'ils parlent tous les deux un
dialecte dérivé du même idiome. Quelques mots d'un usage
2150 très fréquent sont communs, je crois, à tous les dialectes ;
ainsi, dans tous les vocabulaires que j'ai pu voir : *pani* veut
dire de l'eau, *manro*, du pain, *mâs*, de la viande, *lon*, du sel.
   Les noms de nombre sont partout à peu près les mêmes.
Le dialecte allemand me semble beaucoup plus pur que le
2155 dialecte espagnol ; car il a conservé nombre de formes
grammaticales primitives, tandis que les gitanos ont adopté
celles du castillan. Pourtant quelques mots font exception
pour attester l'ancienne communauté de langage. Les
prétérits[2] du dialecte allemand se forment en ajoutant *ium* à
2160 l'impératif qui est toujours la racine du verbe. Les verbes,
dans le rommani espagnol, se conjuguent tous sur le modèle
des verbes castillans de la première conjugaison. De
l'infinitif *jamar*, manger, on devrait régulièrement faire
jamé, j'ai mangé, de *lillar*, prendre, on devrait faire *lillé*, j'ai
2165 pris. Cependant quelques vieux bohémiens disent par
exception : *jayon*, *lillon*. Je ne connais pas d'autres verbes
qui aient conservé cette forme antique[3].
   Pendant que je fais ainsi étalage de mes minces connais-
sances dans la langue rommani, je dois noter quelques mots
2170 d'argot français que nos voleurs ont empruntés aux bohémiens. *Les Mystères de Paris*[4] ont appris à la bonne compagnie

---

1 *Forêt-Noire* : massif montagneux de l'ouest de l'Allemagne.
2 *prétérits* : formes temporelles du passé, en conjugaison.
3 *antique* : initiale.
4 *Les Mystères de Paris* : roman de l'écrivain français Eugène Sue, paru en feuilleton
   de 1842 à 1843.

que *chourin* voulait dire couteau. C'est du rommani pur ;
tchouri est un de ces mots communs à tous les dialectes.
M. Vidocq[1] appelle un cheval *grès*, c'est encore un mot
2175 bohémien *gras*, *gre*, *graste*, *gris*. Ajoutez encore le mot
romanichel qui, dans l'argot parisien, désigne les
bohémiens. C'est la corruption de *rommané tchave*, gars
bohémiens. Mais une étymologie dont je suis fier, c'est celle
de *frimousse*, mine, visage, mot que tous les écoliers
2180 emploient ou employaient de mon temps. Observez d'abord
que Oudin[2], dans son curieux dictionnaire, écrivait en 1640,
firmilouse. Or, *firla*, *fila* en rommani veut dire visage, *mui* a
la même signification, c'est exactement *os* des Latins. La
combinaison *firlamui* a été sur-le-champ comprise par un
2185 bohémien puriste, et je la crois conforme au génie[3] de sa
langue.

En voilà bien assez pour donner aux lecteurs de Carmen
une idée avantageuse[4] de mes études sur le rommani. Je ter-
minerai par ce proverbe qui vient à propos : *En retudi panda*
2190 *nasti abela macha.* En close bouche, n'entre point mouche.

1847

P. Mérimée

---

1 Vidocq, François-Eugène (1775-1857). Policier français, ancien forçat, auteur de
   Mémoires (1828) qui témoignent des mœurs criminelles et de la langue argotique
   de son époque.

2 Oudin, Antoine. Auteur de *Curiosités françaises*, un dictionnaire publié en 1640.

3 *génie* : caractère propre et distinctif d'une chose, qui fait son originalité, son unicité.

4 *avantageuse* : qui fait honneur à quelque chose ou à quelqu'un.

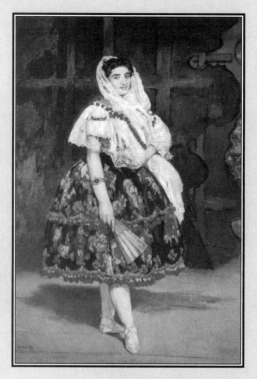

Lola de Valence de Manet.

Prosper Mérimée.

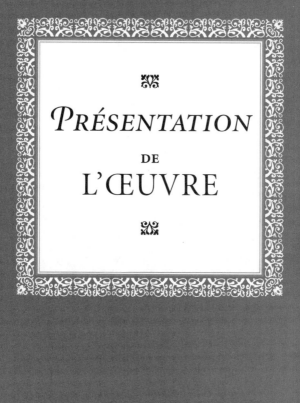

PRÉSENTATION

DE

L'ŒUVRE

Le règne de Louis XVI signera la fin d'une longue période
monarchique et le début de la Révolution.

«L'EXÉCUTION DE LOUIS XVI» (DÉTAIL).
Musée du Louvre.

Mérimée et son époque

LE CONTEXTE HISTORIQUE :
DE RÉVOLUTION EN RÉVOLUTION...

De la Révolution française de 1789
à la Première République

Un ensemble d'événements a bouleversé les structures sociales, politiques, juridiques et religieuses de la France, mettant fin à l'Ancien Régime. La contradiction qui existe entre la structure sociale féodale du royaume et la montée des forces productives et intellectuelles constitue la cause profonde de ces bouleversements. La nation est alors divisée en trois ordres : la noblesse, le clergé et le Tiers-État (formé par les paysans, les artisans et les bourgeois). Ce dernier, qui représente pourtant 97 p. cent de la population, ne possède que peu de droits. Les bourgeois, particulièrement, cherchent à établir de nouvelles lois et de nouvelles institutions, car leur ascension sociale est freinée. Prônant la liberté et l'égalité civile, ils sont à l'origine de cette révolte contre la noblesse.

Toutes leurs luttes aboutissent, le 14 juillet 1789, à la prise de la Bastille. L'abolition des privilèges finira par être votée et l'on adoptera la Déclaration des droits de l'homme et du citoyen. La monarchie absolue est remplacée par un système de monarchie constitutionnelle, dans lequel le pouvoir passe graduellement du roi au peuple.

Cependant, la confiance du peuple est compromise lorsque, le 20 juin 1791, la famille royale tente de fuir à l'étranger. Le roi est cependant maintenu quelque temps dans ses fonctions par la bourgeoisie, qui craint la pression populaire.

En 1792, Louis XVI est démis de ses fonctions par l'Assemblée législative. La République s'impose subtilement lorsque, le 22 septembre 1792, on décrète que les actes officiels seront désormais datés de l'an I de la République française.

Puis, le 21 janvier 1793, Louis XVI est guillotiné. Après cette exécution, la démocratie et la défense républicaine apparaissent inévitables. Toutefois le climat politique demeure instable. Les uns continuent de se dire royalistes, les autres cherchent à conserver les acquis de la révolution bourgeoise.

Le Premier Empire (1804-1815)

Napoléon prend le pouvoir à la suite du coup d'État du 18 Brumaire de l'an VIII (9 novembre 1799), mettant fin à la Première République. Grâce à son prestige personnel, il gagne la confiance du peuple sans toutefois révéler ses objectifs à long terme. En 1802, il est nommé consul à vie et réorganise tout le pays. En effet, en 1804 est créé le Code civil, qui reconnaît les principes démocratiques de 1789. En 1804, le Sénat, à l'unanimité, proclame Napoléon 1er empereur des Français. Il régnera sur la France pendant dix ans. Tout en veillant à consolider l'œuvre de la Révolution française, il établit un pouvoir monarchique très autoritaire et ne tarde pas à se transformer en tyran. Voulant étendre l'Empire, et cherchant à effectuer un retour à un régime absolutiste et héréditaire, il finit par trahir ses idéaux révolutionnaires. Il ne recule devant rien et ses répressions sanglantes feront 1 000 000 de morts. En 1814, on vote la déchéance de l'Empereur. Il sera exilé à l'île d'Elbe, d'où il reviendra pour un règne de cent jours. Cela le conduira à sa dernière défaite à Waterloo en 1815. Il sera déporté pour une deuxième fois à Sainte-Hélène, où il mourra le 5 mai 1821.

La Restauration (1815-1830)

Le retour au pouvoir d'un régime monarchique déçoit beaucoup. Sachant les difficultés qui l'attendent, Louis XVIII accepte le trône. Sa finesse d'esprit et sa culture lui font sentir la nécessité de temporiser, et ce, malgré le désir de certains de tout brusquer. Il accepte le compromis d'une monarchie constitutionnelle, mais il n'arrive pas à imposer sa politique. Dès 1820, la gangrène le force à laisser peu à peu la place à son frère, le futur Charles X. Louis XVIII meurt en 1824. À sa mort, son frère lui succède officiellement. Il se révèle cependant un réactionnaire qui favorise le retour à l'Ancien Régime, donc à un régime monarchique plus absolu. La crise économique, le taux de chômage élevé et l'augmentation du coût de la vie inciteront la haute bourgeoisie à former une opposition libérale. Il en résultera la révolution de 1830 et, une fois de plus, un roi se verra forcé d'abdiquer.

La monarchie de Juillet (1830-1848)

Après la révolution de Juillet 1830, c'est la fin non seulement du règne de Charles X mais également la fin des Bourbons. On fait alors appel à une autre branche de la monarchie, la branche d'Orléans, et l'on porte au pouvoir Louis-Philippe d'Orléans, ardent défenseur des idées révolutionnaires. Il modifie la Charte de 1814 par l'abolition du concept de droit divin et la diminution du pouvoir du roi ainsi que par le retour du drapeau tricolore. Cette époque est très favorable à la bourgeoisie. Cependant, Louis-Philippe 1er se prend, lui aussi, au jeu du pouvoir et son règne se solde par une autre révolution : la révolution de 1848.

La Deuxième République (1848-1851)

Le prince Louis-Napoléon, neveu de Napoléon Bonaparte, est élu par cinq millions de personnes et proclamé président de la Deuxième République le 25 février 1848. Encore une fois, la monarchie fait place à une république. La Deuxième République permet l'abolition de l'esclavage et le suffrage universel, c'est-à-dire que tous les citoyens masculins (les femmes n'obtiendront le droit de vote que le 21 avril 1944) ont le droit de voter. Cependant, après les nombreuses révolutions qu'il a déjà connues, le peuple français s'est forgé une carapace et est devenu très réactionnaire. L'Assemblée législative n'approuve pas le suffrage universel et veut rétablir la monarchie. Le coup d'État du 2 décembre 1851 entraînera la dictature de Louis-Napoléon Bonaparte (incapable de se faire réélire par voie constitutionnelle) et rétablira l'Empire. Ce sera la fin de la Deuxième République.

Le Second Empire (1852-1870)

Le 2 décembre 1852, Louis Napoléon Bonaparte devient donc empereur sous le nom de Napoléon III. Suivra une période d'autoritarisme, pendant laquelle on constatera une diminution des libertés publiques et privées ainsi qu'un contrôle de l'enseignement. Ce sera toutefois une période de prodigieux essor économique. Toute cette évolution ne permet cependant pas à l'Empire d'établir des bases solides. Une guerre entre la France et la Prusse (la guerre franco-allemande de 1870-1871), pendant laquelle les Français sont défaits, provoque l'effondrement du Second Empire. Napoléon III est fait prisonnier. Après avoir appris la défaite, Paris manifeste et proclame la déchéance de l'Empereur et la Troisième République.

LE CONTEXTE SOCIAL

L'importance de la bourgeoisie

Le bouillonnement révolutionnaire du XIXe siècle a de profondes répercussions non seulement sur le plan politique mais également sur le plan social. Il s'agit en effet d'une période cruciale, pendant laquelle se fondent la plupart des structures sociales telles que nous les connaissons aujourd'hui ; la société bourgeoise et capitaliste se met en place et donnera naissance à notre société.

Barricades rue Saint-Maur,
Le 25 juin 1848.

Daguerréotype.

Le visage de la France, entre 1789 et 1850, a beaucoup changé. La Révolution française a grandement permis à toutes les catégories sociales de prendre leur place dans la vie politique, mais c'est la bourgeoisie qui en a le plus profité. Pendant la période monarchique, alors que son rôle politique et économique est assez faible, la classe bourgeoise fournit à la monarchie la majeure partie de ses cadres administratifs et ses principales ressources. Elle tente, en même temps, d'établir de nouvelles structures sociales. Lorsque la crise économique et politique éclate, on se révolte contre le pouvoir absolu du roi, qui donne à la noblesse beaucoup de privilèges. Dès lors, on connaîtra un changement continuel de système politique et de dirigeant.

La bourgeoisie prend de plus en plus d'importance et, vers la moitié du XIXe siècle, la France connaît une certaine stabilité politique et sociale. Le choix du peuple semble définitif après presque un siècle d'indécision. La bourgeoisie devient véritablement la classe dominante : elle possède l'argent et finit par imposer à la société française ses valeurs conservatrices et son mode de vie. Plusieurs écrivains de l'époque appartiennent d'ailleurs à cette classe sociale, mais, plutôt que de se faire imposer ses valeurs, ils les critiqueront dans leurs œuvres.

La bourgeoisie, fort instruite et associée au pouvoir, participe grandement à l'administration du pays. Elle permet à la France d'entrer dans l'ère du capitalisme et de l'industrialisation, qui donnera lieu à la révolution industrielle. Les paysans abandonnent le milieu rural pour s'installer dans les grandes villes et trouver la prospérité. Les ateliers d'artisans se transforment en usines. Les nouvelles sources d'énergie, le développement du réseau ferroviaire et l'évolution des outils de communication permettent aux plus nantis de faire beaucoup d'argent sur le dos de la société. Seule la classe bourgeoise a accès à des postes publics et à la direction d'entreprise. Il en résulte des conditions de travail inhumaines pour le peuple et un grand écart se creuse de nouveau entre les classes sociales. Le prolétariat tente, tant bien que mal, de se défendre. On assistera à la formation des premiers syndicats. Dans l'idéologie socialiste et le manifeste communiste de Karl Marx (1848), le prolétariat trouve la force de poursuivre sa lutte.

La province

Au XIXe siècle, l'argent est l'indicateur par excellence du statut social de l'individu et de son niveau de respectabilité par rapport à la bourgeoisie. Cette classe sociale étant très hétérogène, l'argent permet aussi d'y situer l'individu. On trouve la grande bourgeoisie, qui habite la ville et qui détient beaucoup de pouvoir ; et la petite bourgeoisie, qui habite la province, c'est-à-dire l'ensemble du territoire français qui se situe en dehors de la région parisienne, et qui se voit appartenir à une classe inférieure, dépourvue de pouvoir et possédant peu d'argent. Cet écart de statut dans une même classe sociale entraîne inévitablement une certaine rivalité entre le peuple parisien et celui de la province. Les écrivains de l'époque exploitent très souvent ce thème. Par exemple, Mérimée, d'un ton ironique, l'utilise dans *La Vénus d'Ille* afin de bien montrer les rapports d'amour-haine. Ce phénomène, quoique moins marquant à cause de l'évolution technologique et des moyens de transport, est encore actuel.

C'est ainsi que Paris est devenu le centre de la France, noyau où la vie culturelle, politique et sociale est florissante. Les rapports entre Paris et la province sont tendus ; Paris se targue de supériorité dans tous les domaines et la province en arrive à se sentir inférieure et envieuse. Autant pour la tenue vestimentaire que pour le mode de vie, la capitale parisienne devance toujours la province. Les provinciaux dédaignent les valeurs parisiennes. Ils se considèrent privilégiés de ne pas être corrompus et de vivre une vie plus saine et plus près des «vraies valeurs».

L'exotique Espagne

Les années 1820-1850 sont marquées par le grand intérêt que les voyageurs français portent à l'Espagne. On ne s'y rend pas pour profiter des plages, du moins pas encore, car cette forme de tourisme se manifestera davantage à la fin du siècle. Emportés par la recherche d'exotisme qui caractérise la période romantique, ces voyageurs, lettrés pour la plupart, se rendent à Madrid ou se risquent à faire le tour de l'Andalousie. Ils cherchent surtout à explorer un monde différent du leur et à se dépayser : les gitans, la mauvaise nourriture servie dans les auberges, les voyages à dos d'âne, tous ces lieux communs qui forment l'image que la France se fait de l'Espagne, représentent pour eux une promesse de sensations inusitées et de découvertes.

Une fois sur place, ces Français en mal d'aventure ressentent cependant un sentiment ambivalent vis-à-vis de la péninsule ibérique. Séduits par les paysages, les sierras, les monuments mauresques, les corridas, ils se montrent en général beaucoup moins admiratifs devant les Espagnols, auxquels ils trouvent mauvais caractère, et encore moins devant les vieilles femmes hideuses et sales qu'ils rencontrent dans les villages. Toutefois, ce qui leur répugne le plus, c'est-à-dire la chaleur, les auberges mal tenues, les bandits de grand chemin, est aussi ce qui les attire, tant il est vrai que la laideur peut se révéler aussi fascinante que la beauté. L'Espagne représente à leurs yeux un monde moyenâgeux, et par conséquent romanesque. Au point que certains, tel l'écrivain Théophile Gautier, sont déçus d'y trouver des jeunes filles à la peau blanche et des paysages qui leur rappellent la Suisse : pourquoi aller si loin, risquer de s'y faire dévaliser, souffrir de la chaleur, si c'est pour retrouver là-bas ce que l'on peut voir en pays civilisé ? D'ailleurs, les bandits tant redoutés se manifestent rarement, bien qu'on en entende constamment parler. C'est donc une aventure bien sage que ces voyageurs s'offrent par leur périple espagnol.

[…] ils se montrent en général beaucoup moins admiratifs
devant […] les vieilles femmes hideuses et sales
qu'ils rencontrent dans les villages.

Gravure d'après Gustave Doré

pour *L'Espagne* de Charles Davillier, 1874.

Bibliothèque des Arts décoratifs.

Au moins leur aura-t-elle donné un avant-goût d'Afrique et le sentiment de frôler le danger : exaltantes impressions que l'arrivée du chemin de fer, dans la décennie 1850, atténuera beaucoup.

LE CONTEXTE LITTÉRAIRE

Le fantastique, issu du romantisme

La France du XIXe siècle a longtemps été contrainte à la tradition classique. Ainsi, au début du siècle, elle se tourne vers l'étranger, c'est-à-dire vers l'Angleterre et l'Allemagne. Un grand nombre de Français, chassés de la France à cause de la Révolution, ont été forcés à entrer en contact avec l'étranger. De plus, les intellectuels sont surveillés et doivent même parfois s'exiler. C'est grâce aux productions d'écrivains exilés, curieux de connaître les cultures et les littératures étrangères, que l'on découvre tous ces pays où la tradition classique et le culte de l'Antiquité sont moins présents. Ces inspirations nouvelles ont permis un renouvellement de l'inspiration littéraire française, lequel est à l'origine du mouvement romantique.

La France a été fortement ébranlée par la Révolution française et par l'arrivée au pouvoir de Napoléon, ce qui explique en partie pourquoi le romantisme est arrivé tardivement dans ce pays. Le désir d'échapper à une société décevante explique les élans romantiques et les grandes aspirations à la liberté. Ainsi le héros romantique est-il un être conscient de sa naissance tardive dans un monde trop vieux.

Le romantisme se définit par plusieurs caractéristiques : le «mal du siècle», l'exaltation du moi, la sensibilité au temps et à la nature, la recherche du rêve et de l'évasion. Le «mal du siècle» est provoqué par les désillusions issues du décalage entre les espoirs de la jeune génération et la réalité historique de l'époque. Ce sentiment s'exprime par une constante alternance entre l'enthousiasme et le vague à l'âme. Les écrivains romantiques décrivent des paysages baignés de brume plutôt qu'inondés de soleil, car ils sont portés à la nostalgie. Ils sont souvent dépressifs, rendent la société responsable de leur mal de vivre et tentent d'échapper au temps présent. En effet, les romantiques aiment voyager dans l'espace (vers l'Italie, l'Espagne, l'Amérique ou les pays orientaux), dans le temps (vers le Moyen Âge et les époques oubliées) et dans leur univers intérieur.

Toute cette nostalgie pousse les écrivains français à chercher ailleurs l'exotisme, le rêve et le surnaturel. Le fantastique permettra aux écrivains de s'évader un court instant de ce monde qui les déçoit tant. Ce courant se développe en France avec le romantisme et il coexiste après 1950 avec le réalisme. Les racines du fantastique proviennent du XVIIIᵉ siècle. Dans les romans gothiques anglais, tels que *Le Château d'Orante*, de Walpole (1764), et *Les Mystères d'Udolphe*, d'Ann Radcliffe (1794), les apparitions, les pactes démoniaques et les phénomènes mystérieux sont très présents. En fait, le fantastique apparaît en France à la fin du XVIIIᵉ siècle, sous l'influence de l'Allemand Ernst Theodor Hoffmann et de l'Américain Edgar Allan Poe. Chez Hoffmann, les personnages se situent sur la frontière qui sépare le rêve de la réalité, à la limite du possible, ce que l'on retrouve aussi chez Charles Nodier et Gérard de Nerval, tandis que chez Poe, l'accent est mis sur l'horreur et sur l'irréel. Ces thèmes auront une grande influence au cours du XIXᵉ siècle. Le fantastique représente le côté obscur du romantisme.

Lorsqu'on lit un conte de fées, un mythe ou une légende, l'apparition d'éléments surnaturels ne provoque aucune réaction, car le narrateur nous prévient par cette phrase que nous connaissons tous : «Il était une fois…» Dès lors, nous sommes conscients, en tant que lecteurs, que l'histoire se situe dans un espace qui ne correspond pas à la réalité. Cependant, dans le récit fantastique, l'apparition d'éléments surnaturels sème le doute, l'hésitation chez le lecteur, car le récit se situe dans le réel.

Le fantastique se définit par «l'intrusion du surnaturel dans le réel quotidien». Les thèmes présents dans cette littérature donnent lieu à des événements étranges qui y prennent place eux-mêmes. Ces éléments fantastiques produisent un effet remarquable sur le lecteur et sont organisés sur le plan de la narration de façon précise, afin de créer un suspense, une intrigue. L'apparition et l'animation d'objets, le pouvoir magique de certains objets ou des êtres, la communication avec les esprits (phénomènes paranormaux), les pactes avec les puissances occultes, tous ces éléments fantastiques ouvrent la porte à un univers étrange et inquiétant, et permettent le jeu avec le rêve et le réel.

L'écriture du récit fantastique se caractérise par la présence du «je», qui crée un doute, une incertitude chez le lecteur. Cette forme de narration renforce l'hésitation dont parle Todorov, car cette primauté de l'individu permet un contact entre la réalité et le surnaturel. De plus, l'écriture du récit fantastique se caractérise par l'insistance sur un état second, qui pousse le héros à la limite de la conscience. Enfin, le récit fantastique met en scène un contexte spatio-temporel particulier. En effet, les lieux sont souvent les mêmes, c'est-à-dire des lieux reculés, éloignés, et les événements étranges apparaissent souvent au crépuscule, à minuit ou tard dans la nuit, dans des conditions météorologiques précises : la pluie, le brouillard ou tout ce qui brouillera les données et permettra de créer le mystère.

Le réalisme

L'année 1848, marquée par un échec politique, met fin aux illusions romantiques. Le courant réaliste en France couvre une période importante du XIXe siècle, pendant laquelle la société est dominée par l'expansion économique et industrielle, soit de 1850 à la fin du siècle. Contrairement

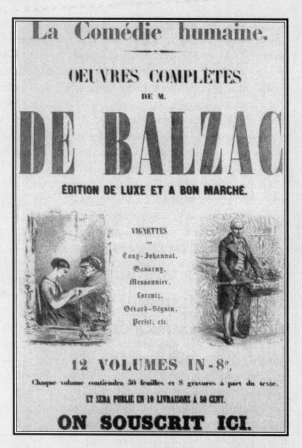

La Comédie humaine.

OEUVRES COMPLÈTES

DE M.

DE BALZAC

ÉDITION DE LUXE ET A BON MARCHÉ.

VIGNETTES
par
Tony-Johannot,
Gavarny,
Messonnier,
Lorentz,
Gérard-Séguin,
Periel, etc.

12 VOLUMES IN-8°,

Chaque volume contiendra 30 feuilles et 8 gravures à part du texte.

ET SERA PUBLIÉ EN 10 LIVRAISONS A 50 CENT.

ON SOUSCRIT ICI.

Avec *La Comédie humaine*, Balzac a voulu être témoin de son époque, l'écrire, en comprendre les moindres ressorts… en donnant l'illusion de la réalité !

à l'écrivain romantique, qui valorise surtout le rêve et l'imagination, l'écrivain réaliste s'intéresse à l'évolution de la société et l'analyse. Il cherche à reproduire fidèlement la réalité. Même s'il demeure très romantique dans ses thèmes, Balzac fait partie de la première vague d'écrivains réalistes. Il a rassemblé en une seule œuvre, *La Comédie humaine,* plusieurs romans, où chacun présente un milieu social avec sa réalité propre. Flaubert et Stendhal font aussi partie de ce premier groupe d'écrivains réalistes, quoique encore fortement influencés par le romantisme.

Les écrivains réalistes tentent de représenter la réalité de leur époque sans la modifier. L'observation de la société et de la nature humaine est privilégiée. On met en scène des personnages qui ont marqué l'histoire de l'époque et l'on utilise des repères temporels tirés de la réalité. Ce procédé augmente sans aucun doute la véracité du récit et le lecteur peut facilement se situer dans l'espace et dans le temps. L'intrigue est située par le romancier dans l'actualité et elle se déroule le plus souvent en ville. À cette époque, c'est le lieu où se brassent les affaires, où les éléments de la société risquent davantage d'entrer en conflit. Les thèmes des romans réalistes s'inspirent directement de l'observation du monde contemporain. L'écrivain réaliste démontre, au moyen de personnages ancrés très fortement dans leur réalité sociale, les rapports qui existent entre les classes dans la société française du XIXe siècle. Il est évident que l'un des thèmes essentiels des romans réalistes est le matérialisme bourgeois, car l'écrivain veut comprendre et faire comprendre son fonctionnement. Les événements décrits dans ces romans se succéderont afin de créer un effet de logique et de cohérence. Le narrateur unique et omniscient se situe à l'extérieur de l'histoire ; la narration se fait à la troisième personne (il), ce qui donne un caractère objectif au récit.

Mérimée et son œuvre

LA VIE DE MÉRIMÉE

Prosper Mérimée est né à Paris, le 28 septembre 1803. Fils unique, il grandit dans une famille d'érudits. Son père, Léonor Mérimée, a été peintre, puis fonctionnaire. Prosper a hérité de lui son goût pour le dessin et pour les femmes. Sa mère, Anne-Louise Moreau, lui a légué son fort caractère et son sens pratique. Ce sont peut-être l'absence de religion et le manque d'intérêt pour les grands soulèvements de l'époque, dans la famille, qui ont fait de Mérimée un enfant très curieux. On dit de lui qu'il était doté d'une excellente mémoire.

En 1811, il entre en classe de septième comme externe, au lycée Napoléon (aujourd'hui Lycée Henri IV), où son père enseigne le dessin. Il y apprend le latin et l'anglais. Il se fait de nombreux camarades, tels que Jean-Jacques Ampère, le fils du célèbre savant. Sa passion pour la littérature commence à se manifester, car il écrit et il lit beaucoup. Malgré ses propres désirs, Prosper s'inscrit à la faculté de droit, d'où il sera diplômé en 1823. Pendant les quatre années de ses études de droit — entreprises probablement pour faire plaisir à son père qui rêve de voir son fils avocat —, sa passion pour la littérature et sa curiosité grandissantes le poussent à étudier le grec, l'espagnol, les sciences occultes, la philologie et la littérature anglaise (Byron, Ossian). De plus, parallèlement à ses études, Prosper mène une vie mondaine en fréquentant les salons littéraires. Il y rencontre Victor Hugo, Alfred de Musset et Stendhal (1822) avec lequel il développe une grande amitié. C'est ainsi que, à l'âge de vingt ans, divers essais lui permettent de pénétrer dans les milieux littéraires.

En 1825, Mérimée est introduit chez Délécluze, qui tient un salon littéraire de bonne réputation. Ce dernier, peintre converti en homme de lettres, rédige dans le *Journal des débats* la rubrique qui porte sur l'art. Il fait connaître Mérimée de tout le milieu littéraire parisien. À ce moment, l'auteur n'a écrit que *Cromwell*, en prose, et dont le texte est perdu, ainsi que quatre articles sur l'art dramatique en Espagne, publiés dans le journal *Le Globe*. Grâce à cette publication et à de nombreuses lectures dans le salon de Délécluze, Mérimée publie le *Théâtre de Clara Gazul*. Cette œuvre est constituée d'illustrations des théories dramatiques que Stendhal s'efforce d'expliquer chez Délécluze. Une seule pièce, *Le Carosse du Saint-Sacrement*, est représentée.

En 1826, Mérimée effectue son premier voyage en Angleterre. De retour à Paris, il connaît un succès mondain. Il publie *La Guzla* en 1827 dans le *Journal de la librairie*. Il fréquente les salons littéraires, où l'on dit de lui qu'il est ironique, qu'il se moque du romantisme et peut-être même de son public. Tout ceci ne l'empêche pas d'écrire, au contraire. En 1828, Mérimée commence l'écriture de la *Chronique du temps de Charles IX*, qui deviendra en 1832 *Chronique du règne de Charles IX,* ouvrage essentiellement constitué de portraits et de scènes typiques et qui sera publié en 1829. Pour faire suite à cette œuvre fortement marquée par le genre historique très à la mode à cette époque, il écrit *Mateo Falcone*. Cette ouvrage marque le début d'une série de récits qui détermineront de façon définitive les règles de l'art de la nouvelle — par exemple, la brièveté du récit, la simplicité du sujet, la rapidité de l'action et sa véracité. De mai 1829 à juin 1830 paraîtront *Vision de Charles IX, Tamango, Le Fusil enchanté, L'Enlèvement de la redoute, Fédérigo, La Partie de trictrac* et *Le Vase étrusque*. La plupart de ces œuvres sont à caractère romantique quant aux thèmes, mais à caractère très classique en ce qui concerne l'écriture. C'est au cours de cette même année que Mérimée parcourt l'Espagne en quelques mois, qu'il se lie d'amitié avec la famille Montijo et qu'il développe une amitié sincère avec Eugénie,

Mère de Mérimée.

Miniature de S.-J. Rochard, cabinet des dessins du Louvre.
Musées nationaux.

la cadette de la famille[1]. Lors de ce voyage, la culture, le peuple et les femmes espagnoles le séduisent totalement et lui inspirent les quatre *Lettres d'Espagne*, qui seront publiées dans *La Revue de Paris*, de 1831 à 1833. À partir de ce moment, le goût du voyage ne le quittera plus.

En 1831, Prosper devient fonctionnaire ; il est nommé chef de bureau du secrétariat général au ministère de la Marine. Il demeurera fonctionnaire jusqu'au moment où, en 1834, il sera nommé inspecteur général des monuments historiques par le nouveau pouvoir du régime de Juillet de 1830. Sa nouvelle fonction, qu'il occupera pendant vingt-cinq ans, l'amène à parcourir la France pour y recenser les monuments en péril. Il prend ainsi ses distances par rapport aux milieux littéraires ; il écrit beaucoup moins, mais on ne peut le lui reprocher, car il s'intéresse maintenant à l'architecture et à l'archéologie. Les voyages prennent beaucoup de place dans sa vie. Grâce à ses tournées d'inspection annuelle, il parcourt la France entière mais s'intéresse aussi à l'étranger, surtout à l'Angleterre et à l'Espagne. Il visitera également la Corse en 1839.

Ses nombreux voyages lui inspirent quelques œuvres. En 1837 paraît *La Vénus d'Ille*, considéré comme son chef-d'œuvre et qui lui est inspiré d'un voyage à Ille-sur-Têt. Après son élection à l'Académie française en 1844, Mérimée continue à remplir pourtant sa mission d'inspecteur général des monuments historiques de façon exemplaire. *Carmen*, une nouvelle fortement inspirée de son premier voyage en Espagne, sera publiée 15 ans après ce voyage, soit en 1845. Mérimée s'intéresse même à la langue russe et traduit *La Dame de Pique* de Pouchkine en 1849. Sa grande curiosité et son goût du voyage font de lui un écrivain passionné qui sait très bien illustrer, avec un ton ironique qu'il maîtrise à la perfection, les bouleversements sociaux et politiques de son époque.

---

1   Elle épousera en 1853 Napoléon III.

Lettre manuscrite de Mérimée.
Dessin de l'église de Saint-Généroux.

Le coup d'État de 1851 et le mariage, en 1853, de Napoléon III avec Eugénie de Montijo, amie de longue date de Mérimée, changent la vie de ce dernier; il est alors nommé sénateur et «officialise» son statut d'écrivain par le fait même. Dès lors, aucune obligation d'effectuer une tournée d'inspection annuelle de la France ne le retient. Il ne cesse pourtant pas de voyager et les séjours à l'étranger l'intéressent de plus en plus. Cependant, la dernière partie de sa vie est bien peu active, car il est de plus en plus malade. C'est d'ailleurs la maladie qui le conduit à Cannes, où il mourra le 23 septembre 1870, très bouleversé par l'effondrement de l'Empire qu'a entraîné la capitulation de Sédan le 2 septembre de la même année.

Mérimée peut être considéré, d'une certaine façon, comme l'écrivain de l'Empire. En effet, né une année avant la proclamation du Premier Empire, il rend son dernier souffle avec la chute du Deuxième. L'œuvre de Mérimée reflète les oppositions d'un siècle en quête d'identité en se situant entre deux courants littéraires bien distincts.

L'ŒUVRE DE MÉRIMÉE

À la frontière des courants

Mérimée «doit à toutes les écoles, mais n'appartient à aucune[1]», disait Pierre Trahard, spécialiste de son œuvre. Contemporain des grands écrivains romantiques, tel Victor Hugo, il n'a pu éviter de s'imprégner des valeurs prônées par ce vaste courant de pensée qui révolutionne le monde des lettres pendant la première moitié du XIXe siècle. Par conséquent, son œuvre aborde certains des principaux thèmes romantiques, comme l'exotisme. Cependant l'auteur reste malgré tout à l'écart de ce courant, tout autant que du réalisme, dont on peut pourtant le considérer comme un précurseur.

---

1 Pierre Trahard, *Prosper Mérimée et l'art de la nouvelle*, Paris, Nizet, 1952, p. 51.

Une œuvre fantastique

Le romantisme de Mérimée est marqué par le refus des règles, le recours aux sources étrangères et surtout par son penchant pour le bizarre, l'anormal, le fantastique. L'inspiration fantastique de Mérimée date de bien longtemps. Adolescent, il éprouvait déjà beaucoup de plaisir à lire des ouvrages sur la magie. Cette attirance pour les superstitions constitue probablement une des sources de son inspiration pour le récit fantastique. Le début des nouvelles de Mérimée nous plonge dans un univers réel et concret. Et puis, peu à peu s'installe l'ambiguïté. Des éléments surnaturels et mystérieux apparaissent et viennent brouiller le lecteur. Habituellement, les nouvelles de Mérimée comportent deux interprétations. Dès le début de la nouvelle, le lecteur oscille entre les deux et ce, jusqu'à la fin. En effet, dans une nouvelle, la narration doit tendre vers un effet unique et vers une chute, anticipée ou non par le lecteur. Cependant, ce n'est pas le cas des nouvelles de Mérimée. Elles sont denses, brèves et rapides quant à la progression de l'intrigue. Mérimée a sans doute choisi la nouvelle comme genre de prédilection à cause de sa brièveté. Il excelle dans ce genre et il met en place une intrigue bien construite qui réussit à installer le doute dans l'esprit du lecteur. Ainsi, ce dernier ne peut jamais trancher en faveur du fantastique ou du réalisme. Ce procédé entraîne inévitablement une relecture. Cependant, le doute subsistera toujours dans l'esprit du lecteur : même à la relecture, ce dernier hésitera encore entre l'interprétation naturelle et l'interprétation surnaturelle. C'est l'aspect fascinant chez Mérimée. Il maîtrise très bien l'art de faire durer le doute et ce, jusqu'à la fin de la nouvelle. Le lecteur sait reconnaître une nouvelle fantastique à cause de l'intrusion subtile d'éléments surnaturels, mais, vu le contexte très réaliste de la nouvelle, il n'arrive pas à interpréter correctement. Mérimée a su créer une fascination chez le lecteur, qui se voit contraint de lire et de relire la nouvelle afin de pencher vers une interprétation qui le satisfera, qu'elle soit naturelle ou surnaturelle.

Une œuvre réaliste

Quoique demeurant à l'écart du courant réaliste, l'œuvre de Mérimée conserve toutefois certaines caractéristiques du réalisme.

D'une part, Mérimée accorde beaucoup d'importance à la documentation. Il base son récit sur des repères géographiques et temporels, précis et observables. Lorsqu'il offre à ses lecteurs des descriptions détaillées de lieux réels, Mérimée place ses nouvelles dans une perspective réaliste. Tous ces lieux possèdent évidemment une histoire politique et sociale qui renvoie à une réalité vérifiable par le lecteur. Mérimée a déjà visité la plupart des lieux qu'il décrit (Espagne, Angleterre, Corse…). Il puise ses nombreux sujets dans son entourage, dans ses souvenirs d'enfance ou dans sa mémoire d'archéologue. Ces tournées d'inspection des monuments historiques à travers la France et ses nombreux voyages lui ont permis de découvrir d'autres cultures et de se familiariser avec d'autres modes de vie régionaux. On pense ici à *La Vénus d'Ille,* dans laquelle un inspecteur des monuments historiques se rend dans la région d'Ille ; et à *Carmen,* où un archéologue raconte le récit tragique de José Navarro, personne rencontrée lors d'un voyage d'études en Espagne. L'œuvre entière de Mérimée est imprégnée des observations qu'il a faites au cours de sa vie.

D'autre part, l'utilisation d'un narrateur-spectateur, c'est-à-dire d'un narrateur qui demeure neutre par rapport aux événements qui se déroulent devant lui, permet d'enlever de l'émotivité au récit. Par son style épuré et empreint d'une certaine retenue, Mérimée concentre l'attention de son lecteur sur l'essentiel. La brièveté du genre, dans lequel il excelle, lui permet de bien mettre en place ces caractéristiques. De plus, le style souvent ironique de Mérimée est utilisé, entre autres

La Dame à la licorne, découverte par Mérimée à Boussac
au cours d'une inspection systématique.

Musée de Cluny.

dans *La Vénus d'Ille*, pour opposer l'espace provincial à l'espace parisien. En effet, l'auteur démontre, de façon très ironique, les distinctions sociales qui existent entre ces deux univers. Cette utilisation de l'ironie constitue un élément fondamental du discours réaliste. Cependant l'emploi particulier qu'en fait Mérimée le transforme en auteur unique aux yeux du lecteur.

Clara Gazul.

En haut : L'auteur sous des traits
volontairement empruntés.
En bas : Pour quelques initiés, un cache fait
apparaître le vrai visage de Mérimée.
(Coll. particulière)

L'ŒUVRE EXPLIQUÉE

La Vénus d'Ille

LA VÉNUS D'ILLE : UN RÉCIT FANTASTIQUE ?

A priori, *La Vénus d'Ille* raconte l'histoire d'une statue qui prend vie et assassine un jeune homme le soir de sa nuit de noces. Mais en est-on sûr ? Les événements fantastiques ou surnaturels qui y sont relatés font l'objet d'un doute, d'une hésitation : ne pourrait-on pas leur attribuer une cause naturelle ? Pensons à la jambe cassée de Jean Coll. Jusqu'à quel point la superstition ne déforme-t-elle pas la réalité, en imputant la responsabilité de ce simple accident aux supposés maléfiques pouvoirs de la déesse de bronze ?

Cette hésitation entre l'explication naturelle et l'explication surnaturelle des événements fait précisément la marque du fantastique. Tout l'art du nouvelliste consiste alors à confronter ces deux points de vue ; il fait subtilement pencher la balance du côté de l'interprétation surnaturelle, mais pas assez pour que le lecteur puisse trancher avec certitude entre l'une ou l'autre des interprétations. Dans *La Vénus d'Ille*, Mérimée maîtrise parfaitement cet art : Alphonse a-t-il été assassiné par la Vénus ou par un homme ? La question demeure sans réponse...

LA STRUCTURE

L'étude du schéma narratif de la nouvelle permet de bien visualiser les deux interprétations possibles de l'histoire.

Observons d'abord le schéma de l'interprétation réaliste de la nouvelle :

ÉTAT INITIAL

– Arrivée du narrateur à Ille.

ÉLÉMENTS PERTURBATEURS
- Annonce du mariage prochain d'Alphonse.
- Annonce de la découverte d'une statue chez
  M. de Peyrehorade.

ACTIONS
- Pierre lancée.
- Bague au doigt (jeu de paume).
- Mariage.
- Récit du doigt replié.
- Bruits dans l'escalier.
- Mort d'Alphonse.
- Folie de Mlle de Puygarrig.

CONSÉQUENCE
- Le narrateur rentre chez lui.

ÉTAT FINAL
- La statue est fondue en cloche.
- Vie normale pour le narrateur.

Comme on le voit, ce schéma tient compte uniquement des faits et non de la cause que les différents personnages leur attribuent, parce que cette cause ne fait pas l'objet d'un consensus. Ici, les éléments perturbateurs sont ceux qui empêchent le narrateur d'atteindre son objectif, qui est de visiter les monuments de la région. Avant même qu'il ne soit arrivé à Ille, un événement menace la réussite de son entreprise : le mariage d'Alphonse. De plus, la découverte d'un chef-d'œuvre antique dans le jardin de M. de Peyrehorade constitue une diversion en regard de son objectif initial. Les tragiques événements qui suivront l'obligeront enfin à rentrer chez lui sans avoir rempli sa mission.

L'interprétation surnaturelle, quant à elle, impose un tout autre schéma :

ÉTAT INITIAL
- Alphonse doit se marier avec Mlle de Puygarrig.

Élément perturbateur
- Bague au doigt (jeu de paume).

Actions
- Mariage avec Mlle de Puygarrig.
- Doigt replié.
- Nuit de noces : visite de la Vénus à son «époux».

Conséquences
- Mort d'Alphonse.
- Folie de Mlle de Puygarrig.

État final
- La statue est fondue en cloche.
- Gel des vignes.

Ici, l'élément perturbateur et les conséquences ne sont plus les mêmes. Un épisode banal dans le premier schéma (la bague passée au doigt de la Vénus) devient l'élément déclencheur, celui qui explique l'action. Pourquoi la statue s'en serait-elle prise à Alphonse, si ce n'est parce qu'en lui donnant son anneau de mariage, le jeune homme s'est symboliquement marié avec elle ? À partir de cette anecdote, la destinée d'Alphonse ne sera plus la même. La Vénus se considère comme son épouse, elle passe à ce titre la nuit de noces en sa compagnie, et le drame s'ensuit.

Ainsi, en maintenant avec brio l'hésitation entre l'explication naturelle et l'explication surnaturelle, Mérimée raconte deux récits très différents en une même histoire.

LE FANTASTIQUE

Un contexte réaliste

Même si, dans les faits, il y a une hésitation quant à l'interprétation qu'il faut faire des événements, il reste que l'auteur réussit à nous convaincre d'une chose : la Vénus est responsable des événements tragiques qui se déroulent dans la demeure de M. de Peyrehorade. Dans une étude sur

Mérimée, Roger Caillois[1] remarque à quel point celui-ci fait preuve de subtilité pour insérer les éléments surnaturels dans la trame de *La Vénus d'Ille* et faire coexister les deux interprétations. D'une part, Mérimée situe son récit dans des lieux réels; il masque même le nom d'un personnage (M. de P.) comme s'il voulait préserver l'anonymat d'une personne réelle. Cela lui permet d'accentuer le réalisme du contexte et d'insister sur l'authenticité du récit. D'autre part, Mérimée raconte les faits étranges au moyen d'une pléthore de détails pittoresques et réalistes qui lui permettent de leur donner une apparence anodine ou farfelue. Ainsi, quand Alphonse affirme au narrateur que la Vénus a replié le doigt et refuse de lui rendre sa bague, ce dernier, d'abord impressionné par ce récit, est vite ramené à la raison par l'haleine avinée du jeune homme: évidemment, cette histoire est issue de l'imagination d'un homme «complètement ivre» (l. 882) et on ne peut lui accorder crédit. De la même façon, en choisissant un paysan peu instruit, au langage coloré, pour raconter le récit de la découverte de la Vénus et l'accident de Jean Coll, Mérimée veut laisser croire que l'interprétation surnaturelle de ce banal accident est l'œuvre d'un esprit naïf et superstitieux.

Enfin, il faut remarquer que le narrateur ne reconnaît jamais la Vénus comme responsable des événements étranges qui se produisent à Ille. Il relate simplement, sur un ton qu'il veut objectif, les faits étranges qui surviennent, et tente toujours de leur trouver une cause naturelle. De cette façon, il insiste sur l'interprétation réaliste des événements, tout en signalant les indices qui appuient l'interprétation fantastique. Le réalisme des détails, du contexte et l'objectivité du narrateur semblent ainsi vouloir convaincre le lecteur de l'absence de surnaturel. Évidemment, ils produisent l'effet contraire et cela n'est pas étonnant: plus le

---

1   Roger Caillois, *Rencontres*, Paris, P.U.F. (Écriture), 1978, p. 136-147.

contexte est réaliste, plus l'effet fantastique risque de réussir, puisque le fantastique se définit précisément par l'intrusion du surnaturel dans le réel. Selon les lois physiques de notre monde, un objet inanimé ne peut prendre vie. Si cet événement survient dans un contexte réaliste, il vient remettre en question ces lois qui gèrent notre univers. Cela explique le caractère inquiétant du fantastique.

Des événements étranges

Roger Caillois repère onze événements qui conduisent lentement le lecteur à accuser la déesse de bronze de la mort tragique d'Alphonse. Les deux premiers semblent anodins : l'**accident de Jean Coll**, qui survient alors qu'il tente de sortir la statue de terre, et l'épisode du **caillou** rejeté par la Vénus au serrurier qui le lui a lancé. À cette étape, le narrateur croit avoir affaire à des gens superstitieux, mais, arrivé devant la Vénus, il doit lui-même admettre que le visage de la statue le rend **mal à l'aise**. Il remarque en outre une **trace blanche sur la main de la déesse** : la pierre jetée la veille a-t-elle simplement rebondi ?

Le message inscrit sur la Vénus, *Cave amantem*, semble ensuite un avertissement – «Prends garde à toi si *elle t'aime*» – que l'air méchant de la statue corrobore, alors que les faits suivants font naître l'idée que le véritable mariage ne se fera pas avec Mlle de Puygarrig, mais bien avec la déesse. D'abord, M. de Peyrehorade lui fait des **offrandes** le jour du mariage de son fils, comme si elle était le véritable centre de la fête. Ensuite, Alphonse met au doigt de la statue une bague où sont inscrits les mots «**toujours à toi**», ce qui semble sceller son destin. En **repliant le doigt** sur cette bague, la déesse consent à s'unir au jeune homme ; union qu'elle consommera dans la nuit même, **étouffant Alphonse** dans son étreinte.

À ce stade, le lecteur ne doute plus de la responsabilité de la Vénus. Même si Mme Alphonse est taxée de folie, il ne doutera pas que son **récit** de la nuit de noces est véridique. Enfin, il ne reste plus à Mérimée qu'à parachever son entreprise en faisant insinuer au narrateur que la statue, même sous forme de cloche, continue de porter malheur en s'attaquant aux **vignes**.

LE CADRE SPATIO-TEMPOREL

Le temps

Le récit de *La Vénus d'Ille* est raconté au passé, quelques années après les événements. C'est ce que nous indique le post-scriptum ajouté par le narrateur, dans lequel on apprend que les vignes ont gelé deux fois depuis que la statue a été transformée en cloche pour l'église de la ville. Au moins deux hivers se sont donc écoulés depuis la tragédie.

Cependant, la plus grande part du récit est occupée par la narration du séjour du narrateur à Ille, qui dure, quant à lui, quatre jours. Il arrive le mercredi, deux jours avant le mariage d'Alphonse. Sa deuxième journée est consacrée principalement à l'étude de la Vénus et se termine par un souper à Puygarrig. Le troisième jour ont lieu la partie de jeu de paume et le mariage, lequel se termine tard dans la nuit. Enfin, la quatrième journée est celle où l'on constate le drame. Le narrateur quitte Ille quelques heures après avoir fait sa déposition au procureur.

La temporalité, dans *La Vénus d'Ille*, épouse le point de vue focal du récit, c'est-à-dire le point de vue du narrateur, qui nous livre les événements dans l'ordre où il les a lui-même vécus. C'est pourquoi on y trouve des analepses (des retours en arrière), comme le récit de la découverte de la Vénus, survenue deux semaines avant l'arrivée du narrateur à Ille. Pour la même raison, on y trouve de nombreuses ellipses. Par exemple, lors de la nuit de noces, le lecteur ne peut savoir ce qui se passe dans la maison puisque le narrateur dort. Il apprendra le drame plus loin dans le récit, en même temps que le narrateur, quand le procureur du roi lui rapportera le témoignage de Mlle de Puygarrig. Utilisées à bon escient, ces distorsions temporelles permettent de jouer avec des effets de surprise et de suspense qui accentuent le caractère inquiétant de la nouvelle.

Le temps symbolique

La journée choisie par M. de Peyrehorade pour le mariage de son fils, le vendredi, est l'objet d'une superstition. Pour Mme de Peyrehorade, cette journée semble de mauvais augure, elle remarque que tout le monde a peur du vendredi. Le narrateur lui-même signale qu'à Paris les gens ont «plus de superstition; personne n'oserait prendre femme un tel jour» (l. 626-627). Cette peur, encore sensible aujourd'hui dans l'aura dont est enveloppé le vendredi 13, renvoie à la tradition catholique: le vendredi est jour de jeûne, il est également le jour de la mort du Christ. D'après Éloïse Mozzani, en France, on croyait en outre qu'en se mariant un vendredi on risquait de mettre en danger la procréation du couple[1].

Le vendredi, comme le remarque M. de Peyrehorade, est également le jour de Vénus (l. 634), déesse de l'amour, et c'est en son honneur qu'il a choisi cette journée pour le mariage. Pour M. de Peyrehorade, qui préfère voir les bons côtés de Vénus, ce jour semble plutôt de bon augure. Mais les événements qui suivront le mariage porteront plutôt le lecteur à interpréter le caractère de Vénus et la signification du jour qui lui est consacré d'une façon négative.

L'espace

Dans le cadre de sa fonction d'inspecteur des monuments historiques, Mérimée a effectué un voyage dans le

---

1 Éloïse Mozzani, *Le livre des superstitions*, Paris, Robert Laffont, coll. «Bouquins», 1995, p. 1764.

Roussillon en 1834, au cours duquel il a visité la ville d'Ille-sur-Têt, où se passe le récit.

Le Roussillon est une région du sud de la France qui est limitée au sud par l'Espagne et à l'est par la mer Méditerranée. Elle a été occupée par les Romains dès 211 avant J.-C., ce qui explique que l'on y retrouve effectivement des vestiges de cette époque. En ce sens, la découverte d'une statue antique dans cette région de France est un fait plausible au XIXe siècle; en y situant son récit, Mérimée accentue sa vraisemblance.

La rivalité entre les espaces

Les habitants d'Ille sont, le narrateur le remarque souvent, des provinciaux, c'est-à-dire des gens qui n'habitent pas Paris. Le terme «province» désigne en effet l'ensemble du territoire français qui se situe hors de la région parisienne. Dans *La Vénus d'Ille,* les rapports de la province avec Paris sont représentés comme de véritables rapports d'amour-haine. Ainsi M. de Peyrehorade se montre-t-il tantôt moralisateur avec le narrateur, lorsqu'il se moque de ses habitudes de vie: «Allons, debout, Parisien! Voilà bien mes paresseux de la capitale!» (l. 320-321), tantôt admiratif: «Il y a des inscriptions que moi, pauvre ignorant, j'explique à ma manière..., mais un savant de Paris!...» (l. 194-196).

L'attitude des Parisiens vis-à-vis des provinciaux est pour sa part souvent empreinte de mépris. Contrairement au provincial, qui fait souvent un complexe d'infériorité par rapport aux habitants de la capitale, le Parisien, lui, se sent nettement supérieur à l'habitant de la province française. Cela explique la remarque ironique du narrateur à propos d'Alphonse, qu'il décrit «habillé avec élégance, exactement d'après la gravure du dernier numéro du Journal des modes» (l. 142-143) pour insinuer que le jeune homme tente sans imagination de copier les modes parisiennes.

Par sa description des gens de la province, Mérimée introduit l'humour et la caricature dans sa nouvelle et tempère sa tonalité dramatique. Aux yeux du narrateur, les provinciaux apparaissent comme des gens frustes, superstitieux, sans finesse ni sens de la mesure. Ainsi Mme de Peyrehorade, «provinciale renforcée, uniquement occupée des soins de son ménage» (l. 125-126), fait-elle préparer un repas gargantuesque pour son hôte, de peur qu'il ne se plaigne de la simplicité de la province. Évidemment, son comportement est exagéré. De la même façon, toute la conversation entre le narrateur et M. de Peyrehorade autour des inscriptions de la Vénus repose sur la rivalité des espaces représentés par chacun des personnages, l'un, le provincial, tentant d'impressionner l'autre, le Parisien, qui se moque de lui avec condescendance dans son for intérieur. Dans cet épisode, le narrateur caricature beaucoup son hôte, qui semble l'être le plus ignorant et le moins subtil du monde.

Le terrain de jeu de paume

Le terrain de jeu de paume a une importance très grande dans le récit, d'abord parce qu'il est le lieu de prédilection d'Alphonse de Peyrehorade, meilleur joueur de la région, ensuite parce qu'il devient le théâtre de la cérémonie symbolique du mariage de la Vénus avec le jeune homme. Ainsi la scène du jeu de paume annonce-t-elle ce qui adviendra. Après s'être débarrassé de la bague qui le gênait en la glissant au doigt de la Vénus, Alphonse «ne fit plus une seule faute, et les Espagnols furent battus complètement» (l. 714-716), comme si la déesse avait influencé le cours de la partie pour remercier le jeune homme de l'avoir prise pour femme. C'est donc là où il se montre au meilleur de lui-même qu'Alphonse est, pour son malheur, «remarqué» par la déesse.

La chambre nuptiale

Si le terrain de jeu de paume est l'endroit où se déroule la cérémonie du mariage symbolique, la chambre nuptiale est le lieu de la consommation de ce mariage. Elle est située à l'opposé de la chambre réservée au narrateur : «Vous sentez bien, ajouta-t-il [M. de Peyrehorade] d'un air qu'il voulait rendre fin, vous sentez bien qu'il faut isoler de nouveaux mariés. Vous êtes à un bout de la maison, eux à l'autre.» (l. 254-257). La notation n'est pas innocente de la part de Mérimée : si le narrateur avait dormi plus près de la chambre des nouveaux époux, peut-être aurait-il perçu des bruits dans leur chambre et évité le drame ; mais si sa chambre n'avait pas été sur le même étage, il n'aurait pas entendu les pas étranges dans l'escalier, élément important pour l'interprétation surnaturelle de la nouvelle.

LES PERSONNAGES

Le narrateur

On sait peu de chose du narrateur de *La Vénus d'Ille*, sinon qu'il est Parisien, érudit, et qu'il est un archéologue illustre. On apprend en outre par M. de Peyrehorade qu'il a «fait des romans» (l. 525). Les concordances avec Mérimée sont évidentes, bien sûr, mais il faut aller au-delà de cet aspect anecdotique du personnage.

En effet, le narrateur remplit un rôle de modérateur dans le récit. Jouant l'objectivité, il ramène constamment les faits sous un jour réaliste, en cherchant des explications rationnelles. Par exemple, il explique la trace blanche sur la main de la statue par le fait que la pierre lancée par le serrurier a ricoché, au lieu d'y voir la trace d'un geste accompli par la Vénus. Son érudition influence en outre le lecteur, qui croit davantage à son interprétation des inscriptions tracées sur la statue qu'à celles qui sont suggérées par M. de Peyrehorade, présenté comme un archéologue amateur peu convaincant.

Ces deux caractéristiques du narrateur – primauté de la raison et érudition – ont pour effet de renforcer la crédibilité de son interprétation des événements. Cependant, ce personnage n'est pas non plus dénué d'émotions. Son malaise devant la Vénus, par exemple, semble d'autant plus signifiant au lecteur qu'il survient chez un homme qui paraît difficilement impressionnable. Par ailleurs, son antipathie pour Alphonse et, au contraire, sa sympathie pour Mlle de Puygarrig, lui font désapprouver le mariage auquel il assiste et mettre l'accent sur les défauts du jeune homme : « Je pensais à cette jeune fille si belle et si pure abandonnée à un ivrogne brutal. Quelle odieuse chose, me disais-je, qu'un mariage de convenance ! » (l. 902-904). Ce personnage se révèle donc moins objectif qu'il ne le paraît, car sa narration est teintée par ses opinions et ses sentiments. Cette remarque est importante, car le narrateur est celui par les yeux de qui le lecteur apprécie en premier lieu les personnages et les événements. Cela laisse supposer que le récit, raconté par un autre personnage, pourrait être tout différent.

La Vénus

Bien qu'aucun élément ne prouve que la Vénus est réellement vivante et qu'elle possède des pouvoirs maléfiques, on peut la considérer néanmoins comme un personnage, et qui plus est comme le personnage central de la nouvelle, puisque c'est elle qui lui donne son titre.

La Vénus est un personnage ambigu : « Dédain, ironie, cruauté, se lisaient sur ce visage d'une incroyable beauté cependant » (l. 367-369). Elle représente, en d'autres termes, une beauté diabolique, une femme-piège qui fait mourir ses amants de désespoir (l. 376). Quoi qu'en dise M. de Peyrehorade, c'est sous cet aspect néfaste qu'elle apparaît à la plupart des personnages, et même au narrateur, que son air méchant trouble parfois. La première mention qui est faite d'elle l'associe d'ailleurs à la mort, alors que l'on découvre

On sait peu de chose du narrateur, sinon
qu'il est un archéologue érudit.

Daumier . L'Amateur.
Metropolitan Museum, New York.

sa main, «une main noire qui semblait la main d'un mort qui sortait de terre» (l. 54-55). Tous ces traits viennent contribuer à la croyance en ses pouvoirs malveillants.

M. de Peyrehorade

M. de Peyrehorade est présenté rapidement par le narrateur comme «un petit vieillard vert encore et dispos, poudré, le nez rouge, l'air jovial et goguenard» (l. 110-112), «la vivacité même» (l. 120). Il possède la plus belle maison d'Ille (l. 9) et il mène la vie oisive d'un petit bourgeois riche de province, d'un propriétaire terrien que sa subsistance ne préoccupe pas trop, et qui dispose du temps nécessaire pour se consacrer à sa passion pour l'archéologie et élaborer des théories jugées tirées par les cheveux par le narrateur.

Contrairement à sa femme et aux habitants d'Ille, M. de Peyrehorade ne croit pas au caractère néfaste de la Vénus. Il ne voit en elle que la déesse de l'amour, qui peut certes infliger des chagrins de cœur — «Qui n'a pas été blessé par Vénus ?» (l. 231) —, mais certainement pas casser délibérément la jambe d'un homme. De la même façon, il préfère traduire «*Cave amantem*» par «Prends garde à celui qui t'aime»; pourtant, la traduction «Prends garde à toi si *elle t'aime*», privilégiée par le narrateur, qui est un véritable savant, semble beaucoup plus convaincante parce qu'elle prend appui sur l'apparence de la statue.

Sous des dehors qu'il voudrait raffinés, M. de Peyrehorade a un tempérament assez grossier : il récite au mariage de son fils des vers d'un goût douteux, il est trop concentré sur le mémoire qu'il veut consacrer à sa Vénus et qui doit le rendre célèbre pour sentir l'étrangeté de la statue. Il lui fait même des offrandes le jour du mariage de son fils, malgré la désapprobation de sa femme envers ces pratiques païennes. Imbu de lui-même, égoïste (il accorde peu d'importance au mariage de son fils, événement qu'il considère comme une «bagatelle» (l. 169), M. de Peyrehorade, pris par son obsession enthousiaste pour son chef-d'œuvre, ne voit rien des événements qui se déroulent autour de lui. D'une certaine façon, il sera puni de ce manque de perspicacité par le drame qui se déroulera dans sa maison. S'il fond en larmes en apercevant la statue au moment du départ du narrateur, peut-être est-ce parce qu'il comprend enfin la douleur de celui qui est blessé par Vénus; cette douleur sera si forte qu'il détruira le mémoire qu'il rédigeait à son sujet.

Mme de Peyrehorade

Mme de Peyrehorade ne joue pas un grand rôle dans *La Vénus d'Ille*. «[U]n peu trop grasse, comme la plupart des Catalanes lorsqu'elles ont passé quarante ans, [...] provinciale renforcée, uniquement occupée des soins de son ménage» (l. 123-126), elle représente la bonne mère bourgeoise de province, peu instruite, dévote, superstitieuse et chicaneuse, obsédée par la peur du scandale et réfractaire au changement et aux excentricités. Elle ne voit pas d'un bon œil l'intérêt extravagant que son mari porte à la Vénus, dont elle voudrait faire une cloche pour l'église de la ville. Son rôle est de faire contrepoids à son mari, dont elle est l'antithèse, en se faisant l'écho des superstitions qui courent sur la statue.

Alphonse de Peyrehorade

Le fils unique de M. de Peyrehorade est longuement décrit par le narrateur qui en donne une image peu flatteuse. Malgré une «physionomie belle et régulière, mais manquant d'expression» (l. 138-139); il n'est pas à l'aise dans les vêtements élégants qu'il porte, avec lesquels contrastent ses «mains grosses et hâlées, ses ongles courts» (l. 146). À part son habileté au jeu de paume, le narrateur ne lui trouve rien d'agréable : il accorde plus d'importance à la dot de sa fiancée qu'à la jeune fille elle-même, il préfère lui offrir une bague grossière, parce qu'elle vaut 12 000 francs, plutôt qu'un anneau plus délicat.

Mlle de Puygarrig

La fiancée d'Alphonse, Mlle de Puygarrig, est une jeune fille riche que le narrateur décrit comme «non seulement belle, mais séduisante» (l. 608). Plus précisément, elle lui rappelle la Vénus : «Son air de bonté, qui pourtant n'était pas exempt d'une légère teinte de malice, me rappela, malgré moi, la Vénus de mon hôte» (l. 609-612). Cette comparaison revêt une importante signification, car les deux personnages échangeront leur place auprès d'Alphonse, qui «épouse» la déesse et non la jeune fille qui lui ressemble. Ainsi le rôle de Mlle de Puygarrig dans la nouvelle est-il de figurer le double positif de la Vénus. Outre cela, elle demeure un personnage discret. Elle ne prononce aucune parole pendant le récit, sinon un témoignage sur les événements tragiques de la nuit de noces, rapporté par le procureur du roi qui n'y accorde aucun crédit puisque la jeune femme est, à son point de vue, devenue folle.

LES THÈMES

La dualité

Le thème principal de *La Vénus d'Ille* est certainement la dualité, laquelle se manifeste dans plusieurs sous-thèmes :

a) La raison et la superstition : Il s'agit de l'opposition autour de laquelle s'articule l'ensemble du récit, puisque d'elle dépend en grande partie l'explication que l'on donne aux événements. Quand le narrateur évoque la signification du vendredi devant les Peyrehorade, par exemple, les époux ont des réactions bien différentes : Mme de Peyrehorade avoue craindre un malheur, alors que son mari, au contraire, ignore la croyance populaire et affirme qu'il s'agit d'un «[b]on jour pour un mariage». Les deux époux se situent aux pôles opposés de cette dualité. Mais en y regardant de plus près, on peut placer la plupart des personnages à l'un ou l'autre de ces pôles : le guide, les villageois, du côté de la superstition ; le narrateur, le procureur du roi, du côté de la raison.

b) Le paganisme et le christianisme : La statue de la déesse romaine représente le paganisme et elle s'oppose en cela au christianisme. Ce thème est abordé dès le début de la nouvelle, alors que le narrateur croit que son guide lui décrit une «bonne Vierge» lorsqu'il lui parle de la Vénus, et cette opposition se continue dans la suite du récit. Quand M. de Peyrehorade déclare vouloir faire un sacrifice à la déesse pour le mariage de son fils, sa femme le voit comme un sacrilège, une action qui va à l'encontre des croyances catholiques : «Fi donc, Peyrehorade ! […] Encenser une idole ! Ce serait une abomination ! Que dirait-on de nous dans le pays ?» (l. 641-643). Mme de Peyrehorade, elle, souhaiterait faire fondre la statue en cloche pour l'église de la ville. Elle y parviendra après la mort de son mari, réunissant ainsi les deux opposés dans le même objet, puisque la Vénus, objet païen, sera transformée en objet chrétien.

c) Le démoniaque et l'angélique : On a dit déjà que la Vénus possédait un côté négatif et un côté positif. Son extrême beauté, ses formes parfaites participent de l'angélique, alors que l'expression de son visage l'assimile au démoniaque. Elle figure ainsi une forme d'ange déchu, comme on en retrouve dans la tradition catholique.

Cette dualité de la statue se reporte aussi sur son opposition à Mlle de Puygarrig, qui représente la bonté (l. 610). Dès qu'il rencontre Mlle de Puygarrig, le narrateur la compare à la statue, remarquant que cette dernière est plus belle que la jeune fille à cause «de son expression de tigresse» (l. 615). Ainsi situe-t-il explicitement la déesse de bronze sous le thème du malveillant, du démoniaque, par opposition à Mlle de Puygarrig.

    d) Le sublime et le grossier : On peut définir par ces termes la dualité qui caractérise le personnage d'Alphonse de Peyrehorade. Sublime, il l'est lorsqu'il s'engage corps et âme dans une partie de jeu de paume ; on nous dit alors de lui qu'il est «passionné», «vraiment beau». Par contre, son caractère grossier ne tarde pas à se manifester de nouveau dès que la victoire est remportée : rien de sublime, en effet, dans sa façon d'insulter son adversaire en lui offrant de lui donner des points d'avance. Ainsi est-il à sa manière un personnage à deux faces.

La mort

Deuxième thème important de *La Vénus d'Ille,* la mort traverse toute la nouvelle. On la rencontre dès le récit de la découverte de la Vénus, trouvée sous un olivier gelé. Elle se manifeste dans la froideur du bronze, son immobilité, elle culmine avec la mort d'Alphonse, et elle termine le récit lorsqu'il est dit que les vignes ont gelé deux fois. À travers la Vénus, c'est aussi le thème de la fascination exercée par la mort qui est abordé. En effet, quel que soit le sentiment qu'elle excite chez ceux qui la contemplent, peur ou admiration, la statue, instrument de mort, attire les gens et les trouble à la fois par sa beauté et par son air menaçant.

L'amour

Lié au mariage, ce thème est abordé surtout par le narrateur. C'est sur la base de sa conception de l'amour que celui-ci juge Alphonse et désapprouve son mariage avec Mlle de Puygarrig. Sa vision de l'amour est celle des romantiques : il réprouve le mariage de convenance, au nom de l'amour vrai qui doit unir deux amants. Il est donc loin de considérer le mariage comme une «bagatelle», contrairement à M. de Peyrehorade qui semble prendre à la légère cet engagement par lequel un homme et une femme se lient pour la vie. Sur ce sujet, la préférence du narrateur va à la passion plutôt qu'à la raison, un choix éminemment romantique et à contre-courant des mœurs bourgeoises de l'époque, où le mariage de convenance est encore de rigueur.

L'ÉCRITURE

La narration

La Vénus d'Ille est un récit narré à la première personne, ce qui constitue une des caractéristiques du genre fantastique. Le recours au «je» permet une plus grande proximité du lecteur. Ce dernier a ainsi accès aux pensées et aux états d'âme de celui qui vit les événements étranges qui sont racontés. Ce détail est important, car la perception du surnaturel dépend en grande partie de l'état physique et psychologique de celui qui y fait face, elle est d'abord une perception subjective. Par la voie de la narration à la première personne, le nouvelliste fait davantage sentir au lecteur la peur et le trouble devant l'étrange, alors qu'une narration au «il» instaurerait une distanciation qui nuirait à la participation du lecteur au récit.

Les dialogues

Dans *La Vénus d'Ille*, Mérimée se révèle un dialoguiste très habile. Chaque personnage manifeste sa personnalité par la façon dont il s'exprime : le langage pittoresque du guide montre son ignorance, les exclamations de Mme de Peyrehorade expriment sa vivacité. En outre, Mérimée utilise de façon récurrente les points de suspension dans les dialogues. Ils lui permettent, par exemple, de mimer la peur d'Alphonse dans son récit du doigt replié de la statue : «Si fait… Mais la Vénus… elle a serré le doigt» (l. 869). Ailleurs, les points de suspension montrent la fausse modestie, les hésitations affectées de M. de Peyrehorade : «Il y a des inscriptions que moi, pauvre ignorant, j'explique à ma manière…, mais un savant de Paris !… Vous vous moquerez peut-être de mon interprétation… car j'ai fait un mémoire…, moi qui vous parle… vieil antiquaire de province, je me suis lancé… Je veux faire gémir la presse… Si vous vouliez bien me lire et me corriger, je pourrais espérer… Par exemple, je suis bien curieux de savoir comment vous traduirez cette inscription sur le socle : *CAVE*…» (l. 194-202). Ainsi le dialogue en dit-il plus, implicitement, sur les personnages qu'une description ne le ferait. De plus, l'alternance entre les passages narratifs et le discours direct instaure un rythme qui donne une grande vivacité au récit.

Outre le dialogue, Mérimée se sert aussi du style indirect, ou discours indirect. Un discours indirect est une parole rapportée par un autre personnage. Dans *La Vénus d'Ille*, cette forme de discours est souvent utilisée pour montrer que le narrateur se moque de ses hôtes. On n'a qu'à penser à la première rencontre du Parisien avec les Peyrehorade, rencontre où ceux-ci semblent exagérément inquiets à l'idée que leur visiteur se trouve mal chez eux : «Cependant, à chaque plat que je refusais, c'étaient de nouvelles excuses. On craignait que je me trouvasse bien mal à Ille. Dans la province on a si peu de ressources, et les Parisiens sont si difficiles !» (l. 132-135). Cette dernière phrase a bien sûr été prononcée par les Peyrehorade. En la rapportant, le narrateur met en évidence le fait qu'ils ânonnent des clichés et s'excusent de façon trop ostentatoire.

L'ironie

Parmi toutes les tonalités que l'on retrouve dans *La Vénus d'Ille*, l'ironie constitue certainement la plus importante, car elle est présente tout au long de la nouvelle. On

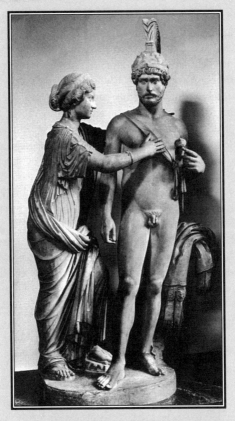

Deux époux romains figurés
en Mars et Vénus.

définit l'ironie comme «une manière de se moquer de quelqu'un ou de quelque chose en disant le contraire de ce que l'on veut faire entendre» (*Petit Robert*). Par exemple, quand, sous une averse, quelqu'un qui n'aime pas la pluie s'écrie «Quel temps magnifique !», il s'agit d'une remarque ironique. Toutefois, on peut élargir cette définition et inclure dans la notion d'ironie nombre de sarcasmes, de situations ironiques en elles-mêmes ou qui mettent en lumière le caractère ridicule d'un personnage. L'ironie se manifeste alors dans l'attitude ou le point de vue adopté par le personnage qui rapporte cette situation. Par exemple, lors de sa conversation «scientifique» avec son hôte (l. 390-534), le narrateur lui promet solennellement de ne pas révéler son idée. Cette situation est ironique puisque le narrateur se doute que l'idée de M. de Peyrehorade ne risque pas d'intéresser qui que ce soit. Dans cette mesure, l'emploi du mot «solennellement» pour décrire son attitude, et le fait qu'il se trouve sur le socle de la statue, sur un «piédestal» (comme pour faire un discours officiel), ne sont donc pas de mise : il se moque de son hôte.

En général, l'attitude supérieure du narrateur envers les provinciaux s'exprime par l'ironie : on en trouve de nombreux exemples dans sa description de la famille Peyrehorade (l. 109-148), dans sa conversation avec Alphonse (l. 564-587), dans ses monologues sur le mariage (l. 838-840, l. 901-910). Cette technique permet de surcroît à Mérimée d'atteindre un des objectifs des écrivains réalistes : dénoncer les vices sociaux. Enfin, par l'ironie, le narrateur prend une distance vis-à-vis des autres personnages, il se situe au-dessus d'eux, de leurs superstitions et de leur grossièreté, il les tourne en ridicule : cela lui permet de donner davantage de crédibilité à sa personne et à son opinion sur la teneur des événements.

LIENS AVEC D'AUTRES TEXTES

Les textes littéraires racontant les méfaits d'une statue qui prend vie sont nombreux dans l'histoire de la littérature mondiale. On reconnaît d'ailleurs généralement que la part d'invention de Mérimée pour *La Vénus d'Ille* est plutôt minime, ce dont il ne se cachait pas lui-même. Au-delà de la trame narrative cependant, l'originalité et le talent de Mérimée sont bien présents dans *La Vénus d'Ille*, que l'auteur a écrite à sa façon en lui donnant un sens qui est, quant à lui, véritablement son œuvre. On le constate facilement en comparant son texte avec des récits qui racontent sensiblement la même histoire.

Une source d'inspiration : Lucien de Samosate

Lucien de Samosate est un auteur grec du Ier siècle après J.-C. On lui attribue de nombreux ouvrages, parmi lesquels deux romans satiriques, des pamphlets et plusieurs dialogues où il s'attaque principalement aux vices sociaux et aux philosophes de l'époque : les sophistes et les cyniques. *L'Ami du mensonge ou L'Incrédule* fait partie de ces dialogues. Eucratès, l'ami du mensonge, y discute avec les Grecs Tykhiadès et Ion. Au cours de leur conversation, les personnages évoquent une statue reconnue pour se déplacer dans la maison de son propriétaire ; elle frapperait même parfois les gens. C'est là, semble-t-il, que Mérimée aurait trouvé l'idée de *La Vénus d'Ille*.

« […]

18. En tout cas, reprit Eucratès, j'ai une statue dont les faits et gestes ont pour témoins toutes les nuits tous les gens de ma maison, enfants, jeunes gens et vieillards, et cela, tu peux l'apprendre, non pas de moi seul, mais de tous mes domestiques. – De quelle statue veux-tu parler ? demandai-je. – N'as-tu pas vu en entrant, dit-il, une statue de toute beauté qui se dresse dans la cour et qui est l'œuvre du sculpteur Dèmètrios ? […] Mais si tu as vu près de la fontaine un per-

sonnage ventru, au front chauve, avec un manteau qui le laisse demi-nu et quelques poils de barbe agités par le vent, qui a les veines proéminentes et qui est représenté avec tant de vérité qu'on le prendrait pour un homme réel, c'est celui-là que je veux dire. On croit que c'est Pellikhos, le général corinthien.

19. Par Zeus, dis-je, j'ai vu à la droite de Cronos un homme qui avait des bandelettes et des couronnes desséchées et dont la poitrine était plaquée de feuilles d'or. – C'est moi, dit Eucratès, qui lui ai mis ces feuilles d'or quand il m'a guéri de la fièvre tierce dont j'étais miné. – Il est donc aussi médecin, dis-je, cet excellent Pellikhos ? – Ne raille pas, dit Eucratès, ou l'homme ne tardera pas à se venger de toi. Je sais quel est le pouvoir de cette statue dont tu te moques. Ne crois-tu pas qu'un homme qui peut chasser la fièvre soit aussi capable de l'envoyer à qui il veut ? – Que la statue me soit propice et douce, m'écriai-je, puisqu'elle a toute la force d'un homme. Mais qu'est-ce que vous lui voyez faire encore, vous tous qui habitez la maison ? – Aussitôt que la nuit est venue, répondit Eucratès, elle descend du piédestal sur lequel elle est debout, et fait le tour de la maison ; nous la rencontrons tous, quelquefois même nous l'entendons chanter, et elle n'a jamais fait de mal à personne. On n'a qu'à se détourner de son chemin ; elle passe sans molester ceux qui la voient. Souvent même elle prend des bains et s'ébat toute la nuit, au point que nous entendons l'eau clapoter. – Prends garde, dis-je ; cette statue, au lieu d'être Pellikhos, pourrait bien être Talos le Crétois, ministre de Minos ; car ce Talos était un homme de bronze qui faisait le tour de la Crète. Si ta statue, Eucratès, était faite, non de bronze, mais de bois, rien ne l'empêcherait, au lieu d'être l'ouvrage de Dèmètrios, d'être un des produits de l'art de Dédale, puisqu'elle aussi, dis-tu, s'enfuit de son piédestal.

20. Prends garde, Tykhiadès, dit-il, d'avoir à te repentir plus tard de ta plaisanterie. Je sais, moi, ce qui est arrivé à celui qui avait soustrait les oboles que nous lui offrons à chaque nouvelle lune. – Ç'a dû être quelque chose de terrible, dit Ion : car c'était un sacrilège. Comment donc se vengea-t-elle

de lui, Eucratès ? je voudrais bien le savoir, si incroyable que cela puisse paraître à Tykhiadès. – Il y avait au pied de cette statue, reprit Eucratès, un grand nombre d'oboles, et l'on voyait sur sa cuisse quelques pièces d'argent collées avec de la cire et des feuilles d'argent aussi, offrandes votives ou prix d'une guérison payé par ceux qu'elle avait délivrés de la fièvre. Nous avions un esclave, franc coquin, qui était palefrenier. Il entreprit une nuit d'enlever tout cela et il l'enleva en effet, ayant pris le temps que la statue était descendue de son socle. Mais dès que Pellikhos fut de retour et s'aperçut qu'on l'avait volé, écoute comment il punit et démasqua le Libyen. Pendant toute la nuit, ce malheureux fit le tour de la cour, sans pouvoir en sortir, comme s'il était tombé dans un labyrinthe, jusqu'à ce qu'enfin, le jour venu, on le prit avec les objets qu'il avait volés. Au moment où il fut pris, il reçut une volée de coups de bâton et ne survécut pas longtemps ; le misérable mourut misérablement, fustigé toutes les nuits, comme il le disait lui-même, au point que les meurtrissures étaient visibles le lendemain sur sa peau. Après cela, Tykhiadès, moque-toi encore de Pellikhos, et crois que je commence à radoter, comme si j'étais contemporain de Minos. – Va, Eucratès, répliquai-je, tant que l'airain sera l'airain et cet ouvrage un produit de Dèmètrios d'Alopékè, qui faisait des hommes et non des dieux, je ne craindrai jamais la statue de Pellikhos que, même de son vivant, je n'aurais guère redouté, en dépit des menaces qu'il aurait pu me faire.
[…]»
(Lucien de Samosate, «L'Ami du mensonge ou L'Incrédule», dans Œuvres complètes III, trad. d'Émile Chambry, Paris, Librairie Garnier Frères, 1933, p. 96-99.)

Un continuateur : Henry James

L'écrivain américain Henry James (1843-1916) est l'auteur de nombreux romans et nouvelles. Il vouait une grande admiration à *La Vénus d'Ille*, au point de réécrire l'œuvre à sa façon : c'est *Le dernier des Valerii*, paru en 1875. Dans ce récit, Martha, une jeune Américaine récemment mariée au

comte Valério, entreprend de faire faire des fouilles dans le jardin de la villa romaine de son époux, certaine que l'on y trouvera des trésors antiques. Au bout de quelques semaines, les ouvriers mettent à jour une magnifique statue :
« […]

> « Venez ! » fit-il simplement et il me conduisit à l'excavation. Les ouvriers formaient un groupe si compact autour de la tranchée béante que je ne vis rien avant qu'il ne les écartât. Alors, en plein soleil et le reflétant par éclairs, j'aperçus calée debout au moyen de pierres, contre un talus, une majestueuse statue de marbre. Elle me parut d'abord colossale mais je m'aperçus ensuite qu'elle avait les proportions d'une femme, il est vrai de taille exceptionnelle. Mon cœur se mit à battre plus fort, car je sentis qu'elle représentait quelque chose d'immense. Sa beauté parfaite lui conférait une apparence presque humaine et ses yeux vides semblaient poser sur nous un regard aussi surpris que le nôtre. Elle s'enveloppait d'amples draperies et je vis que ce n'était pas une Vénus. « Une Junon », dit l'expert, péremptoire ; et en vérité elle semblait l'incarnation même de la souveraineté et du repos serein. Sa tête admirable, ceinte d'un bandeau, ne pouvait s'incliner qu'en un geste de commandement. Ses yeux regardaient droit devant elle. Sa bouche était d'une implacable gravité. Une main, tendue, avait tenu sans doute jadis une sorte de sceptre impérial ; le bras dont l'autre main s'était brisée lors de l'exhumation pendait à son flanc avec la plus royale majesté. Le travail de l'artiste témoignait d'une extrême délicatesse, et quoiqu'elle eût, peut-être plus qu'à l'ordinaire, une certaine expression personnelle, elle était sculptée dans la manière large et simple de la grande période hellénique. […] »

Malheureusement pour la jeune épouse, le comte est complètement obnubilé par la Junon. Il délaisse sa femme au profit de la déesse, à laquelle il voue un véritable culte, comme si la religion des anciens Romains revivait en lui :

« […]

À ce moment, un rayon blanc effleura une petite figure de marbre ornant le pied du pavillon. La façon dont ce marbre jaillit en plein relief me suggéra un spectacle rare tout proche, et que la même magnifique clarté devait grandement embellir la Junon captive. La porte du *casino* était verrouillée comme d'habitude, mais le clair de lune coulait si généreusement par les hautes fenêtres que ma curiosité obstinée se fit inventive. Je traînai un banc du *portico*, le dressai, parvins à me hisser dessus et arrivai à la hauteur d'une des fenêtres. Le châssis céda sous ma pression et me montra ce que j'attendais : une transfiguration. La belle statue baignée dans le froid éclat lumineux brillait d'une pureté qui affirmait sa divinité. Si de jour sa riche pâleur suggérait l'or poli, elle avait à présent une carnation d'argent légèrement mat. L'effet était presque terrible. On avait peine à croire qu'une beauté si expressive fût inanimée. À quelque distance de son socle, dans la frange d'ombre, j'aperçus sur le pavement une forme, prosternée avec ferveur. Je ne saurais dire combien cette présence ajoutait au caractère impressionnant de la scène. Elle marquait la statue resplendissante comme une déesse véritable et semblait jeter une sorte d'orgueil conscient sur son masque de pierre. Dans ce gisant en prières, je reconnus aussitôt le comte, et tandis que je m'arrêtais, comme pour m'aider à déchiffrer la pleine signification de son attitude, le clair de lune se déplaça, couvrant sa poitrine et sa face. Je vis alors qu'il avait les yeux fermés, qu'il était assoupi ou évanoui. À l'observer attentivement, je perçus son souffle égal et jugeai toute inquiétude injustifiée. La lune blanchissait son visage, déjà pâle de lassitude. Venu vers la Junon, pour obéir à cette passion fabuleuse dont les symptômes m'avaient donné tant de sujets d'étonnement, épuisé soit d'avoir cédé à son désir, soit pour y avoir résisté, il s'était affaissé aux pieds de la déesse, dans un sommeil hébété. L'influence lunaire l'éveilla d'ailleurs bientôt. Il murmura quelques mots confus et se leva, un peu hagard. Enfin, prenant conscience de sa situation, il resta un instant l'œil fixé sur la brillante image, avec une expression,

me sembla-t-il, point entièrement faite de ferveur incondi-
tionnée. Il proféra des mots entrecoupés dont le sens
m'échappa, puis, après une autre pause et un long gémisse-
ment mélancolique, il se tourna avec lenteur vers la porte.
Aussi rapidement et silencieusement que possible, je
descendis de mon poste d'observation et me glissai derrière
le *casino*; bientôt j'entendis le bruit de la serrure refermée et
des pas qui s'éloignaient. [...]»

Après quelque temps de cette vie, Martha décide de rendre la statue à la terre, afin de libérer son mari de son
emprise. Dès lors, la vie des deux époux reprend son cours
normal :

«[...]

– Comprenez-vous ? dit-elle. Elle est belle, elle est noble, elle
est précieuse, mais il faut qu'elle s'en retourne !

Et d'un geste passionné, elle sembla désigner une tombe.
Grandement ravi, je crus discret de me caresser le menton et
de prendre l'air scrupuleux :

– Elle vaut 50 000 *scudi* !

Elle secoua tristement la tête.

– Si je la vendais au pape et distribuais l'argent aux pauvres,
cela ne nous servirait à rien. Il faut qu'elle s'en retourne !
qu'elle s'en retourne ! Il nous faut ensevelir sa beauté dans la
terrible terre. J'ai presque l'impression qu'elle est vivante;
mais la nuit dernière, quand mon mari est rentré et a refusé
de me voir, j'ai compris avec une force foudroyante qu'il ne
sera pas lui-même aussi longtemps qu'elle, elle sera sur terre.
Pour trancher le nœud, il nous faut l'enterrer ! Si seulement
j'y avais pensé plus tôt !

[...]

Quand nous arrivâmes au bord de la fosse, le soir tombait et
la beauté de notre victime de marbre s'enveloppa d'un
linceul d'obscurité. Nul ne parlait, par un sentiment sinon
de honte, du moins de respect. Quelle que fût notre détresse,
notre acte semblait du moins monstrueusement profane. Les
cordes s'ajustèrent, la Junon fut lentement descendue dans

son lit terrestre. La comtesse prit une poignée de terre qu'elle laissa solennellement tomber sur sa poitrine.

– Puisse-t-elle lui être légère, mais la couvrir pour toujours ! dit-elle.

[...]

La comtesse n'avait pas encore vu son époux qui apparemment était retourné communier avec le grand Pan. Je répugnai à lui laisser affronter seule les conséquences de son acte mémorable. Elle regagna sa chambre, feignit de travailler à une broderie, en réalité pour se préparer bravement à l'«explication». Je pris un livre qui ne retint guère mon attention. Comme le soir avançait, je perçus un mouvement sur le seuil et vis le comte soulever la tapisserie masquant la porte et regarder en silence sa femme. Ses yeux brillaient, mais non de colère. Il avait constaté la disparition de la Junon – et dû pousser un grand soupir. La comtesse gardait les paupières baissées sur son ouvrage et tirait ses aiguillées de soie, image de la sérénité domestique. Ce spectacle sembla le fasciner. Il avança lentement, presque sur la pointe des pieds, alla à la cheminée, y resta un moment sans cesser de lui accorder une attention intense. Ce qui s'était passé, ce qui se passait dans son esprit, à vous de l'imaginer. La main de ma filleule tremblait en montant et en s'abaissant, et une onde de couleur envahit ses joues. Enfin elle leva les yeux et soutint le regard dans lequel semblait concentrée toute la foi retrouvée de son mari. Il hésita un instant, comme si le pardon même de sa femme maintenait ouvert le gouffre entre eux, puis tomba aux pieds de ma filleule et posa la tête sur ses genoux. Je m'en fus comme le comte était entré : sur la pointe des pieds.

Il n'est jamais devenu un homme absolument moderne, si l'on veut ; mais un jour, bien des années plus tard, lorsqu'un visiteur à qui il montrait sa vitrine l'interrogea au sujet d'une main de marbre, suspendue dans un recoin intérieur, il prit l'air grave et ferma le meuble à clef.

– C'est, dit-il, la main d'une belle créature qu'autrefois j'ai beaucoup admirée.

– Aha ? – Une Romaine ? demanda le visiteur avec un sourire
insinuant.
– Une Grecque, fit le comte en fronçant le sourcil.»
*(Henry James, «Le dernier des Valerii», trad. de Louise
Servicen, dans* La madone du futur, *Paris, coll. 10/18, 1999,
p. 101-147.)*

On le voit, la finale du *Dernier des Valerii* est beaucoup
moins dramatique que celle de *La Vénus d'Ille.* Bien que
l'engouement du comte pour la Junon tienne presque du
fantastique, la nouvelle de James reste davantage un récit
psychologique : c'est à l'intérieur du comte que la confrontation entre le monde païen et le monde moderne fait
rage, et non dans la réalité, comme c'est le cas dans la nouvelle de Mérimée.

Portrait de bohémienne. Aquarelle de Mérimée
extraite de l'album de Mme Delessert.

Carmen

LA STRUCTURE

Carmen est divisée en quatre chapitres. Dans les deux premiers chapitres, le narrateur, aussi personnage du récit, relate sa rencontre avec don José et ensuite avec Carmen lors d'un voyage en Andalousie où il recherche le site de la bataille de Munda. Le chapitre deux se termine par la visite du narrateur à la prison où se trouve don José et ce, la veille de son exécution. Ce dernier lui raconte sa vie et surtout, comment Carmen l'a bouleversé.

Observons d'abord le schéma narratif de ces deux premiers chapitres :

ÉTAT INITIAL

– Arrivée de l'archéologue (narrateur «je») à Cordoue.

ÉLÉMENT PERTURBATEUR

– Rencontre avec don José à la source de Montilla.

ACTIONS

– Partage du repas. Ils fument un cigare ensemble. Respect mutuel.

– Soupçon du guide. Il veut dénoncer le bandit. Avertissement du narrateur. Dette de don José envers le narrateur.

– Rencontre du narrateur et de Carmen sur le quai. Ils fument un cigare ensemble.

– Carmen tire «la bonne aventure» au voyageur. Don José les interrompt. Il chasse subtilement le voyageur. Il le sauve des griffes de Carmen.

CONSÉQUENCES

– Le narrateur apprend que don José est en prison.

– Il lui rend visite en prison la veille de son exécution.

ÉTAT FINAL

– Le narrateur «je» s'apprête à écouter le récit de don José.

Le chapitre trois est constitué du récit de don José. On observe alors un changement de narrateur qui entraîne automatiquement un changement de point de vue ainsi qu'un changement de ton très important. Don José raconte sa vie au voyageur et lui explique, en fait, ce qui l'a mené en prison. Ce phénomène impose un second schéma narratif :

ÉTAT INITIAL
- Don José est brigadier dans un régiment du Sud.

ÉLÉMENT PERTURBATEUR
- Don José rencontre Carmen.

ACTIONS
- Carmen défigure une femme dans l'usine où elle travaille. Don José doit la conduire en prison. Il la laisse s'enfuir. Dette de Carmen (cache lime et piécettes d'or dans du pain).
- Don José va en prison. Il est dégradé.
- Naissance d'une relation amoureuse entre les deux. Don José devient brigand.
- Don José tue Garcia. Détachement de Carmen.

*RENCONTRE ENTRE DON JOSÉ ET LE VOYAGEUR.
- Il veut que Carmen le suive en Amérique. Elle refuse. Elle veut être libre.

CONSÉQUENCE
- Don José tue Carmen.

ÉTAT FINAL
- Don José s'est dénoncé à la police et attend d'être exécuté.

Il est intéressant de noter que les deux schémas narratifs s'entrecoupent. En effet, la rencontre de don José et du voyageur se produit juste après le meurtre de Garcia. À ce moment du récit de don José, un événement s'éclaircit aux yeux du lecteur et ce dernier comprend mieux pourquoi don José chasse le voyageur de la demeure de Carmen. Par ce geste, il empêche le voyageur de se faire dévorer par Carmen.

Ainsi, le chapitre trois est considéré à nos yeux comme un chapitre très important, car c'est à travers le récit de don José que l'histoire prend tout son sens.

Le chapitre quatre se place ailleurs dans l'espace et dans le temps, car il s'agit d'un document ethnologique. Ce chapitre vient rompre la structure du récit. Ayant été ajouté lors de la deuxième édition de *Carmen* en 1847, parce que l'édition de 1845 laissait le lecteur suspendu après la mort de Carmen et de don José, le chapitre quatre ajoute quelque chose au récit : il permet à un troisième narrateur de livrer une étude ethnologique sur les bohémiens.

LE CADRE SPATIO-TEMPOREL

Le temps

Le récit de *Carmen* est raconté au passé, tel que nous l'indique le narrateur, l'archéologue, dès le début du premier chapitre : «Me trouvant en Andalousie au commencement de l'automne de 1830» (l. 10-11).

Les chapitres un et deux sont occupés par la narration du voyage en Andalousie de l'archéologue. La durée de ce voyage est assez vague. Ces chapitres retracent la rencontre avec don José, qui dure une partie de la journée et de la nuit, ainsi que la rencontre avec Carmen, qui elle, dure un soir et probablement une partie de la nuit. Ces deux rencontres sont séparées de quelques jours. Là encore, il est difficile de préciser chaque action dans le temps. Par la suite, le narrateur quitte Cordoue et poursuit son voyage. Cependant, il revient après quelques mois et c'est à ce moment qu'il apprend que don José est emprisonné.

Le chapitre trois est tout aussi imprécis en matière de durée. Le récit de don José débute au moment où le voyageur rend visite à celui-ci en prison et qu'il lui raconte sa vie. Le narrateur, qui est maintenant don José, effectue une analepse dans laquelle il raconte brièvement son

Cigarières au travail à Séville. Gravure d'après Gustave Doré
pour *L'Espagne* de Charles Davillier, Paris, 1874.

enfance. Cependant, la plus grosse partie de son récit rapporte les événements qui surviennent après sa rencontre avec Carmen. Ce récit couvre certainement quelques mois mais la durée est tout aussi imprécise que lors du premier récit. Il est intéressant de noter que les deux séquences temporelles (chapitres un et deux et chapitre trois) se superposent. En effet, le double récit fait naître automatiquement une double temporalité, mais qui se rejoint dans le temps. Le narrateur, don José, le fait remarquer au voyageur : «C'est vers ce temps, monsieur, que je vous rencontrai, d'abord près de Montilla, puis après à Cordoue» (l. 1786-1787). Dans son récit, don José évoque en une phrase la rencontre avec le voyageur près de Montilla. Inversement, cette rencontre constitue un chapitre complet du récit du narrateur. Par ce fait, on remarque que la temporalité épouse parfaitement le point de vue du narrateur. Dans les chapitres un et deux, le voyageur décrit les événements tels qu'il les a vécus, et dans le chapitre trois, don José fait de même. C'est pour cette raison que l'on rencontre dans le récit de don José des analepses et que l'on découvre des détails qui ne nous étaient pas accessibles par la lecture du récit du narrateur-archéologue. En déléguant la narration, il découvre lui aussi un autre point de vue.

L'espace

Les nombreux voyages de Mérimée l'ont amené à visiter l'Espagne, pour la première fois en 1830. Cette destination était l'une de ses préférées et de là viendrait probablement son grand attrait pour l'Espagne. Lors de son premier voyage en Espagne, Mérimée a rencontré la famille Montijo et, à ce que l'on raconte, la nouvelle *Carmen* serait inspirée d'une histoire racontée par Mme de Montijo.

L'attrait de Mérimée pour les voyages et pour l'Espagne représente bien la génération d'écrivains romantiques. Cependant, malgré son emprunt de thèmes aux romantiques,

Le départs des contrebandiers.

Tableau de Worms, 1864.

Bibliothèque nationale.

Mérimée ne peut être classé parmi ces derniers à cause de son style classique.

Le récit de *Carmen* se situe en Andalousie et, en y situant son intrigue, Mérimée répond aux besoins d'exotisme des gens de l'époque. Le récit contient peu de descriptions. Le narrateur décrit les lieux mais avec un souci de concision. Rapidement peints, certains lieux sont parfois réels — comme par exemple la rue du Serpent à Séville ou le bagne de Tarifa. Cette utilisation de lieux qui existent vraiment renforce l'aspect véridique du récit. Le lecteur semble croire que c'est réel. Même si le narrateur semble peindre la couleur locale, le lecteur éprouve le sentiment qu'il ne fait que la suggérer. Ce dernier doit recourir à son imagination afin de bien se représenter les lieux. Cette subjectivité du narrateur dans ses descriptions des lieux se remarque aussi dans le chapitre trois. Les personnages se déplacent beaucoup : Séville, Triana, Vejer, Gibraltar, etc. Cependant, ces lieux sont décrits en une seule phrase ou ils sont seulement évoqués. Les personnages fuient constamment.

Ce phénomène renforcent apparemment les contradictions entre les deux personnages principaux. Nomade, Carmen n'est attachée à aucun lieu. Son passé lui importe peu, comparativement à son destin, en lequel elle croit intensément. Elle vit le moment présent, insouciante, et demeure fidèle à elle-même. Le personnage de Carmen se fonde sur le principe de la liberté individuelle. Le personnage de don José entre complètement en contradiction avec celui de Carmen. Il est très attaché à sa race, à son pays. Son passé semble très important pour lui. C'est cette incompatibilité entre Carmen et don José, déterminée par la différence entre leurs deux ethnies, qui fait surgir tout le drame de *Carmen.* Don José tente de faire adhérer Carmen à ses principes de fidélité, mais Carmen refuse, fidèle… à sa liberté. En tentant de vivre comme un gitan et non plus comme un Basque, don José considère Carmen comme le diable, car elle ne peut se conformer aux croyances de ce dernier. Ainsi, il la méprise et la juge à partir de ses propres valeurs. Son récit ne nous livre que son point de vue à lui, laissant Carmen dans l'impossibilité de se défendre. C'est ce qui explique pourquoi le personnage de Carmen amène toute la fatalité au récit.

LES PERSONNAGES

Plusieurs personnages entrent en scène dans *Carmen,* mais nous n'étudierons que les trois principaux. Les personnages secondaires sont très peu décrits par le narrateur et ils demeurent insaisissables ; ils ne parlent que très peu, sont souvent sombres et ne sont présents que pour jouer un rôle dans la trame narrative tout comme dans la construction des personnages principaux. Garcia est un de ces personnages qui jouent un rôle important dans la caractérisation des personnages de Carmen et de don José. En effet, Garcia appartient pleinement au monde de Carmen et, par le fait même, s'oppose complètement au personnage de don José qui lui, est incapable d'y adhérer.

Le récit met donc en scène trois personnages importants : Carmen, don José et le narrateur.

Carmen

La présentation physique du personnage de Carmen est très vague. On sait qu'elle est «plus jolie que toutes les femmes de sa nation» (l. 513-514) et qu'elle a les yeux noirs. Le narrateur nous décrit vaguement la couleur de sa peau, la forme de ses yeux, de ses lèvres et l'aspect de ses cheveux à l'aide de comparaisons, mais il interrompt cette description en disant : «pour ne pas vous fatiguer d'une description trop prolixe, je vous dirai en somme qu'à chaque défaut elle réunissait une qualité» (l. 528-530). Ce passage démontre que le narrateur met en évidence l'aspect antithétique du personnage de Carmen. En effet, contrairement au narrateur don José qui décrit Carmen par ses actions plutôt que de façon esthétique, chaque fois que le premier narrateur lui attribue une qualité, il lui attribue immédiatement un défaut : «[…] ses lèvres un peu fortes, mais bien dessinées […]» (l. 524). Cette description du narrateur fait ressortir le contraste du personnage de Carmen.

Ce personnage est dominant dans la nouvelle de Mérimée. Carmen est aguichante et séduisante. Femme indescriptible et insaisissable, elle nous apparaît comme une femme de tête qui sent le besoin de dominer : «Son œil s'injectait de sang et devenait terrible, ses traits se contractaient, elle frappait du pied» (l. 595-597). Dans ce passage, on sent très bien qu'elle ne contrôle pas la situation. Il s'agit d'un personnage qui a pour quête de séduire pour obtenir quelque chose ou tout simplement pour s'amuser. Lorsque Carmen rencontre don José, il fait tout pour ne pas la remarquer. Cependant, elle fait tout pour le séduire et surtout pour s'amuser. Sa fidélité n'est pas, contrairement à don José, sur le plan amoureux. Elle est fidèle à ses convictions. La seule chose à laquelle elle tient vraiment est sa liberté. Elle ne veut pas être possédée et elle veut diriger sa vie comme elle l'entend : «Ce que je veux, c'est être libre et faire ce qui me plaît» (l. 1724-1725). Sa fidélité sera donc très forte par rapport à cette liberté et ce, tout au long de la nouvelle. Ce désir de liberté se manifeste par ses disparitions subites et ses retours inattendus. Elle va et vient sans arrêt. Étant donné que son caractère nomade ne peut s'appliquer complètement à son mode de vie de tous les jours, il semble transposé dans sa relation avec les hommes. De plus, la prison est pour elle pire que la mort : «Ne t'ai-je pas promis de te faire pendre ? Cela vaut mieux que d'être fusillé» (l. 1279-1281). La prison est synonyme d'enfermement et quoi de pire pour cette femme que d'être enfermée. Elle n'a pas peur de la mort et elle s'y laisse conduire docilement par don José, car elle savait déjà que tout devait finir ainsi ; elle est soumise à son destin : «J'ai vu plus d'une fois dans du marc de café que nous devions finir ensemble» (l. 1693-1694). L'aspect tragique du récit de don José est entièrement créé par Carmen. Lorsqu'elle affirme «c'est écrit», elle fait référence à ce destin qu'elle accepte facilement. En effet, Carmen est un personnage qui utilise beaucoup la magie et les cartes ; les cartes disent «c'est ainsi». Cet être diabolique portera malheur à José jusqu'à la fin du drame, où ils mourront chacun leur tour.

Don José

Comme pour la présentation du personnage de Carmen, celle de don José est assez vague. Le narrateur le décrit comme «un jeune gaillard de taille moyenne, mais d'apparence robuste, au regard sombre et fier. Son teint, qui avait pu être beau, était devenu, par l'action du soleil, plus foncé que ses cheveux» (l. 54-57), mais sans plus. Ce qui caractérise don José est son grand manque de stabilité, de contrôle de soi. Dès le début du chapitre trois, don José raconte que ses parents voulaient qu'il soit prêtre, ce qu'il a refusé. De plus, il est entré dans l'armée du roi d'Espagne, mais il est devenu par la force des choses déserteur. Ce personnage n'est jamais bien où il est. Cette faiblesse paraît tout au long de la nouvelle, que ce soit envers Carmen ou envers ses devoirs de soldat. Il en vient à un point où il ne se contrôle plus ; la jalousie et la violence l'emportent. Don José est ensorcelé par Carmen, qui le manipule et fait ce qu'elle veut de lui ; il devient contrebandier et puis voleur, comme elle l'a toujours voulu. On dénote une faiblesse de caractère chez ce personnage, comparativement à celui de Carmen. La jalousie s'accentue de jour en jour et l'amoureux ne parvient plus à la contrôler. Elle devient dévastatrice, car Carmen se détache de lui au fur et à mesure que cette jalousie grandit. C'est ce qui le conduira à la tuer pour qu'elle ne soit pas libre sans lui.

Le narrateur

Même s'il existe de nombreux points communs entre Mérimée et le narrateur, il faut éviter de les confondre en un seul, car il ne faut pas oublier que *Carmen* n'est qu'une fiction fortement inspirée d'événements vécus par l'auteur.

Nous connaissons peu de chose du narrateur. Nous savons qu'il est archéologue et qu'il entreprend un voyage en Andalousie «pour éclaircir les doutes qui me restaient encore» (l. 12-13) sur l'emplacement du champ de bataille de Munda. De plus, il ne fait aucun doute que le narrateur est un érudit ; il fréquente «la bibliothèque des Dominicains» lors de son passage à Cordoue. Le narrateur fait preuve d'une assurance hors du commun. Il croit que ses recherches sauveront l'Europe de l'incertitude : «Un mémoire que je publierai prochainement ne laissera plus, je l'espère, aucune incertitude dans l'esprit de tous les archéologues de bonne foi. En attendant que ma dissertation résolve enfin le problème géographique qui tient toute l'Europe savante en suspens» (l. 13-17). Ce passage dénote peut-être une certaine ironie. Nous y reviendrons plus loin.

Cet érudit, même s'il apparaît à première vue quelque peu pédant, prend beaucoup de plaisir à rencontrer un bandit et une gitane. De plus, il ne semble pas inhabituel pour lui de fréquenter les ruelles et de contempler les baigneuses du Guadalquivir. C'est justement à ce moment qu'il rencontre pour la première fois Carmen, qui l'attire à cause de l'intérêt qu'il porte aux sciences occultes.

LES THÈMES

L'amour

Le thème essentiel de *Carmen* est sans aucun doute l'amour. Cependant, il ne s'agit pas là d'un amour sous son visage le plus beau mais d'un amour-passion qui amène bien des malheurs. Nous rencontrons ce thème principalement dans le chapitre trois, quoiqu'on aurait pu pressentir la naissance d'un amour entre le narrateur et Carmen si don José n'avait pas interrompu leur entretien : «En ce moment, je regrettais un peu de ne pas l'avoir laissé pendre» (l. 586-587). Dans ce passage du chapitre deux, le narrateur semble sous les griffes de Carmen. Même s'il est rentré à son auberge «un peu penaud et d'assez mauvaise humeur» (613-614), il a sans doute, après avoir écouté le récit de don José, remercié intérieurement ce dernier d'être arrivé à l'improviste. En somme, les chapitres un, deux et quatre sont là seulement pour mettre en scène l'histoire d'amour du chapitre trois.

Dès l'instant où don José s'éprend ardemment d'amour pour Carmen, il est immédiatement conduit à sa perte : «Et prenant la fleur de cassie qu'elle avait à la bouche, elle me la lança, d'un mouvement du pouce, juste entre les deux yeux. Monsieur, cela me fit l'effet d'une balle qui m'arrivait» (l. 783-786). Cette métaphore annonce bien la suite des événements. L'amoureux passionné effectue à ce moment sa «première sottise», car il conserve cette fleur, qui symbolise le premier geste agressif de Carmen. Pourquoi avoir agi ainsi ? Parce qu'elle ne peut supporter l'indifférence de l'homme à sa vue. Elle attire donc son attention de cette façon et puis voilà ! La vie de don José sera changée à jamais. Dès lors, don José oublie tout ce qu'il est et tout ce qu'il a été, tout ce en quoi il croyait, et il ne vit que pour cette femme. Toute sa vie tourne maintenant autour de Carmen. Elle exerce un pouvoir absolu sur lui. Sa vie est anéantie et il en est conscient, mais c'est plus fort que lui. La passion amoureuse l'aveugle complètement.

Le thème de l'amour dans *Carmen* conduit inévitablement à d'autres sous-thèmes qui sont intimement liés : la jalousie et la violence amoureuse. Le thème de la jalousie se manifeste intensément pour la première fois dans le chapitre trois lors d'une soirée chez le colonel. En effet, après le mois qu'il a passé en prison pour avoir laissé Carmen s'échapper, don José est mis en faction chez le colonel et il y rencontre une autre fois Carmen. Elle y était venue pour danser. C'est à ce moment que don José affirme que «c'est de ce jour-là, je pense, que je me mis à l'aimer pour tout de bon» (l. 1026-1027). Cependant, la jalousie s'empare déjà de lui. Il ajoute cette phrase : «car l'idée me vint trois ou quatre fois d'entrer dans le patio, et de donner de mon sabre dans le ventre à tous ces freluquets qui lui contaient fleurettes» (l. 1028-1030). L'amour fait-il naître la jalousie ou est-ce la jalousie qui fait naître l'amour ? Il importe de se questionner sur l'utilisation du mot «car» par don José. Il affirme aimer Carmen parce qu'il a ressenti de la jalousie lorsque cette dernière s'est fait courtiser. Il veut dès ce moment la posséder. C'est un supplice pour lui que de seulement «commencer» à l'aimer. Les personnages se disent qu'ils s'aiment mais d'une façon étrange : soit qu'ils emploient une négation — «Tu ne m'aimes pas, va-t'en» (l. 1626-1627) ; soit qu'ils ajoutent un adverbe — «je crois que je t'aime un peu» (l. 1121-1122). Ils ne se disent jamais clairement «Je t'aime» de façon nette et directe. Cependant, le passage où elle lui dit «Ne vois-tu pas que je t'aime, puisque je ne t'ai jamais demandé d'argent ?» (l. 1303-1304) démontre bien l'insouciance de Carmen lorsqu'il est question d'amour. Nous pourrions, par ce fait, nous poser la question suivante : s'aiment-ils vraiment, comme deux amoureux sincères ou cherchent-ils seulement à se posséder mutuellement ? Il semble bien qu'ils ne soient pas capables d'aimer.

Nous avons vu que l'amour de don José pour Carmen fait naître une jalousie de plus en plus grandissante au fur et à mesure que leur relation évolue. Cette jalousie prend des proportions inquiétantes lorsqu'elle pousse don José à tuer ; elle conduit à la violence. Don José se sent incapable de posséder Carmen à cause de sa grande soif de liberté. Après le premier meurtre commis par don José (celui du lieutenant), le sort de don José repose désormais entre les mains de Carmen : «je te l'ai dit que je te porterais malheur» (l. 1246-1247). Carmen semblait avoir pressenti l'événement. À partir de ce moment, don José apprend comment il gagnera désormais sa vie : «Ne t'ai-je pas promis de te faire pendre ?» (l. 1279-1280). Pour Carmen, la prison est pire que la mort. En devenant contrebandier, voleur et même meurtrier, don José s'assure d'être pendu et non pas seulement emprisonné. Ensorcelé par Carmen, il ne peut plus reculer. Elle avait fait très facilement la prévision de sa destinée. Cependant, don José avait l'impression de s'«assurer son amour» (l. 1290) en devenant contrebandier. Mais il devient très vite voleur sans qu'il ne s'en aperçoive. Le personnage de Carmen agit ainsi par insouciance, dans le présent, tandis que le personnage de don José ne peut tolérer cette insouciance venant de la femme qu'il aime. Il devient alors de plus en plus faible. La violence amoureuse pousse don José à tuer froidement par esprit de vengeance. Il tue pour conserver son intégrité face à l'infidélité de Carmen. Toute cette violence le conduit à tuer la femme tant convoitée. Carmen savait qu'il la tuerait. Comme elle n'a pas peur de la mort, elle était prête à l'affronter et elle s'en est remis à son destin : «j'ai toujours pensé que tu me tuerais» (l. 1839). Le calme de Carmen lorsqu'il la menace provoque chez don José une sorte de fureur : «J'aurais voulu qu'elle eût peur et me demandât grâce, mais cette femme était un démon» (l. 1933-1935). Cependant, même s'il ne voulait pas la tuer, l'attitude de Carmen le met hors de lui et il la tue. À ce moment, il est délivré de tous les sentiments mauvais qui s'étaient emparés de lui. Cette lassitude termine de façon tragique le récit de don José et ce dernier suivra sans peine Carmen dans la mort en se livrant. En la tuant, il s'assure du même coup qu'elle ne vivra pas sans lui.

La liberté

Le thème de la liberté est très important dans la nouvelle, car il caractérise le personnage de Carmen. Sa grande soif de liberté la mène fatalement vers la mort. En effet, étant donné que don José n'est l'homme que d'une seule femme, que ce n'est pas réciproque chez Carmen et qu'il est son *rom*[1], il a le droit de la tuer : «Comme mon *rom,* tu as le droit de tuer ta *romi* ; mais Carmen sera toujours libre. *Calli*[2] elle est née, *calli* elle mourra» (l. 1918-1920). Ainsi, elle n'a pas peur de la mort. Elle fuit tout ce qui est susceptible de la saisir, de lui imposer des liens. Les seules choses qui lui font vraiment peur sont la prison, l'attachement et la stabilité, tous des synonymes. Ce constant besoin de mouvement origine certainement de sa culture et de son origine ethnique. D'ailleurs, dans le récit de don José, les personnages voyagent sans arrêt et ne se fixent jamais quelque part. Cette conception de la vie fondée sur la liberté est présente tout au long du récit et est amplifiée par la caractérisation faite par l'auteur du personnage de Carmen. Les personnages y adhèrent complètement, sauf don José, qui se bat contre elle. Incapable de vivre dans ces conditions, il veut à tout prix changer de vie : «Changeons de vie [...] Allons vivre quelque part où nous ne serons jamais séparés» (l. 1848-1850).

L'ÉCRITURE

La narration

Le récit de Carmen possède une caractéristique très importante au point de vue de la narration : la succession de narrateurs. Trois narrateurs se succèdent : le voyageur-archéologue, don José et Mérimée.

---

1 *Rom*, mari ; *romi*, femme.
2 *Calli*, nom que les bohémiens se donnent dans leur langue.

Le narrateur des chapitres un et deux est le même. Son récit est narré à la première personne. L'utilisation du «je» a pour effet de rendre le récit plus réel aux yeux du lecteur. Ce dernier se sent donc plus près du récit. Le premier narrateur semble s'adresser à quelqu'un : «C'est de sa bouche que j'ai appris les tristes aventures qu'on va lire» (l. 708-709). Ce phénomène amplifie l'aspect véridique du récit qui va suivre (chapitre trois). L'utilisation du «on», qui peut inclure ou non la personne qui parle, permet d'identifier le destinataire comme un lecteur potentiel mais que l'on ne peut définir clairement : «[...] je veux vous raconter une petite histoire» (l. 17-18). Par la suite (chapitre trois), le narrateur laisse la parole à un second narrateur : don José. Son récit est narré à la première personne et le narrateur est un personnage principal de l'histoire qu'il raconte. Son destinataire est sans aucun doute l'archéologue : «Tous ces détails-là vous ennuient sans doute, mais j'ai bientôt fini» (l. 1698-1699). De plus, nous savons, à ce moment de la nouvelle que don José raconte sa vie au narrateur. Notons que le premier narrateur est toujours présent dans le chapitre trois mais que sa présence en tant que narrateur n'est sensible que de rares fois.

Cette succession de narrateurs produit un effet direct sur le lecteur ; après avoir lu les chapitres un et deux, sorte de récit du voyage de l'archéologue dans lequel a été peinte de façon authentique une «couleur locale», le lecteur entre dans le récit tragique d'un condamné à mort. Ce récit est accueilli sérieusement par le lecteur justement à cause de la mise en situation empreinte d'humour et d'ironie des chapitres un et deux. De plus, ce recours à des narrateurs successifs permet de varier les points de vue ; certains épisodes seront racontés par chacun des narrateurs. C'est ainsi que, comparativement au narrateur de *La Vénus d'Ille* qui était seulement un témoin, le premier narrateur est un personnage du récit de don José, car il a lui aussi rencontré Carmen dans le chapitre deux de la nouvelle.

Dans le chapitre quatre, un troisième narrateur intervient. Le troisième narrateur peut être identifié comme étant Mérimée, dans la mesure où ce chapitre est considéré comme une étude ethnologique sur les bohémiens. Le propos moralisateur de ce chapitre a pour effet de démontrer deux choses : à quel point le chapitre trois est exempt de moralité, et les proportions que prend l'envoûtement de Carmen, considérée comme être amoral.

La concision

Mérimée possède l'art d'écrire avec concision. Il va directement à l'essentiel et évite les envolées lyriques. Ce souci de concision le différencie des écrivains du XIXe siècle. Il n'utilise pas de grandes descriptions : «Nous nous arrêtâmes au jour dans une venta isolée, assez près d'un petit ermitage» (l. 1826-1827) ; et c'est par ses personnages, qu'il caractérise fortement mais en très peu de mots, que le récit prend tout son sens. Lorsqu'il décrit le personnage de Lillas Pastia, en une seule phrase, il réussit à le décrire physiquement, à décrire sa moralité, ce qu'il fait dans la vie et le lieu de ses activités : «[...] un vieux marchand de friture, bohémien, noir comme un Maure, chez qui beaucoup de bourgeois venaient manger du poisson frit, surtout, je crois, depuis que Carmen y avait pris ses quartiers» (l. 1041-1045). Ce procédé cadre très bien à l'intérieur du genre littéraire dans lequel Mérimée excelle : la nouvelle. Par sa brièveté, cette dernière permet à l'auteur de faire naître une tension, une densité de l'intrigue entre le récit et le lecteur, qui pourra ainsi laisser libre cours à son imagination.

L'ironie

Dans *Carmen*, tout comme dans *La Vénus d'Ille*, Mérimée utilise encore une fois l'ironie[1]. Cette dernière se manifeste de la même façon que dans *La Vénus d'Ille*, mais l'effet sur le lecteur est différent. Alors qu'habituellement le narrateur utilise l'ironie pour se moquer d'une situation ou d'un autre personnage, le premier narrateur de la nouvelle l'utilise pour se moquer de son propre personnage, comme s'il voulait se détacher du second récit. Il semble utiliser ce ton pour se moquer de son érudition et pour se convaincre qu'il a vraiment fait ce voyage pour éclaircir l'emplacement de la bataille de Munda. Par cette prudence et ce détachement, il accentue l'effet tragique du récit de don José et, par le fait même, de la destinée des personnages du récit.

---

1 Pour une définition de l'ironie, voir «Présentation de l'œuvre» de La Vénus d'Ille, p. 178-180.

El *Ole gaditano* (danse espagnole d'Andalousie).
DESSIN DE GUSTAVE DORÉ.

PLONGÉE

DANS
L'ŒUVRE

Autoportrait de Mérimée.

Questions sur *La Vénus d'Ille*

Les deux premières journées, pages 9 à 31

COMPRÉHENSION

1. Pourquoi le narrateur, qui se rendait initialement chez M. de Peyrehorade pour visiter la région en sa compagnie (l. 19-22), tente-t-il, une fois arrivé chez lui, de le dissuader de l'accompagner (l. 163-167) ?

2. Que veut dire M. de Peyrehorade lorsqu'il parle de la «sainte ignorance de la province» (l. 210-211) ?

3. Lisez le paragraphe situé aux l. 232-235 :
   a) Alphonse a-t-il compris le sens de la phrase récitée par son père ?
   b) Quel double sens contient la phrase «Et vous, Parisien, comprenez-vous ?» ?

4. Comment expliquez-vous que les Roussillonnais parlent catalan (l. 286) ?

5. Pourquoi le narrateur paraît-il surpris du fait que la Vénus soit véritablement un chef-d'œuvre (l. 349-350) ?

6. Pourquoi l'interprétation que fait le narrateur de l'inscription «*Cave amantem*» semble-t-elle plus plausible que celle qu'en fait M. de Peyrehorade (l. 400-415) ?

7. À quelle réalité du XIXe siècle fait référence M. de Peyrehorade lorsqu'il dit : «Vous êtes si riches, messieurs les savants de Paris !» (l. 465-466) ?

8. Quel type de relation Alphonse semble-t-il avoir connue avec la jeune femme qui lui a donné une bague à Paris (l. 590-595) ?

9. «Nous n'avons pas la liberté des cultes !» (l. 647-648). À quoi fait référence M. de Peyrehorade ?

PERSONNAGES

10. Dans la première description de la famille Peyrehorade, relevez les passages qui soulignent la supériorité que ressent le narrateur vis-à-vis des provinciaux (l. 109-152).

11. Trouvez les oppositions qui caractérisent le personnage d'Alphonse dans la première description qu'en fait le narrateur (l. 136-152).

12. Relevez, dans le monologue de M. de Peyrehorade (l. 168-202), les passages qui révèlent que ce personnage est partagé entre sa fierté et un sentiment d'infériorité vis-à-vis du narrateur.

13. Que nous dit la description du lit (l. 259-261) au sujet du caractère des Peyrehorade ?

14. Pendant leur conversation sur les inscriptions de la Vénus, M. de Peyrehorade interpelle plusieurs fois le narrateur en l'appelant «collègue» (l. 390-422).
    a) D'après vous, est-il justifié de l'appeler ainsi ?
    b) Quelle attitude cela dénote-t-il de sa part ?

15. M. de Peyrehorade semble souhaiter connaître l'avis du narrateur au sujet des inscriptions de la Vénus. Pourtant, certains passages insinuent qu'en réalité il désire faire étalage de sa science. Relevez-les (l. 390-528).

16. À partir de la conversation du narrateur avec Alphonse (l. 550-595), comment pourrait-on décrire le caractère du jeune homme ?

FANTASTIQUE

17. Pourquoi le narrateur ne dévoile-t-il pas le nom de l'homme qui l'a recommandé auprès de M. de Peyrehorade (l. 17-18) ? Quelle est l'utilité, dans le cadre d'une nouvelle fantastique, de recourir à cet anonymat ?

18. «Au milieu des allées et venues de ses parents, M. Alphonse de Peyrehorade ne bougeait pas plus qu'un Terme» (l. 136-137). Qu'est-ce qu'un Terme ? Faites le lien entre cette description d'Alphonse et le sort qui l'attend.

19. Relisez la première description que fait le narrateur de la Vénus (l. 335-389) :
    a) Faites un tableau comparatif des aspects positifs et des aspects négatifs de la Vénus.
    b) Relevez les passages qui permettent de pressentir la suite des événements.

    c) Pourquoi le narrateur a-t-il un mouvement de colère en constatant son malaise devant la statue (l. 386-389) ?

20. Pourquoi le narrateur compare-t-il la Vénus et Mlle de Puygarrig (l. 606-617) ? En quoi cette comparaison est-elle significative, lorsqu'on se rapporte au dénouement de la nouvelle ?

ÉCRITURE

21. Relevez les éléments de l'énumération que l'on trouve aux l. 126-129. Quelle figure de style Mérimée utilise-t-il ? Quel effet cherche-t-il à obtenir ?

22. Cherchez les différents sens du mot « intéressant ». Ensuite, montrez que Mérimée utilise deux de ces sens pour obtenir un effet d'ironie, lorsqu'il fait dire au narrateur qu'il ne voudrait pas déranger M. de Peyrehorade dans une « circonstance aussi intéressante » pour sa famille (l. 164-165).

23. Observez l'utilisation du discours indirect aux l. 109-152. Quel effet produit ce procédé ?

24. Que dénotent les nombreux points de suspension insérés dans les paroles de M. de Peyrehorade (l. 168-204) ?

25. Montrez que le dialogue des l. 205-230 est un dialogue en contrepoints, en ce sens que Mme de Peyrehorade y prend systématiquement le parti contraire de celui de son mari.
    a) Quelles particularités formelles du dialogue illustrent cette opposition des époux ?
    b) Que vous apprend ce dialogue sur M. et Mme de Peyrehorade et sur les valeurs qu'ils incarnent ?

26. En quoi la situation décrite aux l. 467-469 est-elle ironique ?

27. Nommez les procédés stylistiques qui insistent sur la beauté de la statue aux l. 335-377.

28. Relevez deux passages ironiques dans la conversation du narrateur avec Alphonse au sujet de Mlle de Puygarrig (l. 553-595).

29. « Ne pouvant danser, on avait voulu manger le plus possible » (l. 658-659) : en quoi cette phrase est-elle ironique, de la part du narrateur ? Quels sentiments à l'égard de ses hôtes peut-on y lire ?

LE MARIAGE ET LE LENDEMAIN DE LA NUIT DE NOCES, pages 31 à 46

COMPRÉHENSION

30. «Autour de la table il n'y avait que trois visages sérieux, ceux des mariés et le mien» (l. 836-837). Ces trois personnages ont des motifs différents pour ne pas se réjouir avec les autres fêtards. Quels sont ces motifs ?

31. Pourquoi le narrateur est-il dégoûté par le mariage d'Alphonse et de Mlle de Puygarrig (l. 839-840) ?

32. Dès qu'il la rencontre, le narrateur semble avoir pitié de Mlle de Puygarrig. Expliquez pourquoi, en vous basant sur son monologue (l. 898-912).

33. Comment expliquez-vous que le mémoire sur la Vénus que préparait M. de Peyrehorade ne se trouve pas parmi les documents qu'il a légués au narrateur (l. 1115-1117) ?

FANTASTIQUE

34. a) Quel détail convainc le narrateur de ne pas croire au récit d'Alphonse, concernant le doigt replié de la Vénus (l. 845-882) ?

    b) Quelle incidence ce détail a-t-il sur l'interprétation du narrateur quant aux bruits de pas qu'il entend le soir dans l'escalier (l. 925-948) ?

35. Montrez que l'allocution de M. de Peyrehorade oppose le paganisme au christianisme (l. 820-833).

36. Relisez les paragraphes qui suivent la découverte du corps d'Alphonse (l. 965-1010) :

    a) Quelle est l'hypothèse initiale du narrateur sur la cause de la mort d'Alphonse ?

    b) Le narrateur attribue une cause naturelle ou une explication logique à chaque élément étrange qu'il remarque. Quels sont ces éléments et ces explications ?

    c) Quelle cause ou explication surnaturelle pourrait-on attribuer à ces mêmes indices ?

37. Aux l. 1060-1095, de nombreux détails supplémentaires semblent invalider les explications rationnelles du narrateur. Quels sont-ils ?

38. *La Vénus d'Ille* aurait pu se terminer avec la l. 1117. Quelle est l'utilité, pour l'effet fantastique, du post-scriptum qui termine le récit (l. 1118-1125) ?

ÉCRITURE

39. Expliquez la connotation négative de l'expression «grosse joie» (l. 762).

40. «M. de Peyrehorade […] lui chanta quelques vers catalans, *impromptus, disait-il*» (l. 817-819) : quel rôle joue cette incise ? À votre avis, le narrateur croit-il que ces vers sont effectivement impromptus ?

41. Montrez comment le narrateur donne l'impression, dans sa description du mariage, que Mlle de Puygarrig est une victime (l. 757-844).

42. Lisez les courts paragraphes qui se trouvent aux l. 849-855 :
    a) Expliquez le sens de la citation de Montaigne faite par le narrateur.
    b) Expliquez l'ironie de la phrase qui suit cette citation.

43. Comment la ponctuation suggère-t-elle la peur d'Alphonse (l. 847-886) ?

44. Dans quel sens le mot «honnête» est-il utilisé dans l'expression «ces honnêtes provinciaux» (l. 895-896) ?

45. Par quel procédé Mérimée insère-t-il un message sous-entendu aux l. 928-934 ?

46. Relevez, dans le récit de Mlle de Puygarrig rapporté par le procureur du roi, tous les termes, expressions et procédés qui ont pour objectif d'insister sur la folie de la jeune veuve et sur le doute du procureur (l. 1026-1059).

QUESTIONS DE SYNTHÈSE SUR LES DEUX PARTIES

47. Que sait-on du narrateur de cette nouvelle ?

48. Faites une lecture de la nouvelle à la lumière de la phrase de Lucien de Samosate que Mérimée a placée en exergue.

49. Divisez la nouvelle en chapitres et donnez-leur un titre.

50. Relisez, dans le contexte littéraire, la section qui porte sur le fantastique. En quoi *La Vénus d'Ille* appartient-elle à ce genre littéraire ?

51. Relisez, dans le contexte littéraire, la section qui porte sur le réalisme. Comment *La Vénus d'Ille* s'inscrit-elle dans ce courant ?

52. Relevez les passages où le narrateur se sent troublé ou mal à l'aise devant la statue :
    a) Qu'ont en commun ces passages ?
    b) Qu'est-ce qui les différencie ?

53. Dégagez une morale de ce récit.

54. Faites une liste des différents lieux où se déroule le récit. Lesquels vous semblent importants ? Pourquoi ?

55. Trouvez une analepse et une ellipse dans la nouvelle.

ACTIVITÉS COMPLÉMENTAIRES

56. Inventez une autre fin à *La Vénus d'Ille*. Commencez votre texte au moment où le silence s'est fait dans la maison, après le mariage (l. 925).

57. En vous basant sur les caractéristiques du fantastique énoncées aux pages 150, 151 et 153, rédigez une nouvelle fantastique de votre cru.

58. Comparez la Vénus de Mérimée avec la statue «vivante» que l'on retrouve dans *L'Ami du mensonge ou L'Incrédule* de Lucien de Samosate et avec la Junon mise en scène par Henry James dans *Le Dernier des Valerii* :
    a) Quel est leur aspect physique ?
    b) Quels sont leurs comportements ?
    c) Quelles sont leurs motivations ?
    d) Quelle attitude ont les différents personnages devant les statues ?
    e) Quelle est la situation finale de ces récits ?
    f) Qu'ont en commun ces trois statues ?
    g) En quoi le genre littéraire auquel appartient chaque texte explique-t-il les différences qui s'observent dans le traitement donné par chaque auteur au thème de la statue «vivante» ?

Extrait 1

Lignes 27 à 108

COMPRÉHENSION

1. Définissez les termes et expressions suivants :
   a) idole (l. 35)
   b) tirer en portrait (l. 36)
   c) C'est bien avant dans la terre [...] que nous l'avons eue (l. 44-45)
   d) caler (l. 92)
   e) tout d'une masse (l. 93)
   f) Gare dessous (l. 93)
   g) échalas (l. 97)

2. Pourquoi le narrateur est-il allé «tirer en portrait les saints de Serrabona» (l. 36) ?

3. Dans cet extrait :
   a) En quoi les personnages du guide et du narrateur s'opposent-ils ?
   b) Dans quel but Mérimée utilise-t-il cette opposition ?

4. Quelle est l'importance, pour l'interprétation surnaturelle du récit, que la première personne à évoquer la Vénus soit le guide du narrateur, et non, par exemple, M. de Peyrehorade ?

5. Quel élément est commun au lieu où l'on a trouvé la statue (l. 47-50) et au dernier méfait qu'on lui attribue (l. 1122-1124) ? Quelle signification peut-on donner à cet élément ?

6. Avec quel personnage le narrateur confond-il d'abord la statue dont lui parle son guide ?

7. Relevez les passages qui révèlent l'ignorance du guide.

8. Avec quels «objets» le guide a-t-il confondu la statue lorsqu'il l'a découverte ?

9. a) Quelle image de M. de Peyrehorade le guide donne-t-il par son récit ?
   b) Comparez cette description avec celle qu'en fait plus tard le narrateur.

ÉCRITURE

10. Relevez les malentendus et les répétitions que l'on retrouve dans la conversation entre le narrateur et son guide. Quel effet créent ces procédés ?
11. Relevez les procédés qui permettent au guide de rendre son récit vivant.
12. Aux l. 59-60, quelles figures de style montrent l'enthousiasme de M. de Peyrehorade ?
13. Relevez, dans la description de la statue, les termes et expressions liés aux champs lexicaux suivants :
    a) la mort ;
    b) la religion.
14. Observez la portion de dialogue qui couvre les l. 63-85 :
    a) De quels sujets parlent successivement le guide et le narrateur ?
    b) Quel élément indique que le guide a particulièrement été marqué par l'air méchant de la Vénus ?

ANALYSE LITTÉRAIRE

1. Analysez les différents procédés d'écriture utilisés par Mérimée pour rendre cette scène comique.
2. Montrez que, dans ce passage, les deux principaux champs lexicaux liés à la Vénus contribuent à installer le caractère fantastique de la nouvelle.

DISSERTATION EXPLICATIVE

1. Montrez que l'opposition entre le paganisme et le christianisme qui se dessine dans ce passage se continue dans l'ensemble de la nouvelle.

Extrait 2

Lignes 660 à 756

COMPRÉHENSION

1. Définissez les termes et expressions suivants :
   a) saisir l'expression (l. 662)
   b) étymologies (l. 664)
   c) ciselés (l. 670)
   d) rendre cette diabolique figure (l. 675-676)
   e) il me prévint (l. 711)
   f) annulaire (l. 712)
   g) apprêts (l. 733)

2. Quel rôle jouent les libations faites par M. de Peyrehorade à la Vénus dans la trame fantastique de la nouvelle (l. 665-667) ?

3. Pourquoi, d'après vous, le narrateur ne réussit-il pas à dessiner le visage de la Vénus ? En quoi cela accuse-t-il l'étrangeté de la statue ?

4. Que se passe-t-il immédiatement après qu'Alphonse a passé la bague au doigt de la Vénus ? En quoi est-ce significatif par rapport aux supposés pouvoirs de la statue ?

5. Relevez les ressemblances entre l'Aragonais (l. 704-706) et la Vénus.

6. «Ils m'appelleraient le mari de la statue...» (l. 752-753). Expliquez l'importance de cette phrase, en considérant la suite de la nouvelle.

7. Que nous indique la réaction d'Alphonse au sujet de ses sentiments pour sa fiancée et de son mariage quand il s'aperçoit qu'il a oublié la bague (l. 745-756) ?

8. Montrez l'importance de ce passage dans la nouvelle.

ÉCRITURE

9. a) Relevez les termes de la métaphore guerrière qui domine cet extrait.
   b) Quel est le rôle de cette métaphore ?

10. Cet extrait nous révèle un «autre» Alphonse. Par quel procédé Mérimée met-il en évidence la différence entre ces deux «personnalités»?

11. Relisez les paragraphes qui racontent le déroulement du jeu (l. 700-716). Expliquez par quel procédé Mérimée réussit à y mettre davantage l'accent sur la bague que sur la partie.

12. Comment Mérimée suggère-t-il le rythme de la partie?

ANALYSE LITTÉRAIRE

1. Montrez que ce passage constitue l'épisode central, le pivot de la nouvelle.

2. Analysez cet extrait en montrant qu'il se construit autour d'une seule métaphore.

3. Analysez l'épisode de la partie de jeu de paume en montrant que le rythme de l'écriture épouse le rythme de l'action.

DISSERTATION EXPLICATIVE

1. Dans cet extrait, Alphonse est pour la première fois présenté sous un jour favorable par le narrateur. Néanmoins, il demeure à ses yeux un personnage foncièrement négatif. Démontrez-le.

Questions sur *Carmen*

PREMIER CHAPITRE, pages 51 à 65

COMPRÉHENSION

1. Au moment où commence le récit, le narrateur a-t-il déjà confirmé son hypothèse au sujet de l'emplacement de la bataille de Munda ?

2. Qu'est-ce qui incite le narrateur à croire que l'inconnu ne lui fera pas de tort (l. 155 et suiv.) ? Quelle image Mérimée donne-t-il ainsi du caractère des Espagnols ?

3. Pour quelle raison José en aurait-il «trop dit» (l. 124) ?

4. Par quel moyen le narrateur tente-t-il de faire parler l'inconnu (l. 172-192) ? Cette stratégie réussit-elle ?

5. Après la lecture des chapitres suivants, comment expliquez-vous la tristesse qui s'empare de José lorsqu'il a fini de chanter ? L'explication qu'en donne le narrateur aux l. 243-249 vous semble-t-elle juste ?

6. Comment le narrateur se sent-il après avoir aidé José à échapper aux lanciers ? Pourquoi dit-il qu'il ne pourra s'en tirer «sans remords» (l. 393) ?

7. Que veut dire le narrateur lorsqu'il parle de «cet instinct de conscience qui résiste à tous les raisonnements» (l. 391-392) ?

8. Discutez du rôle du regard dans ce chapitre.

PERSONNAGES

9. D'après ce qui est dit au premier paragraphe, quelle profession le narrateur exerce-t-il ?

10. Comment se manifeste l'ambivalence du narrateur vis-à-vis de l'homme qu'il rencontre ?

11. Pourquoi le guide et l'inconnu se méfient-ils l'un de l'autre (l. 139-142) ?

12. Montrez que José est à la fois confiant et constamment sur ses gardes.

ÉCRITURE

13. Relevez, dans ce chapitre, les lieux communs sur l'Espagne auxquels fait appel Mérimée. Quelle est l'utilité, pour l'économie du récit, de recourir à de tels lieux communs ?

14. «En attendant que ma dissertation résolve enfin le problème géographique qui tient toute l'Europe savante en suspens […]» (l. 15-17). Quelle est la tonalité de cette phrase ?

15. Observez la description du cirque où le narrateur rencontre José (l. 34-48). Quelle est la tonalité de ce passage ? Justifiez votre réponse.

16. «Il y a un certain charme à se trouver auprès d'un être dangereux, surtout lorsqu'on le sent doux et apprivoisé» (l. 169-171). Discutez du choix des termes utilisés ici pour décrire José :
   a) À quoi le narrateur le compare-t-il ?
   b) Faites un lien avec le verbe «s'humaniser» utilisé plus haut (l. 90).
   c) Quelle attitude vis-à-vis de José cette métaphore traduit-elle ?

17. Relevez un passage ironique dans la description que le narrateur fait de l'auberge (l. 193-210).

DEUXIÈME CHAPITRE, pages 66 à 76

COMPRÉHENSION

18. «Bah ! le paradis… les gens d'ici disent qu'il n'est pas fait pour nous» (l. 485-486) : que dit cette phrase au sujet du jugement que les Espagnols portent sur les bohémiens ?

19. Quels motifs le narrateur invoque-t-il pour justifier son désir de faire connaissance avec Carmen (l. 492-505) ? En relisant le paragraphe commençant à la l. 444, quel autre motif peut-on attribuer à ce désir ?

20. Pourquoi, lorsqu'il reconnaît José, le narrateur déclare-t-il : «En ce moment, je regrettai un peu de ne pas l'avoir laissé pendre» (l. 586-587) ?

21. Quels indices montrent que Carmen tente de séduire le narrateur (l. 444-470) ?

22. Pourquoi le narrateur s'attend-il à devoir jeter un tabouret à la tête de José (l. 578-581) ?

23. À votre avis, quelles peuvent être les «diverses considérations» (l. 616) qui empêchent le narrateur d'aller porter plainte pour le vol de sa montre ou d'aller demander à Carmen de la lui rendre ?

24. Quelle image Mérimée donne-t-il des hommes d'Église à travers le personnage du Dominicain (l. 628-673) ?

PERSONNAGES

25. Montrez, à partir de la description qu'en fait le narrateur (l. 512-538), que Carmen est un personnage antithétique.

26. En quoi la comparaison entre Carmen et un loup (l. 535-538) est-elle signifiante par rapport à sa personnalité ?

27. Selon la connaissance de Carmen et de José que vous a donnée le chapitre 3, expliquez le mépris que montre Carmen pour José lorsque ce dernier semble refuser d'assassiner le narrateur (l. 605).

28. Pour quelle raison le narrateur ment-il en disant qu'il croyait avoir égaré sa montre (l. 642-643) ?

29. «Il était homme à tirer un coup de fusil à un chrétien pour lui prendre une piécette» (l. 645-646) : cette opinion sur José est-elle fondée ?

30. Pourquoi José a-t-il droit au garrot, plutôt qu'à la pendaison (l. 655) ?

31. Comment expliquez-vous la sympathie que ressent le narrateur pour José, malgré que ce dernier soit un voleur et un assassin ?

ÉCRITURE

32. Quels détails de la description du bain pris par les femmes dans le Guadalquivir (l. 420-433) montrent que, bien qu'elle s'effectue à l'heure de la prière, cette activité n'a rien de religieux ?

33. Observez le dialogue entre Carmen et le narrateur (l. 471-491). Selon vous, ce dernier tente-t-il de séduire la jeune gitane ? Justifiez votre réponse.

34. Relevez trois euphémismes aux l. 546-584.

35. Relevez l'ellipse qui se trouve dans le paragraphe qui couvre les l. 616-627 et dites quelle action s'est déroulée pendant cette période.

TROISIÈME CHAPITRE, pages 77 à 122

COMPRÉHENSION

36. Divisez ce chapitre en parties et donnez-leur un titre.

37. Que veut dire José quand il affirme : «Dans mon pays, une femme en ce costume aurait obligé le monde à se signer» (l. 764-765) ?

38. «Elle aurait dû m'inspirer des réflexions» (l. 1075). En quoi cette remarque est-elle proleptique ?

39. À quel moment José déclare-t-il s'être mis à aimer Carmen et comment comprend-il qu'il l'aime (l. 1020-1033) ? En quoi cet élément présage-t-il de la suite de son histoire avec elle ?

40. «Cette journée-là... quand j'y pense, j'oublie celle de demain» (l. 1091-1092) : que se passera-t-il le lendemain ?

41. De quelle loi parle Carmen aux l. 1115-1117 ?

42. En quoi les paroles de Carmen sont-elles prophétiques (l. 1122-1132) ? À votre avis, quelle est l'utilité, pour le récit, de ce pouvoir de divination que semble posséder Carmen ?

43. Qu'est-ce qui fait préférer à José la vie de contrebandier à celle de soldat (l. 1306-1340) ?

44. Quel motif José attribue-t-il au fait que Carmen veuille cacher aux autres contrebandiers le fait qu'elle soit sa maîtresse (l. 1333-1340) ? En réalité, pour quelle raison Carmen souhaite-t-elle conserver ce secret ?

45. Que promet véritablement Carmen lorsqu'elle promet à José «d'être malade jusqu'au moment de quitter Gibraltar pour Ronda» (l. 1630-1631) ?

46. «Moi aussi j'avais mon projet» (l. 1633-1634) : de quel projet José parle-t-il ?

47. En quoi la mort de Garcia constitue-t-elle un événement pivot dans la nouvelle ?

48. Quel sens peut-on donner à l'expression «finir ensemble» (l. 1694) employée par Carmen ?

49. Par quel argument Carmen convainc-elle une dernière fois José de faire de la contrebande (l. 1754-1760) ? Quelle qualité de José exploite-t-elle ?

PERSONNAGES

50. Définissez le caractère de José en vous basant sur la courte narration qu'il fait de la vie qu'il a menée avant d'arriver en Espagne (l. 710-727).

51. Relevez les indices qui démontrent que José se sent étranger en Espagne (l. 710-756).

52. Peut-on dire que José, lors de sa première rencontre avec Carmen, est déchiré entre l'attraction et la répulsion (l. 774-791) ? Justifiez votre réponse.

53. Le motif du regard revient à plusieurs reprises dans l'épisode où José garde la porte du colonel (l. 986-1038). Quelles significations José donne-t-il à ces regards ?

54. Quelle image de Carmen se dégage de son comportement avec José lors de leur première nuit ensemble (l. 1095-1108) ?

55. Montrez que, lors de ce même épisode, José demeure presque constamment passif (l. 1046-1135).

56. Dans le court échange de répliques entre Carmen et José (l. 1051-1059), sur quel plan s'opposent les deux personnages ?

57. «Chien et loup ne font pas longtemps bon ménage» (l. 1122-1123) :
    a) Que veut dire Carmen ?
    b) Appliquez ce proverbe aux deux personnages : qui est le loup ? le chien ? Justifiez votre réponse.

58. Pourquoi Garcia achève-t-il le Remendado (l. 1395-1415) ? Pourquoi José s'oppose-t-il à ce meurtre ?

59. «J'aimerais autant être à sa place» (l. 1411) :
    a) Pour quelle raison José souhaite-t-il ainsi subir le même sort que le Remendado ?
    b) Une fois déjà, José avait souhaité la mort. En quelle occasion ?

60. Observez la description que fait José de la maîtresse de José-Maria (l. 1460-1470) :
    a) Cette description est-elle positive ?
    b) Comparez la maîtresse de José-Maria avec Carmen.

   c) Que vous apprend cette comparaison sur l'insatisfaction
     que ressent José dans sa relation avec Carmen ?

61. Dans le portrait que José fait de l'Anglais, quelles remarques
    démontrent sa mauvaise foi à son égard (l. 1524-1587) ?

62. Expliquez la réaction de Carmen à la nouvelle de la mort de
    Garcia (l. 1687-1695).

63. «Sais-tu, me dit-elle, que, depuis que tu es mon *rom* pour
    tout de bon, je t'aime moins que lorsque tu étais mon
    minchorro ?» (l. 1721-1723). Que nous apprend cette
    distinction entre le mari (*rom*) et l'amant (*minchorro*) du
    tempérament de Carmen et de son rapport à la vie de couple ?

ÉCRITURE

64. Quelle couleur domine dans l'habillement de Carmen
    (l. 757-764) ? Quelle signification peut-on lui attribuer ?

65. Dans le paragraphe qui s'étend sur les l. 783-791, quelle
    image mêle, dès le début de l'histoire de Carmen et de José,
    l'amour et la mort ?

66. Avec quels êtres José compare-t-il Carmen aux l. 945-956
    pour expliquer son désir pour la gitane ? Que nous dit cette
    comparaison sur la façon dont José conçoit Carmen ?

67. Quel effet produit l'imparfait aux l. 972-979 ?

68. «Carmen y avait pris ses quartiers» (l. 1044-1045). Le terme
    «quartiers», dans cette expression, appartient au domaine
    militaire. Que fait Carmen chez Lillas Pastia ?

69. Quelles stratégies argumentatives Carmen utilise-t-elle pour
    amener José à se laisser corrompre (l. 1161-1192) ?

70. Repérez une ironie dans le paragraphe qui commence à la
    l. 1367.

71. Aux lignes 1452-1455, José résume brièvement les événe-
    ments qui ont fait de lui un voleur :
    a) Que dénote l'utilisation du pronom «on» ?
    b) Relevez un euphémisme dans ces lignes.
    c) Quel effet produisent ces deux éléments langagiers ?

72. Que signifie le mot «farce» dans la bouche de Garcia
    (l. 1479) ? De quelle figure de style s'agit-il ?

73. Dans l'épisode qui se déroule chez l'Anglais (l. 1514-1587), en quoi la construction syntaxique des répliques de Carmen et de José illustre-t-elle leur opposition ?

74. Quelles ressemblances formelles relevez-vous entre la façon dont Carmen s'exprime aux l. 1541-1545 et les incantations magiques ?

75. Selon vous, que signifie la métaphore «rire de crocodile» (l. 1596-1597) ?

76. Aux l. 1649-1650, José utilise encore l'image du chat, cette fois pour désigner Garcia :

    a) Qu'indique cette comparaison sur la façon dont sont considérés les bohémiens ?

    b) Développez la métaphore en reprenant la comparaison que Carmen fait entre José et un chien et un canari. En quoi ces comparaisons animalières illustrent-elles les conflits qui opposent José aux bohémiens ?

77. Relevez, aux l. 1637-1695, les termes et expressions qui montrent que l'idée d'avoir Carmen pour lui seul donne à José une meilleure confiance en lui-même.

78. «L'Anglais avait du cœur» (l. 1683) : que signifie l'expression «avoir du cœur» ? De quelle figure de style s'agit-il ?

QUATRIÈME CHAPITRE, pages 123 à 130

COMPRÉHENSION

79. Expliquez l'impression de cassure produite par ce chapitre.

80. Dans un tableau, dressez la liste des différentes caractéristiques des bohémiens que Mérimée a observées (aspect physique, tempérament, occupations). Comparez sa description avec l'image qui est donnée d'eux dans la nouvelle.

81. En quoi «offrir des onces d'or à une bohémienne [est-il] un aussi mauvais moyen de persuader, que de promettre un million ou deux à une fille d'auberge» (l. 2016-2019) ?

82. D'après Mérimée, les bohémiens ne sont pas superstitieux (l. 2052 et suiv.) Pourtant, Carmen l'est : elle croit aux signes, au destin. Pour quelle raison Mérimée a-t-il donné cette caractéristique à son héroïne, alors qu'elle ne correspond pas à ce qu'il connaît des bohémiens ?

83. À votre avis, pourquoi la bohémienne utilise-t-elle des pièces de monnaie dans son procédé magique (l. 2081-2087) ?

ÉCRITURE

84. Quel type de discours est utilisé dans ce chapitre ?
85. En quoi la tonalité de ce chapitre diffère-t-elle de celle du chapitre précédent ?
86. En racontant l'histoire de la bohémienne qui trompe une jeune femme abandonnée, Mérimée utilise souvent le pronom «on» :
    a) Quel effet produit ce pronom ?
    b) Comparez l'utilisation qui en est faite dans ce paragraphe avec celle qui en est faite dans les paragraphes suivants.
87. Dans ce chapitre, par quels procédés le scripteur tente-t-il de se montrer modeste et prudent dans ses affirmations ?
88. Sur quelle tonalité se termine ce chapitre (l. 2190) ?

QUESTIONS DE SYNTHÈSE

89. Donnez un titre à chacun des chapitres.
90. Selon vous, pourquoi Mérimée insère-t-il des mots espagnols et bohémiens dans son texte ?
91. Peut-on dire de *Carmen* qu'il s'agit d'une tragédie ?
92. Expliquez la symbolique rattachée au thème récurrent du «grand œil noir» de Carmen.
93. Placez sur une ligne du temps les différents épisodes de l'histoire de José et de Carmen en y insérant les épisodes relatés aux chapitres 1 et 2.
94. Discutez de l'utilisation du terme «diable» pour désigner Carmen, par opposition à l'expression «pauvre diable» (ex. aux l. 136, 652) utilisée pour désigner José.
95. Relisez, dans le contexte littéraire, la section qui porte sur le réalisme. Comment *Carmen* s'inscrit-il dans ce courant ?
96. En latin, «carmen» désigne un chant, une incantation magique. En quoi cette définition est-elle significative pour le personnage de Carmen ?

ACTIVITÉS COMPLÉMENTAIRES

97. Étudiez la composition formelle et thématique de l'air
«L'amour est un oiseau rebelle» tiré de l'opéra *Carmen*, de
Georges Bizet, en montrant qu'elle reproduit la dynamique
de la relation de José et de Carmen.

98. Après le visionnement du film *Carmen*, de Carlos Saura :
   a) Rédigez un résumé critique de ce film.
   b) Quels éléments thématiques de l'œuvre de Mérimée Saura
      a-t-il exploités ? Lesquels a-t-il occultés ?
   c) Dans ce film, le chorégraphe, Antonio, considère le passage
      suivant comme important pour saisir l'essence de l'œuvre
      de Mérimée : «Elle mentait, monsieur, elle a toujours
      menti. Je ne sais pas si dans sa vie cette fille-là a jamais dit
      un mot de vérité; mais quand elle parlait, je la croyais :
      c'était plus fort que moi» (l. 890-893). À votre avis, cette
      lecture de l'œuvre est-elle juste ?

Extrait 3

Lignes 825 à 933

COMPRÉHENSION

1. Définissez les termes et expressions suivants :
   a) brigadier (l. 834)
   b) balivernes (l. 856)
   c) consigne (l. 857)
   d) ils se font entendre (l. 866-867)
   e) êtes-vous du pays ? (l. 869)
   f) bien tournées (l. 912-913)
   g) contremarche (l. 922)
2. Quelle signification symbolique peut-on attribuer au fait que cet épisode se déroule dans la rue du Serpent ?
3. Pour quelle raison Carmen dit-elle s'être battue ? Pourquoi ment-elle ?
4. Pourquoi José dit-il qu'il était «comme un homme ivre» (l. 898) ?
5. Pourquoi les soldats ne peuvent-ils pas rattraper Carmen ?

ÉCRITURE

6. Quelle phrase nous rappelle que José est sur le point d'être mis à mort ? Quel effet produit cette remarque qui brise la linéarité du récit ?
7. Observez la façon dont Carmen s'y prend pour convaincre José de la laisser s'enfuir (l. 835-905) :
   a) Quelle est la première stratégie qu'elle tente ?
   b) Que dénote l'expression «ma pauvre enfant» (l. 843) au sujet du sentiment de José pour sa prisonnière ? Montrez que Carmen exploite ce sentiment.
   c) Pourquoi José répond-il «sérieusement» (l. 855) à la proposition de Carmen de lui offrir de la *bar lachi* ?
   d) Par quel moyen Carmen parvient-elle finalement à ses fins ?
   e) Que nous apprennent ces observations sur José ? sur Carmen ?

8. Quels éléments du récit de José mettent en évidence la situation de narration, c'est-à-dire le fait qu'il raconte son histoire à un autre personnage ?

ANALYSE LITTÉRAIRE

1. Analysez cette scène en montrant que Carmen réussit à convaincre José grâce à un maniement habile de la parole.

DISSERTATION EXPLICATIVE

1. Montrez que la stratégie de Carmen, lorsque cette dernière tente de convaincre José de la laisser s'enfuir, repose sur l'exploitation des faiblesses du jeune soldat.
2. Montrez que, en racontant cette scène, José tente à la fois de se justifier et de s'accuser d'avoir été dupe de Carmen.

Carmen , carte postale d'Albert Utrillo (vers 1900).
Bibliothèque des Arts décoratifs.

Extrait 4

Lignes 1823 à 1956

COMPRÉHENSION

1. Définissez les termes et expressions suivants :
   a) je la mis en croupe (l. 1824)
   b) terrine (l. 1886)
   c) gorge (l. 1901)
   d) j'aurais voulu qu'elle [...] me demandât grâce (l. 1933-1934)
   e) trouble (l. 1944)
   f) je me fis connaître (l. 1952)
2. Montrez que cette scène se déroule en trois phases.
3. Le dialogue entre Carmen et José est un dialogue de sourds (l. 1828-1857). Que cherche José ? Quelles raisons lui oppose Carmen ?
4. Que représente l'Amérique aux yeux de José ?
5. Montrez qu'à la veille de l'instant tragique, chacun des amants se réfugie, ou tente de trouver refuge, dans sa propre culture.
6. Comment expliquez-vous que Carmen ne se soit pas enfuie ?
7. Montrez que la jalousie empêche José de comprendre Carmen.
8. Quelle signification peut-on donner au fait que Carmen jette la bague que lui a donnée José (l. 1939-1940) ?
9. Pourquoi José dit-il de Carmen qu'elle «était un démon» (l. 1935) ?
10. «Peut-être ai-je eu tort» (l. 1950) : pourquoi José doute-t-il de la pertinence de son choix d'enterrer Carmen avec sa bague et une croix ?
11. Montrez que José ne se sent pas foncièrement responsable de ses malheurs et de la mort de Carmen.

ÉCRITURE

12. Que signifie le vouvoiement soudain de José (l. 1894) ?
13. Relevez les répétitions que l'on retrouve dans les paroles de Carmen. Quel effet produit l'usage récurrent de cette figure de style ?

Dessin de Mérimée (1850).
Bibliothèque nationale.

14. Relevez les antithèses que l'on retrouve dans les paroles de Carmen. Quelle réalité illustre cette figure de style ?

15. «Laisse-moi te sauver et me sauver avec toi» (l. 1912-1913) : quel sens peut-on donner au verbe «sauver» dans ce contexte ?

16. En quoi le vocabulaire utilisé dans cette scène explicite-t-il le fait que le meurtre de Carmen est un crime passionnel ?

ANALYSE LITTÉRAIRE

1. Analysez les répliques de Carmen en montrant qu'elles sont construites de manière à mettre en évidence, d'une part, l'incommunicabilité entre les deux amants et, d'autre part, l'inéluctabilité de leur sort.

2. Analysez la construction de cette scène en montrant que celle-ci est à la fois calme et violente.

DISSERTATION EXPLICATIVE

1. Montrez que le conflit culturel qui oppose Carmen et José demeure irrésolu jusqu'à la fin de leur histoire.

**Escorte de voyageurs français
visitant l' Espagne.**

*Escopeteros.
Peinture de L. Boulanger.*

Musée Renan-Sheffer.

Stendhal, ami de Mérimée.

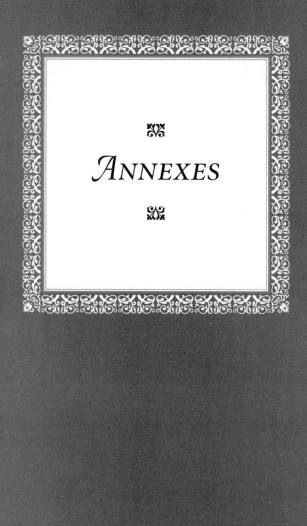

ANNEXES

Affiche pour *Carmen*,
présenté par les Grands Ballets Canadiens (2000).

LIENS AVEC D'AUTRES ŒUVRES

> *Qui prend sa pourpre au sang des cœurs*
> *Ainsi faite, la moricaude*
> *Bat les plus altières beautés,*
> *Et de ses yeux la lueur chaude*
> *Rend la flamme aux satiétés.*
>
> *Elle a, dans sa laideur piquante,*
> *Un grain de sel de cette mer*
> *D'où jaillit nue et provocante,*
> *L'âcre Vénus du gouffre amer.*

Théophile Gautier, extrait de *Émaux et camées*
Bernard Delvaille, *Mille et cent ans de poésie française : de la séquence de sainte Eulalie à Jean Genet*, Paris, Robert Laffont, coll. «Bouquins», 1991.

CARMEN EN MUSIQUE

Le personnage de Carmen de Prosper Mérimée a inspiré un opéra-comique. Opéra en quatre actes, *Carmen* de Georges Bizet (1838-1875) a été représenté pour la première fois à Paris en 1875. Fortement inspiré de la nouvelle de Mérimée, son succès n'a pas été immédiat, entre autres raisons à cause de l'indécence des personnages. Un livret ayant pour mission d'adapter la nouvelle de Mérimée a été réalisé par Henri Meilhac, auteur dramatique français et Ludovic Halévy, dramaturge et romancier français. Ils se sont intéressés essentiellement au chapitre trois de la nouvelle. Les personnages ont été adoucis et d'autres ont été ajoutés, tout en conservant toute la fatalité qui caractérise la nouvelle. Cet opéra est, encore aujourd'hui, considéré comme l'un des opéras les plus populaires. Le mythe de Carmen a ainsi été créé et c'est sans doute grâce à l'opéra que cette Carmen est connue de tous. En voici un air bien connu :

> *L'amour est un oiseau rebelle*
> *L'amour est un oiseau rebelle,*
> *Que nul ne peut apprivoiser,*
> *Et c'est bien en vain qu'on l'appelle*
> *S'il lui convient de refuser ;*
> *Rien n'y fait, menace ou prière,*

L'un parle bien, l'autre se tait;
Et c'est l'autre que je préfère,
Il n'a rien dit, mais il me plaît.
L'amour! L'amour! L'amour! L'amour!
L'amour est enfant de Bohème,
Il n'a jamais, jamais connu de loi,
Si tu ne m'aimes pas, je t'aime,
Si je t'aime prends garde à toi!
Si tu ne m'aimes pas, si tu ne m'aimes pas, je t'aime!
Mais si je t'aime, si je t'aime, prends garde à toi!
L'oiseau que tu croyais surprendre,
Battit de l'aile et s'envola;
L'amour est loin, tu peux l'attendre;
Tu ne l'attends plus, il est là!
Tout autour de toi, vite, vite,
Il vient, s'en va, puis il revient;
Tu crois le tenir, il t'évite;
Tu crois l'éviter, il te tient!
L'amour! L'amour! L'amour! L'amour!
L'amour est enfant de Bohème,
Il n'a jamais, jamais connu de loi,
Si tu ne m'aimes pas, je t'aime,
Si je t'aime prends garde à toi!
Si tu ne m'aimes pas, si tu ne m'aimes pas, je t'aime!
Mais si je t'aime, si je t'aime, prends garde à toi!

Extrait de *Carmen* (1874), opéra de Georges Bizet, livret de Ludovic Halévy et d'Henri Meilhac

CARMEN AU CINÉMA

De nombreux cinéastes se sont inspirés de la nouvelle de Mérimée et de l'opéra de Bizet. En 1954, Otto Preminger, un réalisateur américain, transpose dans son film *Carmen Jones* l'histoire de *Carmen* dans le milieu noir. Plus récemment, le réalisateur italien, Francesco Rosi, a adapté avec brio pour le grand écran l'opéra de Georges Bizet (*Carmen*, 1985).

Le film qui attire plus particulièrement notre attention ici est celui qui a été réalisé en 1984 par l'Espagnol Carlos Saura. Il s'agit d'une adaptation particulièrement réussie de la nouvelle et de l'opéra, dans laquelle la réalité et la fiction se mêlent, et où le chant et la danse sont chargés, plus que la parole, d'exprimer les passions violentes qui sont à l'œuvre dans l'histoire tragique de la belle gitane.

Dans ce film, un chorégraphe espagnol, Antonio, prépare un ballet inspiré de la nouvelle *Carmen* de Mérimée et de l'opéra de Bizet. Il cherche une jeune fille pour interpréter le rôle titre du ballet, dans lequel il interprète lui-même José, et découvre une jeune fille, justement prénommée Carmen, qui lui semble faite pour le rôle. Au fil des répétitions, il se développe entre eux une relation amoureuse, mais Carmen a un comportement ambigu avec Antonio, se montrant tantôt présente et aimante, tantôt distante. Antonio devient rapidement jaloux de cette femme qu'il n'arrive pas à posséder entièrement, jalousie qui s'avive lorsque le mari de Carmen, José, sort de la prison où il avait été emprisonné pour trafic de drogue. Dès lors, les différentes scènes que les danseurs répètent se distinguent de moins en moins de la réalité pour Antonio, qui exprime sa colère à travers la danse : il terrasse le mari de Carmen lors de la scène de la partie de cartes et il affronte l'amant de Carmen (le picador Lucas) au moment de la scène finale. Carmen, à la fin de cette scène, signifie à Antonio qu'elle ne l'aime plus, que tout est fini entre eux. Antonio la supplie d'abord, mais devant le refus obstiné de la jeune fille, lui assène trois coups de couteau. Réalité ? Fiction ? Le film se termine sur cette confrontation fatale des deux univers : ces coups de couteau étaient-ils feints, l'action se déroulait-elle encore dans la fiction, ou bien le meurtre de Carmen par Antonio a-t-il réellement été perpétré ?

	TABLEAU CHRONOLOGIQUE	
	ÉVÉNEMENTS HISTORIQUES ET SCIENTIFIQUES	**ÉVÉNEMENTS LITTÉRAIRES ET CULTURELS**
1789	Révolution française.	
1799		Naissance de Balzac (mort 1850).
1800		Mme de Staël, *De la littérature*.
1801		Chateaubriand de, *Atala*.
1803		
1804	Fin de la Première République (1792-1804). Début du Premier Empire (Napoléon 1er).	
1806	Abandon du calendrier révolutionnaire et remise en vigueur du calendrier grégorien.	
1809	Lamark expose sa théorie sur l'évolution des espèces dans *Philosophie zoologique*.	
1811		Beethoven, *L'Empereur*.
1815	Waterloo.	
1816		Benjamin Constant, *Adolphe*.
1819		Balzac, *Le Père Goriot*.
1821	Mort de Napoléon à Sainte-Hélène.	La France acquiert la *Vénus de Milo*.
1822		
1823	Découverte du principe de la photographie par Niepce.	
1824	Mort de Louis XVIII, roi de France (1824-1830). Charles X lui succède.	
1825		

TABLE AU CHRONOLOGIQUE		
VIE ET ŒUVRE DE MÉRIMÉE	ÉVÉNEMENTS LITTÉRAIRES AU QUÉBEC	
		1789
		1799
		1800
		1801
Naissance de Prosper Mérimée.		1803
		1804
		1806
	Fondation de la Société littéraire de Québec.	1809
Mérimée entre comme externe au lycée Napoléon en classe de septième.		1811
		1815
		1816
Mérimée s'inscrit à la Faculté de droit.		1819
		1821
Mérimée rencontre Stendhal. Début d'une grande amitié.		1822
		1823
		1824
Mérimée est introduit chez Délécluze, un salon littéraire réputé, qui le fait connaître. Mérimée publie le *Théâtre de Clara Gazul*.		1825

	ÉVÉNEMENTS HISTORIQUES ET SCIENTIFIQUES	ÉVÉNEMENTS LITTÉRAIRES ET CULTURELS
	TABLEAU CHRONOLOGIQUE	
1826		
1827		Hugo, *Préface de Cromwell.*
1828		Deuxième Cénacle : groupe révolutionnaire dont font partie notamment Hugo, Stendhal et Mérimée.
1829		
1830	Révolution de Juillet. Abdication de Charles X, roi de France (1824-1320).	Stendhal, *Le Rouge et le noir.* Première représentation d'*Hernani* de Victor Hugo au Théâtre Francais.
1830-1842	*Cours de philosophie positive,* d'Auguste Comte.	
1831		
1834		Alfred de Musset, *Lorenzaccio.*
1835		Création du Comité historique des lettres, philosophie, sciences et arts.

TABLEAU CHRONOLOGIQUE		
VIE ET ŒUVRE DE MÉRIMÉE	ÉVÉNEMENTS LITTÉRAIRES AU QUÉBEC	
Mérimée fait son premier voyage en Angleterre.		1826
Mérimée publie *La Gluza* dans le *Journal de la librairie*.		1827
		1828
Publication de l'essai historique *Chronique du règne de Charles IX*. Parution de *Mateo Falcone* et de *Vision de Charles XI* dans *La Revue de Paris*. Parution de *L'Enlèvement de la redoute* dans *La Revue française*.		1829
Parution de *Le Vase étrusque* dans *La Revue de Paris*. Mérimée part pour l'Espagne (27 juin).		1830
		1830-1842
Mérimée est nommé chevalier de la Légion d'honneur. Mérimée publie quatre *Lettres d'Espagne* dans *La Revue de Paris* (de 1831 à 1833).		1831
Mérimée est nommé inspecteur des monuments historiques. Il part pour sa première tournée d'inspection dans le Midi de la France. Parution de *Les Âmes du Purgatoire* dans *La Revue des Deux Mondes*.		1834
		1835

TABLEAU CHRONOLOGIQUE		
	ÉVÉNEMENTS HISTORIQUES ET SCIENTIFIQUES	ÉVÉNEMENTS LITTÉRAIRES ET CULTURELS
1836		
1837	Prise de Constantine par les Français.	Création de la Commission des monuments historiques.
1839		
1840		
1841		
1843		
1844		
1845		
1846		
1848	Révolution de Février. Abdication de Louis-Philippe, roi de France (1830-1848). Deuxième République (1848-1851).	

TABLEAU CHRONOLOGIQUE

VIE ET ŒUVRE DE MÉRIMÉE	ÉVÉNEMENTS LITTÉRAIRES AU QUÉBEC	
Mérimée quitte l'école des Beaux-Arts. Mérimée fait la connaissance de Valentine Delessert et devient son amant. Rencontre de Mérimée et de Stendhal à Laon. Mort de Léonor Mérimée, père de Mérimée. Mérimée part pour son voyage en Alsace et en Rhénanie.		1836
Parution de *La Vénus d'Ille* dans *La Revue des Deux Mondes*. Mérimée part pour l'Auvergne.	Premier roman à paraître au Bas-Canada : *L'influence d'un livre*, de Philippe Aubert de Gaspé (fils).	1837
Mérimée part pour le Midi et la Corse.	Chevalier de Lorimier, *Lettre d'un condamné*.	1839
Parution de *Colomba* dans *La Revue des Deux Mondes*.		1840
Mérimée s'embarque à Marseille pour la Grèce et l'Asie mineure.		1841
Mérimée est élu membre libre de l'Académie des Inscriptions et Belles-Lettres.		1843
Mérimée est élu membre de l'Académie française.	Eugène L'Écuyer, *La fille du brigand*.	1844
Mérimée est reçu à l'Académie française. Parution de *Carmen* dans *La Revue des Deux Mondes*.	François-Xavier Garneau, *Histoire du Canada*.	1845
	P.-J.-O. Chauveau, *Charles Guérin*. Patrice Lacombe, *La terre paternelle*.	1846
		1848

	TABLEAU CHRONOLOGIQUE	
	ÉVÉNEMENTS HISTORIQUES ET SCIENTIFIQUES	**ÉVÉNEMENTS LITTÉRAIRES ET CULTURELS**
1849		
1850	Mort de Louis-Philippe.	
1851	Coup d'État de Louis-Napoléon Bonaparte.	
1852	Bonaparte devient Napoléon III. Début du Second Empire.	
1853		
1856	Traité de Paris.	
1857		Baudelaire, *Les Fleurs du mal.* Flaubert, *Madame Bovary.*
1859	*L'origine des espèces* de Darwin.	
1860		
1862	Foucault mesure la vitesse de la lumière.	Hugo, *Les Misérables.*
1863		
1864	Première voiture automobile à moteur à essence (Delamare-(Debouteville).	
1866		

TABLEAU CHRONOLOGIQUE

Vie et œuvre de Mérimée	Événements littéraires au Québec	
Mérimée traduit *La Dame de Pique* de Pouchkine.		1849
Mérimée part pour Londres.		1850
		1851
Mérimée est promu officier de la Légion d'honneur. Mort d'Anne-Louise Moreau, mère de Mérimée. Mérimée est condamné à quinze jours de prison (insulte à la magistrature).		1852
Mérimée est nommé sénateur.		1853
		1856
		1857
		1859
Mérimée est promu commandeur de la Légion d'honneur.		1860
	Antoine Gérin-Lajoie, *Jean Rivard, le défricheur*.	1862
	Exil en France d'Octave Crémazie. Philippe Aubert de Gaspé, père, *Les Anciens Canadiens*. Joseph-Charles Taché, *Forestiers et voyageurs*.	1863
		1864
Mérimée est promu grand officier de la Légion d'honneur. Mérimée publie *La Chambre bleu*.	Publication de *Le mouvement littéraire en Canada*, de l'abbé Henri-Raymond Casgrain dans le *Foyer Canadien*.	1866

TABLEAU CHRONOLOGIQUE		
	ÉVÉNEMENTS HISTORIQUES ET SCIENTIFIQUES	**ÉVÉNEMENTS LITTÉRAIRES ET CULTURELS**
1870	Début de la guerre franco-allemande.	
1874		
1875		
1879		
1880	14 Juillet : première fête nationale.	
1882		
1885	Découverte d'un vaccin contre la rage par Pasteur.	
1887		
1895		
1898	Découverte de la radioactivité par Pierre et Marie Curie.	
1900		

TABLEAU CHRONOLOGIQUE

Vie et œuvre de Mérimée	Événements littéraires au Québec	
Mort de Mérimée, le 23 septembre.		1870
	Edmont Lareau, *Histoire de la littérature canadienne.*	1874
	Honoré Beaugrand, *Jeanne la fileuse.*	1875
	Louis Fréchette, *Les fleurs boréales,* (recueil de poésie).	1879
	Louis Fréchette est lauréat de l'Académie française. Adolphe-Basile Routhier compose le *Ô Canada*, mis en musique par Calixa Lavallée.	1880
	Laure Conan, *Angéline de Montbrun.* Octave Crémazie, *Œuvres complètes.*	1882
		1885
	Louis Fréchette, *La Légende d'un peuple.*	1887
	École littéraire de Montréal.	1895
		1898
	Honoré Beaugrand, *La Chasse-galerie.*	1900

Bibliographie

Œuvres de Mérimée

MÉRIMÉE, Prosper. *Théâtre de Clara Gazul. Romans et nouvelles*, Paris, Gallimard (Bibliothèque de la Pléiade), 1978.

Sur Mérimée et son œuvre

AUTIN, Jean. *Prosper Mérimée*, Paris, Librairie académique Perrin, 1983.

BATAILLON, Marcel. «L'Espagne de Mérimée d'après sa correspondance», dans *Revue de littérature comparée*, vol. 22, n° 1 (janv.-mars 1948), p. 35-66.

CAILLOIS, Roger. «Le fantastique chez Mérimée», dans *Rencontres*, Paris, Presses universitaires de France (Écriture), 1978, p. 136-147.

CHABOT, Jacques. *L'autre moi. Fantasmes et fantastique dans les nouvelles de Mérimée*, Aix-en-Provence, Édisud, 1983.

Collectif, «Carmen», *Eidôlon*, n° 25, 1984.

Collectif, «Dossier Prosper Mérimée», *Europe*, n° 557, 1975.

DUBOIS, Claude-Gilbert. «*Carmen* : du reportage au mythe», dans *Le mythe et le mythique*, Paris, Albin Michel (Cahiers de l'hermétisme), 1987, p. 155-163.

FREUSTIÉ, Jean. *Prosper Mérimée*, Paris, Hachette, 1982.

TRAHARD, Pierre. *Prosper Mérimée et l'art de la nouvelle*, Paris, Nizet, 1952.

Sur le contexte historique, social et littéraire

AMBRIÈRE, Madeleine (dir.), *Précis de littérature française du XIXe siècle*, Paris, Presses universitaires de France, 1990.

AYMES, Jean-René. *L'Espagne romantique (Témoignages de voyageurs français)*, Paris, Métailié, 1983.

LEBLON, Bernard. *Les gitans d'Espagne*, Paris, Presses universitaires de France (Les chemins de l'histoire), 1985.

LÉON, Paul. *Mérimée et son temps*, Paris, Presses universitaires de France, 1962.

OZWALD, Thierry. «De Hugo à Mérimée : ébauches d'un rictus romantique», dans *Romantisme*, n° 74, 1991, p. 49-55.

SUR LE FANTASTIQUE

CASTEX, Pierre-Georges. *Le conte fantastique en France de Nodier à Maupassant*, Paris, José Corti, 1951.

TODOROV, Tzvetan. *Introduction à la littérature fantastique*, Paris, Seuil, 1970.

VAX, Louis. *La séduction de l'étrange*, Paris, Presses universitaires de France (Quadrige), 1987.

Œuvres parues

Balzac, *Le Colonel Chabert*

Baudelaire, *Les Fleurs du mal* et *Le Spleen de Paris*

Flaubert, *Trois Contes*

Hugo, *Le Dernier Jour d'un condamné*

Maupassant, *Contes réalistes et Contes fantastiques*

Mérimée, *La Vénus d'Ille* et *Carmen*

Molière, *Dom Juan*

Molière, *L'Avare*

Molière, *Les Fourberies de Scapin*

Racine, *Phèdre*

Voltaire, *Candide*